꿈보다

꿈보다 열정

꿈을 향한 4人 4色 진검승부

강인식 지음

문학동네

프롤로그
동떨어져 있지만 뒤떨어지지 않은

2004년 이장혁은 자신의 이름을 건 첫 솔로 앨범을 발표했다. '이장혁 1집'은 인디계의 놀라운 성취로 여겨진다. 한국 대중음악 100대 명반에 꼽히기도 했고, 2000년대 최고 음반 중 하나로 평가받기도 했다. 팬들로부터 인디계의 '이본좌'라는 애칭도 얻었다(원래 '본좌'는 무협지에서 자기 자신을 높여 부를 때 사용되곤 했다. 그러나 최근 인터넷에서는 특정 분야에서 탁월할 능력을 발휘하는 이를 지칭하는 은어로 쓰인다).

1996년 인디계에 발을 들여놓고 8년이 지나서야, 이장혁은 자신의 고유색을 담은 첫 정규 앨범을 발표했다. 밴드 시절부터 자작곡만으로 활동해온 싱어송라이터였지만 "밴드의 음악은 밴드의 음악일 뿐 나의 음악은 아니다"라고 말했던 그였다.

음악성을 인정받고 지독하게 그를 사랑하는 팬들이 생겨났지만, 그렇다고 이장혁이 대중적인 스타가 된 건 아니었다. 그는, 그리고 그의 음악은 한국 대중음악의 마이너리티다. 스타를 만들어내는 대형 기획사와 음악의 유통구조를 틀어쥔 방송과 거리를 두고 있는 장혁을 아는 사람은, 당연히 많지 않다. 누군가는 장혁이 널리 알려지지 않은 게 안타까울 것이다. 하지만 난 오히려 그게 기뻤다.

그를 보고 있으면 잘 보존돼 있는 문화재를 접하는 느낌이었다. 동시대의 큰 흐름과 동떨어져 있지만 결코 뒤떨어져 있지 않은 무엇. 그 속에서 발견한 그의 재능과 꿈, 그것을 떠받치고 있는 고독. 그의 꿈을 탐구하며 나는 모든 꿈은 결국 혼자 감당해야 한다는 걸 절감했다. 내가 본 장혁은 '꿈 앞에 선 단독자'였다. 혼자서는 아무것도 할 수 없는 가수들이 뮤지션이라는 이름으로 대중의 사랑을 받으며 막연하고 추상적인 장밋빛 꿈을 대중에게 이야기하는 요즘, 이장혁은 그 자체가 신선함이었다. 이본좌. 이 별명이 쓸쓸해 보여서 또한 마음에 들었다. 그를 만나고 나서야 나는 꿈에 대한 이야기를 쓸 수 있을 거란 확신이 들었다.

멘토의 시대다. 꿈에 대한 이야기가 요즘처럼 풍요로운 시절을 나는 보지 못했다. 하지만 이야기의 풍요로움은 실체의 빈곤을 의미하는지도 모른다. 존경하는 멘토들의 이야기를 들으면 나도 가슴이 쿵쾅거린다. 그것은 아마도 내 안에 어떤 아쉬움이 진하게 남아 있기 때문일 것이다.

꿈에 대한 이야기가 넘쳐나는데, 거기에 하나를 더 보태는 것이 무슨 의미가 있을지 나는 결론내지 못했다. 꿈에 대한 이야기는 반드시 '긍정과 희망의 분위기'를 담고 있어야 한다고 오해했었다. 손바닥만한 사색의 지평 위에서 꿈을 고민했고, 그만큼의 공간에서 헤매고 또 헤맸다. 거기서 나를 끌고 나와 꿈의 광대함에 내던진 것이 이장혁이었다.

꿈이란 의지이면서 동시에 운명이고, 긍정이면서 고통이고 외로움이며, 어느 시점에선 자신을 사랑하는 사람을 배반하는 것이 되기도 한다는 것을 이장혁을 통해 알게 되었다.

아니, 꿈에 대한 이런 말풀이 따위도 필요 없을지 모른다. 이야기가 시작되는 순간, 꿈에 대한 판단은 독자의 몫이다.

이장혁을 만난 뒤 임성모를 만났다. 주행거리가 128만 킬로미터나 되는, 말도 안 되게 낡은 트럭. 그것을 20년 가까이 몰던 환갑 가까운 아저씨가 〈퀴즈 대한민국〉에 나와서 퀴즈 영웅이 됐다. 누구나 인생을 살다보면 한 번쯤은 미칠 수 있다고, 임성모는 온몸으로 증언했다. 하지만 과거와 현실의 씁쓸함을 함께 보지 못한다면, 그의 꿈을 결코 이해할 수 없을 것이다. 그가 품어낸 꿈의 절실함도.

자스민은 1995년 한국으로 시집온 필리핀 이주여성이다. 그가 한국에서 살아온 16년은 동남아 출신 며느리의 역사와 궤를 같이한다. 하지만 이러한 일반화는 그녀에겐 통하지 않는다. 그녀는 필리핀에서나 한국에서나 매우 독특한 이력을 쌓아왔다. 최근에는 영화 〈완득이〉에서 완득이의 어머니로 출연하기도 했다. 나는 그녀의 삶에서 '꿈으로부터 도망치지 않는 자'의 힘을 엿봤다. 그리고 참기 힘든 상처까지도.

그리고 서경덕. 직함이 '한국홍보전문가'인 사나이. 뉴욕타임스에 독도 광고를 낸 사람으로 잘 알려진 사람. 그의 삶은 맹렬하게 희망을 향하고 있다. 그는 굉장한 행동주의자다. 그는 꿈을 향한 노가다꾼이다. 생각을 행동으로 이어가는 그의 이야기는 경이로웠다. 그리고 그것이 얼마나 비장한 일인가를 알게 됐다. 그의 구체적인 삶을 통해서.

네 명의 꿈과 삶. 그들은 동떨어져 있으나 뒤떨어지지 않았다. 이 책은 그런 삶을 가능케 한 '어떤 힘'을 추적하는 이야기일 수 있다. 바로 그 추적의 '과정'으로 여러분을 초대하고 싶었다.

꿈꾸는 네 사람. 그들을 만나면서 한 사람이 한 사람에게 자신의 인생을 드러내는 것이 얼마나 무거운 일인지 깨달았다. 매 순간 그들의 인생에 빠져들었고, 그로 인해 고통스러우면서도 행복했다.

이 책을 통해 네 개의 꿈을 만나고, 네 개의 인생을 만나고, 결국은 당신 스스로와 마주하길 바라는 마음으로 글을 썼다. 독자 여러분이 거기까지 이르게 되길 원한다. 벅찬 기대 그 이면에 숨어 있는 질곡 속에서 상당 시간 머물러보길, 당신이 버텨내는 사람이길, 그래도 꿈을 꾸겠냐고 누군가 물었을 때 대답할 수 있는 사람이길, 당신이 그런 귀한 존재이길 바란다.

마지막으로 고마움을 전하고 싶다. 처음부터 마지막까지 고민을 함께 한 문학동네 강명효 실장은 나에게 선생님 같은 존재였다. 그리고 나의 아내 한애란은 누구보다 책의 탄생을 고대하고 고대함으로써 내가 이 세상에서 누구와 가장 강력하게 맺어져 있는가를 증명해주었다. 그녀가 없었다면 지금의 나도 이 책도 세상에 없었을 것이다.

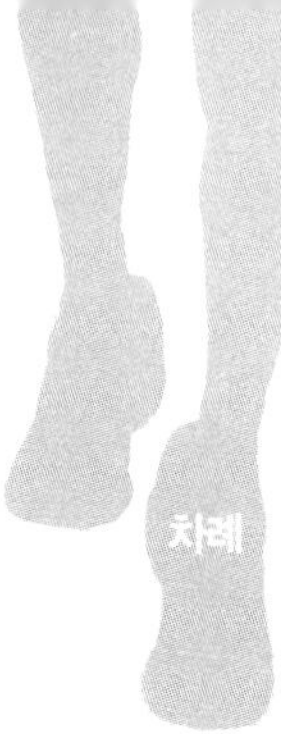

차례

| 쉰여덟 살 퀴즈 영웅 임성모 | 살다보면 한 번쯤은 미치게 된다

| 인디계의 '이본좌' 가수 이장혁 | 꿈앞에 선 단독자

| 외국인 출신 1호 국회의원 자스민 | 꿈으로부터 도망치지 않는다

| '한국홍보전문가' 서경덕 |

행동하는 꿈

서경덕 교수. 2011년 10월 10일 도곡동 SSAM스튜디오에서.

• • •

"사실 따지고 보면 어려울 게 하나도 없는 일이야.
그저…… 맨땅에 헤딩해도 괜찮으니
한번 부딪혀보겠다는 한국인이 없었던 것뿐이야.
행동하는 사람이 없었을 뿐이지."

돈이 아니라 행동이 없어서 못 한 일들

한국인 서경덕은 그곳에서 촌놈이었다. 세계의 모든 문화는 뉴욕으로 통했지만, 뉴욕의 한복판에서든 주변에서든 '한국인'으로서 자긍심을 느낄 수는 없었다. 한국이라는 나라의 이름을 모르는 사람은 거의 없었지만, 한국을 한국으로 기억하게 만드는 고유한 문화에 대해 사람들은 알지 못했다. 그곳에서 우리나라는 거의 알려지지 않았다.

메트로폴리탄 미술관은 서경덕에게 흥미로운 장소였다. 뉴욕에 오는 사람이라면 반드시 찾는다는 그곳의 연간 방문객은 500만 명을 웃돈다. 19만 제곱미터(약 5만 7,500평)의 방대한 미술관은 온갖 국적의 사람들로 늘 북적인다. 파리 루브르 박물관, 런던의 대영박물관과 어깨를 나란히 하는 메트로폴리탄 미술관만큼 글로벌한 장소도 드물다. 가장 글로벌한 그곳이야말로 한국홍보전문가에겐 도전의 장이었다.

2006년까지 미술관은 영어, 독일어, 프랑스어, 스페인어, 이탈리아어, 중국어, 일본어 등 일곱 개 언어로 된 음성 안내 서비스만을 실시하고 있었다. 이 일곱 개 이외의 언어를 사용하는 이들은 그곳에서 소수자였다. 고려 대상에 들지 못하는 나라, 그것이 한국의 위상이었다.

연간 5백만 명 이상이 찾는 미술관에 '한국어 음성 안내 서비스'를 추가할 수만 있다면 그 효과는 상당할 것이다. 미술관을 찾는 한국인에게 편리한 안내를 제공하는 차원만의 일이 아니었다. 사람들은 한국에도 고유 언어가 있음을 인지할 것이고, 그로 인해 한국에 대해 한 번 더 생각할 것이다. 외국인은 여덟 개 언어 중 하나로 자리 잡은 한국어를 보며 한국의 위상을 짐작할 것이고, 우리의 미래 세대는 그것으로 인해 자부심을 키워갈 것이다.

그런 생각이 들자 서경덕은 가만히 있을 수 없었다. '메트로폴리탄 미술관에 한국어 서비스를 시작한다'는 목표가 생겼고, 그는 망설이지 않았다. 미술관의 조직도를 보고 담당부서를 찾아내 전화를 걸었다.

담당자는 갸우뚱했다. 정부도 아니고, 비영리재단도 아니고, 기업도 아니고, 개인이 한국어 서비스를 만들겠다는 말을 하니 선뜻 이해하지 못했다.

"딱 5분만 시간을 내주십시오. 한국에서 먼 길을 달려왔습니다."

2006년의 봄이었다. 아직 쌀쌀했다. 미술관은 각양각종의 인파로 붐볐다. 그곳의 낯선 사람, 한국인 서경덕은 담당자를 만나자마자 자신의 포트폴리오를 꺼내 보였다. 이런 식의 일을 하자면 자신이 누구인지 상대방이 분명히 알아야 했다. 신뢰 없이는 어떤 일도 진행되지 않는다는 걸 오랜 시행착오 끝에 절감했다.

그는 자신이 뉴욕타임스, 워싱턴포스트, 월스트리트저널에 실은 한국 홍보광고를 보여주었다. 세계적 권위지들에 지속적으로 광고를 실었다는 것만으로도 서경덕의 신분은 확실히 보장되었다. 또한 예산을 마련할 능력이 있다는 사실도 보여줄 수 있었다.

"한국인 관광객이 크게 늘고 있습니다. 미술관의 주요 고객으로 대접할 때가 되었습니다."

"그렇습니다만, 우리가 당장 예산을 집행해서 음성 서비스를 도입하기에는 (한국이) 작은 시장인 것은 분명합니다."

"서비스에 들어가는 돈을 기부하면 시작할 수 있습니까?"

"논의를 한 뒤 연락드리죠."

며칠 뒤 연락이 왔다. 돈만 마련되면 서비스를 시작할 수 있다는 내부 결정이 내려졌다고 했다. 서경덕은 미술관을 다시 찾아갔다.

"한국어 음성 서비스를 만들려면 8만 달러가 필요합니다. 돈이 입금되면 계약서를 써드리겠습니다."

'고작 그 정도 돈 때문에……'

"감사합니다. 그런데 지금 돈이 없습니다. 미술관 측에서 계약서를 써주시면 그걸 가지고 가서 8만 달러를 후원할 사람을 찾아오겠습니다. 6개월만 시간을 주십시오."

이건 어디서 들어본 이야기 아닌가. 고 정주영 현대그룹 명예회장의 일화. 영국의 선주船主를 찾아가 백사장 사진을 보여주며 "배를 주문하겠다는 계약서를 써주면 그걸 가지고 대출을 받아 백사장에 공장을 지어 배를 만들어주겠다"고 한 정 회장의 이야기. 그리고 그의 일갈一喝.

"해봤어?"

해봤냐는 직설적인 물음만큼 사람을 난처하게 만드는 것도 없을 것이다. 우리는 대부분 '해보지 않고' 유예해버리거나 '해보는 시늉만 하고' 결론내거나 '지나치게 신중한 계산에 함몰되어' 행동하기를 두려워한다. 그러나 '하지 않으면' 어떤 것도 구체화할 수 없다.

미술관에서 다시 연락이 왔다. 계약서를 써줄 테니 6개월 안에 기부를 하라고 했다. 서경덕은 계약서를 들고 정부기관과 기업 200여 곳을 돌아다녔다. 의미에 공감하는 이들은 많았으나, 돈이 실제로 집행되는 일은 복잡하고 어려웠다. 공감과 집행의 차이는 컸다. 하지만 포기하지 않고 문을 두드린 결과 한 기관에서 후원을 받을 수 있었고, 2007년부터 메트로폴리탄 미술관 음성 안내 서비스에 한국어를 추가할 수 있었다.

서경덕은 뉴욕 현대미술관MOMA, 뉴욕에 있는 미국자연사박물관, 워싱턴에 있는 스미소니언 자연사박물관 등 굴지의 박물관에 한국어 안내 서비스도 론칭시켰다. 놀라운 일이었지만 그는 대수롭지 않다는 듯 얘기했다.

"사실 따지고 보면 어려울 게 하나도 없는 일이야. 엄청난 계약을 따내는 것처럼 숨 막히는 협상과 치밀한 계산이 필요한 게 아니잖아. 그저…… 맨땅에 헤딩해도 괜찮으니 한번 부딪혀보겠다는 한국인이 없었던 것뿐이야. 행동하는 사람이 없었을 뿐이지."

그의 순수성을 겨냥하다

그를 처음 만난 건 2008년 여름이었다.

7월 9일자 뉴욕타임스에 독도 전면광고가 게재되었다. 'DO YOU KNOW?'(알고 있습니까?)라는 굵직한 카피가 눈에 들어왔다. '독도와 동해East Sea'를 알리는 의견광고였다. 당연히 광고의 대척점은 일본이었다. 가수 김장훈이 광고비 전액을 기부했다는 기사가 화제가 되었다. '한국홍보전문가' 서경덕이 기획을 맡았다고 했다.

한국홍보전문가?

일반적인 직업 분류에 익숙한 나에게 '한국홍보전문가'라는 직함은 생뚱맞았다. 대중의 이목을 끌어당기는 데 일가견이 있는 이벤트 전문가쯤 되지 않을까, 하고 짐작했을 뿐이다. 하지만 '이번이 처음이 아니고 2005년부터 여러 차례 미국의 유력지에 광고를 해왔다'라는 부분에선 눈길이 멈추었다. 이전 광고는 자비로 충당했다는 부분에선 의아했다. '연속성'과 '의지'를 고려하면 광고의 주인공은 김장훈이 아니라 서경덕이어야 이치에 맞는 것 아닌가.

그가 궁금해졌다. 출신이, 배경이, 그의 생각이 궁금했다. 뭐 하며 밥벌이를 하는지도 알고 싶어졌다. 이런 일을 언제까지 할 것인지, 이런 일을 평생 할 수 있을지, 이런 일을 발판 삼아 다른 일을 하려는 건 아닌지, 이런 질문들에 정직하게 답할 수 있는 사람인지, 궁금했다. 'Do you know?'라는 광고 카피가 '서경덕을 알고 있느냐'는 말처럼 느껴졌다. 몇 군데 수소문하니 그의 연락처를 쉽게 얻을 수 있었다. 홍보 전문가니까 밤낮으로 통신선상에 대기하고 있을 것이었다. 무작정 전화해 만나자고 했다. 그가 알려준 주소는 강남의 노른자 지역에 있는 한 단독주택이었다.

'역시, 좀 사는 집 도련님인가. 그러니까 이런 일을 벌였겠지. 유학파겠군……'

그런 나의 상상에는 질투심 같은 감정이 녹아 있었는지 모른다. 나보다 겨우 한 살 많은 젊은이의 업적은 국내외적으로 큰 파장을 낳았다. 누군가의 성공을 그의 배경으로 치환해버리고 싶은 욕망은, 나에게도 있었다. 그리하여 나의 생각은 '그의 행동에는 숨은 의도가 있을 수 있으니, 자칫 그의 장삿속에 휘둘리는 것을 경계해야 한다'는 경계심으로까지 이어졌다. 그런 생각이 나를 편안하게 만들었다. 하지만 한편으론 걱정도 되었다.

'이거 얘기 안 되는 거 아냐. 할 일도 많은데……'('얘기된다'는 표현은 기자들이 주로 쓰는 말이다. 보도할 가치가 있을 때, 드라마틱한 이야기가 숨어 있을 때, 특종감일 때 '얘기된다'고 말하곤 한다)

그가 알려준 주택으로 갔다. 그곳은 집이 아니라 서경덕과 함께 프로젝트를 진행하는 영화사였다. 주택을 사옥으로 쓰고 있었던 것이다. 서씨는 "나를 도와주시는 분 사무실"이라고 했다. '도와주시는 분'은 회의실을 우리에게 내준 뒤, 인스턴트커피 한 잔을 내왔다.

서경덕은 1974년 신림동에서 태어났으며 지금도 그곳에 살고 있다. 유학 경험은 없다. 성균관대를 졸업했고 군대는 현역으로 다녀왔다. 1남 4녀의 막내다. 그의 배경은 평범했다.

그는 1994년에 전국 대학 연합동아리인 '생존경쟁'을 만들었다. 이를 바탕으로 여러 가지 공익 마케팅 프로젝트를 진행하며 '한국홍보전문가'라는 독특한 커리어를 쌓아왔다.

뉴욕타임스를 시작으로 워싱턴포스트, 월스트리트저널 같은 유력지에 독도, 동해, 고구려, 위안부에 관한 광고를 냈다. 메트로폴리탄과 같은 초대형 미술박물관의 한국어 음성 서비스를 이끌어냈다.

대뜸 그에게 물었다.

"돈이 어디에서 나서요?"

"공익적인 목적의 프로젝트를 위해 기부를 받았습니다. 사방팔방으로 뛰었고, 그때마다 도와주는 분들이 나타났습니다. 개인도 있고 기업도 있고요."

"그 돈으로 생계 문제도 해결하나요?"

질문에 서경덕은 살짝 웃은 뒤 진지한 표정으로 말했다. 대답은 이미 준비되어 있었다.

"기부받은 돈을 개인적으로 쓸 순 없죠. 틈틈이 기업의 공익 마케팅 프로젝트를 맡았습니다. 대학 시절부터 해온 다양한 활동 덕에 기업으로부터 수많은 제의가 들어옵니다. 이것으로 생계뿐만 아니라 홍보 활동의 밑천도 마련할 수 있었죠."

나의 질문은 서경덕의 순수성을 겨냥하고 있었다. 하지만 그는 당황하지 않았다. 순수성을 의심하는 물음을, 그는 수없이 들었을 것이다.

인터뷰 중간 쉬는 시간에 다른 취재원을 통해 서경덕의 평판을 문의했다. 한결같이 '독특하지만 믿을 만하다'는 대답이 돌아왔다. 정보를 담당하는 경찰도 문제 될 게 없는 사람이라고 했다.

인터뷰가 끝나기도 전에, 나는 그에게 조금씩 끌리기 시작했다. 마케팅과 홍보는 비즈니스 용어다. 그것의 일반적인 목적은 이윤 추구다. 서경덕의 활동은 그러한 일반적인 의미를 넘어서고 있는 듯 보였다. 그는 동기부여의 힘을 '경제적 보상'이 아닌 '자부심'에서 찾고 있었다.

'이 사람 얘기되네……'

인스턴트커피 한 잔을 앞에 두고 두 시간 넘게 이야기했다. 재미있었다. 그의 경험은 나에게 신천지였다. 집에 돌아와 밤늦게까지 '아침 보고를 위한 메모'를 만들었다.

지금까지 서경덕에 대한 기사가 많이 나왔지만 핵심에 다가가진 못했다. 피상적 팩트만 전달했을 뿐이었다. 나는 기사에 신념을 담고 싶었다. 이리저리 머리를 굴리다 '뉴욕타임스에 독도 전면광고를 낸 서경덕의 마케팅 열전'이라는 제목을 뽑았다. 나는 '공익적 마케터로서 서경덕의 열정'을 강조하고 싶었다. 그의 활동이 국민을 감동시키는 이유에 대해 이야기하고 싶었다. 기사의 게재를 의심하지 않았다. 그러나 서경덕 기사는 킬kill되었다. 편집회의에서 쓰지 않기로 결정했다.

왜?

회의의 결정을 이해할 수 없었다. 당장이라도 회사에 전화를 걸어 "오늘 기사 중 다른 어떤 게 이보다 좋은가"라고 묻고 싶었다. 자존심이 상했다. 저녁에 회사로 들어갔다. 부장에게 이유를 물었다.

"오늘 기사에 무슨 문제가 있었는지요?"

"장사치 아니냐는 반론이 많았어. 이런 활동을 통해 지명도를 높인 뒤 다른 기업 활동을 많이 하는 거 아니냐는 거야."

그 말에 화가 났다. 취재한 건 난데, 반론이 들어오면 내게 물었어야지.

"저에게 묻지 않으셨잖아요."

나의 말투가 거슬렸던지, 부장이 안경 위로 눈을 치켜떴다. 그러고는 다시 노트북 컴퓨터 화면으로 시선을 옮기고 목소리를 낮춰 말했다.

"나도 아쉽다. 다음에 기회가 있겠지."

바쁜 저녁 시간이었다. 더이상 킬된 기사를 가지고 논쟁할 여유가 없었다. 날선 논쟁을 이어갈 만큼 이 기사에 목숨을 걸고 싶은 마음은 없었다. '다음에 기회가 있겠지……' 그와의 첫 만남이 그렇게 마무리되었다.

시간이 많이 흐른 2009년 봄의 어느 날이었다. 서울대학교 기자실에서 일상적인 업무에 파묻혀 있었다. 저녁쯤 전화가 걸려왔다. 휴대폰에 낯선 번호가 찍혔다.

"여보세요."

"오랜만입니다. 지난해 만났던 서경덕입니다."

"네?"

"독도 광고 때문에 만났었죠. 뉴욕타임스에 광고를 실은……"

"아…… 안녕하세요. 오랜만입니다."

그의 전화번호를 저장해놓지 않았었다. 그는 낙성대에 일이 있어 들렀는데, 지난해 만났을 당시 "서울대에 출입한다(서울대를 주로 취재한다)"는 내 얘기를 기억하고 있었고, 혹시 학교에 있을까 하여 전화를 했다고 했다. 구내식당에서 만나 저녁을 먹었다.

"그때 인터뷰만 하고 기사가 나가지 못했습니다. 연락이라도 드렸어야 하는데……"

"하하. 뭐 어떻습니까. 새털같이 많은 날이 있잖아요."

"그런데, 어떤 일로?"

"오랜만에 말이 통하는 분을 만났다고 생각했어요. 그냥 한번 보고 싶었습니다."

단순하게도, 그 한마디 말에 기분이 좋아졌다. 우리는 이런저런 이야기를 했다. 서경덕의 이야기 중에 "광고를 낸 후 세계 곳곳의 한인들로부터 연락이 오고 있다"는 말에 귀가 쏠렸다.

괌의 한 교포에게서 광고 원본 파일을 보내달라고 연락이 왔더란다. 그래서 보내줬더니 괌 현지 신문에 전면광고를 냈다. 로스앤젤레스 근교에 사는 사람은 고속도로 광고판에 독도 광고를 게재했고, 어떤 이는 2층버스 광고판에 실었다. 세탁소를 운영하며 이민의 어려운 시간을 보내고 있는 어떤 한인은 세탁물 비닐 포장지에 독도 광고를 인쇄해 고객들에게 배달했다. 유타대 한인 유학생들은 자기들도 광고를 내겠다며 원본 파일을 요청해왔다. 다른 대학 한인 학생회에서는 광고 원본을 가지고 티셔츠까지 제작했다. 그들은 외국인 친구들과 함께 역사에 대해 토론하는 사진을 보내주기도 했다. 나는 문득 이것이야말로 글로벌리즘이 아닌가, 하는 생각을 했다.

"와…… 독도 글로벌리즘이군요."

생소한 듯 그가 물었다.

"무슨 글로벌리즘이요?"

"독도 글로벌리즘. 이상한가요? 독도 이슈는 자칫 국수주의로 비치기 쉽잖아요. 동해와 일본해를 지키고 싶은 두 개의 감정. 그건 절충을 용납하지 않는 감정이죠. 하지만 독도 광고를 가지고 이런저런 활동을 하는 한인들을 보니, 그들은 이 문제를 좀 다르게 풀고 있는 거 같아요. 글로벌리즘에서 '함께 어울리는 것'만큼이나 중요한 건 '자기 정체성을 잃지 않는 것'이라고 생각해요. '종족에 뿌리를 둔 보편적 세계시민'이란 말도 있잖아요."

"흠…… 언젠가 정부의 높은 분에게 전화를 받은 적이 있어요. '당신의 행동이 독도를 분쟁지역으로 부각시키고 있다……' 이렇게 말하더군요. 하지만 전 독도를 우리 한국의 중요한 콘텐츠라고 생각하거든요. 독도라는 콘텐츠로 한국과 재외동포를, 그리고 더 나아가 한국과 세계를 연결할 수 있다고 생각했어요. '독도 글로벌리즘'도 그런 생각과 일맥상통하는 거죠? 하하."

우리는 오랫동안 수다에 몰입했다. 그렇게 만나고 두어 달 정도 지났을까. 서경덕이 뉴욕타임스에 또 전면광고를 실었다. 2009년 5월 11일자. 헤드 카피는 'Error in NYT'(뉴욕타임스의 오류). '뉴욕타임스 기사에 나온 일본해Sea of Japan는 동해East Sea의 잘못된 표기다. 뉴욕타임스가 실수했다'는 내용이었다. 파격적이었다. 자기 신문 지면에 자사의 오류를 지적하는 광고를 싣는 일이 쉽지는 않았을 것이다.

다시 그의 이야기를 쓰고 싶어졌다. '한번 쓰고 싶은 건, 그것이 옳

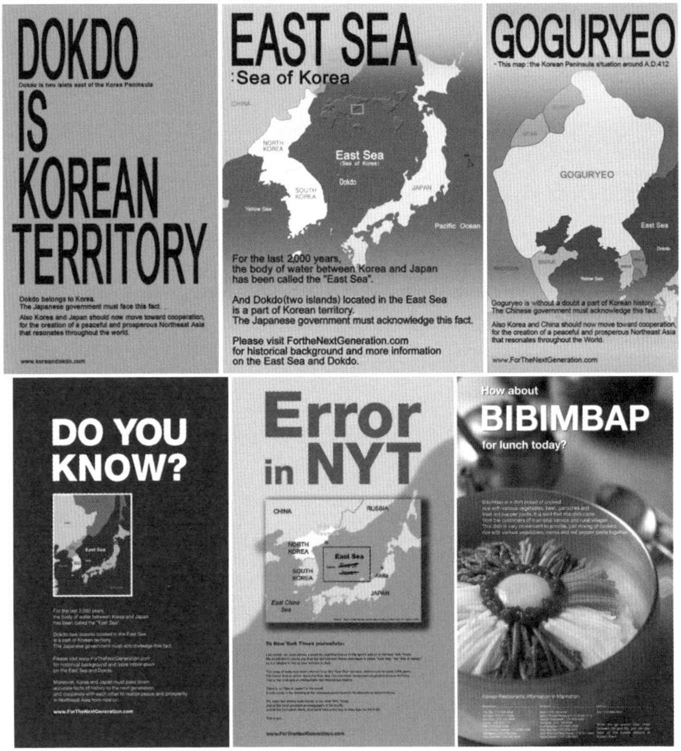

서경덕이 뉴욕타임스와 월스트리트저널에 실은 독도와 동해, 비빔밥 관련 광고들.

• • •

서경덕의 길은 지금까지 그 누구도 가지 않은 길이다.
불가능한지, 가능한지를 타진할 모델이 그에겐 없다.
그저 부딪혀볼 뿐이다. 도전정신. 서경덕만큼
이 단어를 완벽하게 설명해줄 수 있는 인물은 드물다.

다면 반드시 쓴다.' 거창한 신념은 없어도 이런 고집은 있어야 기자 생활이 가능하다고 믿고 있다.

지난 기사 메모의 포인트는 '미친 마케터'였다. 트렌디한 느낌이 다분했다. 이번엔 기교를 부리고 싶지 않았다. 그의 스토리 자체가 충분히 읽을 만한 가치가 있기 때문이다.

서경덕의 길은 지금까지 그 누구도 가지 않은 길이다. 불가능한지, 가능한지를 타진할 모델이 그에겐 없다. 그저 부딪혀볼 뿐이다. 도전정신. 서경덕만큼 이 단어를 완벽하게 설명해줄 수 있는 인물은 드물다.

메트로폴리탄 미술관의 일화는 '독도'로만 규정되던 그의 지평을 확 넓혔다. 독도 광고가 워낙 강렬해서 그 이상의 서경덕을 바라보지 못했었다. 그것이 그를 오해하게 만들고, 그를 좁게 해석하게 만들었다. 그의 한국 홍보 활동은 독도 외에도 정말 다양했고, 그 성취는 놀라웠다. '한국 홍보'라는 대단히 추상적인 말을 적확하게 설명해줄 사례들을 찾은 뒤, 이것을 통해 취재보고를 다시 올렸다. 근 1년 만이었다. 이번 기사는 아무 저항 없이 지면에 실릴 수 있었다. '직함이 한국홍보전문가인 사나이'라는 제목이었다. 독자에게 이런 이야기를 들려주게 되어 기뻤다.

얼마 후 우리는 소주를 마셨다. 서경덕은 두주불사다. 그만큼 술을 좋아하는 사람도 드물다. 한 살 차이인데 편하게 지내자고 했다. 그러다 술김에 말을 놓고, 한 살 많으니까 '야'라고 부를 순 없어 '형'이라고 불렀다.

그제야 알게 되었는데, 1년 전에 갔던 강남의 단독주택은 독도 다큐멘터리 영화를 제작한 '지오엔터테인먼트'의 사옥이었다. 지오엔터테

인먼트는 〈식객〉 〈맨발의 기봉이〉 등을 제작한 영화사로 유명하다. 2007년 어느 날, 이 회사의 최현묵 대표가 서경덕에게 전화를 걸어왔다. 일면식도 없는 사이였지만 최대표는 그에게 독도 영화 제작을 제의했다. 그렇게 만들어진 다큐멘터리 영화가 〈미안하다 독도야〉였다. 영화의 내레이션은 가수 김장훈이 맡았다. 이것이 인연이 되어 김장훈은 그의 최대 후원자가 되었다. 하지만 두 사람은 기획자와 후원자의 사이로 보이지 않는다. 어렸을 때부터 ×× 보고 자란 동네 형, 동생 같다. 서경덕에게 재능을 기부하고 있는 카피라이터, 웹디자이너 등도 그와 형, 동생으로 지낸다.

그런 맥락 속에서 내가 그와 호형호제하는 게 기분 나쁘지 않았다. 서경덕은 거침없이 다가서서 둘 사이의 사회적 격식을 순식간에 무너뜨리는 재능을 가지고 있다. 거침없는 친근함. 홍보전문가로서 그가 가지고 있는 매력이다.

모텔로 간 남녀 대학생들

경덕은 어린 시절 공부를 꽤 잘했다. 성적이 전교 상위권에 들었다. 누나 네 명도 모두 공부를 잘했다. 누나들이 나이 들어 만난 매형들도 어린 시절부터 공부를 잘한 모범생들이었다. 그런 환경에서 그는 평탄하게 자랐다.

그런 그에게 대학 입시 실패는 최초의 좌절이었다. 최상위 대학을 지원했는데 떨어졌고, 후기로 성균관대에 붙었다. 학력고사 시절(93학번까지)에는 전기와 후기 지원이 나뉘어 있었다. 성균관대, 한양대 등은 서울대 떨어진 학생들이 지원한다고 해서 '후기 서울대'로 불렸다. 후기에 붙었지만 만족할 수 없었던 그는 재수를 선택했다. 하지만 재수마저 실패했다. 불합격 통보를 받은 날 하루 종일 거리를 걸었고, 삼수 외엔 선택의 여지가 없다고 결론을 내렸다. 그런데 반전이 있었다.

부모님이 그를 불렀다.

"혹시 어떻게 될지 몰라 작년에 성균관대에 등록해놨다. 그냥 들어가거라."

그렇게 대학에 들어갔다. 스무 살의 재수생은 충분히 지쳐 있었고, 친구와 선배 들이 누리는 대학 문화에 취해보고 싶었다.

입학 후 경덕은 계속 취해 있었다. 대학 생활의 8할은 술이었다. 술과 당구가 경덕의 대학 생활을 점거하고 있었다. 축제로 달아오른 5월이었다. 경덕은 신촌에서 술을 거하게 마신 뒤 택시를 탔다.

"아저씨, 신림동이요."

경덕은 창문을 열었다. 바람이 시원했다. 술에 취하면 시력이 좋아지는 것 같은 기분이 들었다. 거리의 간판이 선명하게 눈에 들어왔지만 이내 스쳐 지나갔다. 하지만 그 어떤 것도 이정표로 보이지 않았다.

어린 시절 꿈은 택시 기사였다. 부모님을 따라 탄 택시는 어디든 갈 수 있을 것 같았다. 창밖으로 지나가는 모든 풍경이 새로운 세상의 일부처럼 보였다. 어른이 되면 새 세상을 찾아가 경이로운 경험을 할 수 있을 것 같았다. 풍경은 변하지 않았지만 세상을 보는 감탄의 시선은 사라졌다. 택시 기사가 꿈이라는 건 우스갯소리가 되어버렸고.

"젊은이, 한잔했나?"

조용히 운전을 하시던 기사 아저씨가 말을 걸었다. 아버지뻘은 되어 보였다.

"네 어르신, 좀 마셨습니다."

"요즘 대학생들은 왜 공부 안 하고 술만 마시나?"

"네?"

"술 말고 다른 건 없나?"

그렇네. 어르신 말이 맞네. 우리 대학생을 대표하는 문화가 뭐가 있지? 술, 데모, 당구, 미팅, 동아리……? 뭐가 또 있더라. 우리에게 문화라는 게 있긴 있나. 그건 우리 탓인가 사회 탓인가. 뭐가 문제인 거야.

이 인간, 좀 특이하긴 하다. 기성세대의 이런 지적에 반감부터 갖는 게 사람 심리인데, 그는 이런 상투적인 질책을 깊게 받아들였다. "맞아, 맞아" 하면서.

기사 아저씨의 말 한마디가 고민을 낳고, 고민의 끝에서 경덕은 비판하는 자보다 구축하는 자가 되자고 마음먹었다. 그런 다짐은 빠르게 구체화되었다. 한국의 대학생, 하면 떠오르는 독특한 문화를 형성하고 싶었다. 그런 운동을 주도하고 싶었다. 그래서 이런 일을 하기에 적합한 동아리부터 만들어야겠다고 결심했다. '대학 문화'라는 타이틀에 어울리려면 '여러 대학의 연합동아리'로 만들어야 했다. 그래서 여러 대학에 흩어져 있는 친구와 후배 들에게 제안했다. "대학생을 대표하는 문화를 만들자"고 웅변했고, 사정했고, 설득했으며, 따라다니며 꼬였다. 열두 개 대학에 흩어져 있는 열다섯 명이 의기투합했다.

동아리 이름은 미리 생각해놓은 게 있었다. '생존경쟁'. '대학생들은 생존을 위해 맨땅에 헤딩할 줄 아는 존재들'이라는 의미다. 경쟁은 '컴피티션competition'이 아니라 '스트러글struggle'이다. 순위를 매기는 경연이 아니라, 좌충우돌 부딪히며 우리가 살아 있음을 보여주는 것. 실패를 시행착오로 받아들일 수 있는 젊음의 쿨함까지.

슬로건도 정했다. 유니버시티즘Universitism. 대학주의를 표방하는 조어다. 전체를 아우르는 어떤 정신, 철학, 문화를 의미하기도 한다. 글로벌리즘과 뜻이 통한다고 볼 수도 있겠다.

세계화, 세계주의. 그것은 90년대 중반의 시대정신이었다. 김영삼 정부는 'Segyehwa'(세계화)라는 영문 고유명사까지 만들어 세계화를 강조했다. 정부는 그것이 기존의 국제화international와는 다른 개념이라고 했다. 국가와 국가의 상호관계inter가 아니라, 글로벌Global(전 지구)을 삶의 영역으로 받아들이는 상당히 적극적인 개념이었다. 이때부터 세계시민이라는 말도 많이 쓰이기 시작한다. 수능 모의고사에 출제될 정도였다. 북방정책으로 활동 영역을 넓힌 노태우 정부 뒤에 들어선 김영삼 정부의 콘셉트가 이렇게 형성된 건 어쩌면 당연한 일인지도 모르겠다. 아니, 세상은 이미 그렇게 흘러가고 있었다. 인터넷이 일반적으로 사용되기 시작한 때가 90년대 중반부터다. 당시 국내에선 PC통신이 한창이었고, 인류는 지금껏 경험하지 못한 혁명적 방식으로 가까워지고 교류하기 시작했다.

김우중 전 대우그룹 회장의 저서 『세계는 넓고 할 일은 많다』가 큰 인기를 끌었다. 보다 정확히 말하자면, 책의 카피가 엄청난 히트를 쳤다. 더불어 '세계경영'이 사회의 화두가 되었다. '생존경쟁'은 그런 흐름에 놓여 있었다. 지금 보면 작명부터 슬로건까지 엄청나게 거창한데, 당시 사회를 보면 이해가 간다.

생존경쟁의 첫 프로젝트를 정하기 위해 고심하던 어느 날이었다. 신문을 읽는데 눈에 확 들어오는 기사가 있었다.

1994년은 조선의 태조 이성계가 한양으로 천도한 지 600년이 되는 해였다. 서울시는 이를 기념하기 위해 '서울시 정도 600년 타임캡슐'을 제작하는 큰 행사를 준비했다. 캡슐에는 이 시대를 대표하는 물건들

서울 1000년 모습 그려주세요

「4백년후의 예측」 대학생에 공모

시, 우수작 타임캡슐에 수장키로

연합동아리 「생존경쟁」

4백년뒤 서울 시민들의 의-식-주는 어떻게 바뀔까. 그 가상도가 상상력 풍부한 대학생들에 의해 구성돼 타임캡슐에 묻힐 전망이다.

서울대 성균관대 이화여대 동덕여대 경원대 등 5개대학 연합 이벤트동아리인 「생존경쟁」은 타임캡슐에 넣겠다는 서울시의 내락을 받고 10월1일까지 대학생들을 상대로 4백년후 서울시민들의 생활양식 변화 상상도를 공모한다.

또 정도 1천년이 되는 서기2394년에도 서울이 수도의 위치를 계속 유지할 것인지, 새 수도가 생긴다면 위치와 함께 나름의 도시계획안도 접수한다. 형태는 단순한 보고서 수기 모형 그림 설계도면 등 제한이 없다.

「생존경쟁」의 徐耕德회장(20·성균관대 조경과1년)은 『정도 6백년 행사에 대학생들의 참여 기회가 적은 것을 안타깝게 여기다 대학생들의 상상력을 타임캡슐에 담을 「4백년 후의 예측」을 기획하게 됐다』고 말했다.

서울시는 『수용가치가 있는 것은 받아들여 타임캡슐에 담겠다』고 밝혔다. 문의 02(878)5905. <李健雨기자>

(왼쪽) 1996년 5월 5일 2002년 한국 월드컵 유치 프로젝트에 나선 생존경쟁 멤버들.
(오른쪽) 1994년 10월 한 종합일간지에 소개된 연합동아리 생존경쟁과 그 리더 서경덕.

• • •

"어렸을 때부터 공부를 잘했지만
대입엔 실패했다고 생각했어. 조금 쪽팔렸지.
그래서 세상에 뭔가 보여주고 싶었어.
내가 대입에선 최고가 되지 못했지만
나만의 특별한 것으로 최고가 될 거라고.
그런 콤플렉스 같은 게 있었다.
내가 만들고 싶은 건 최고의 동아리지,
최고의 벤처기업이 아니었다고. 그땐 그랬었지.
그러다 거기에서 재미를 찾은 거야.
그 어떤 것도 주지 못하는 재미."

이 담길 예정이었다(캡슐은 정도 1,000년이 되는 2394년에 개봉한다).

타임캡슐에는, 당시 서울의 주택난을 보여주는 아파트 청약 행렬을 담은 영상물, 올림픽 경기장 모형, 버스 토큰 등이 담길 예정이었다. 사회상을 반영한다고 해서 최루탄도 거론되었다.

이런 건 굳이 캡슐에 담지 않아도 다 남을 것들 아닌가. 역사에 기록될 것이고, 기록물들을 보전하겠지…… 잠깐, 넣으려는 것들이 모두 물건이잖아. 그럼 우린 생각을 담을까. 지금 1994년을 살고 있는 대학생의 상상력을 담는 건 어때? 그래, 400년 뒤의 세상에 대한 대학생의 상상을 담아보자.

생존경쟁은 이런 내용을 담은 기획서를 작성한 뒤 무작정 서울시 '정도 600년 사업팀'을 찾아갔다. 직원의 얼굴엔 이렇게 씌어 있었다.

'귀찮아 죽겠네.'

그 표정으로 물었다.

"생존경쟁? 이거 데모하는 동아리 아니요?"

이렇게 시작한 대화는 생산적으로 흐르지 않았다. 기획서만으론 어떠한 동의도 받아낼 수 없을 것 같았다.

"그렇다면 선생님, 저희가 뭔가 멋진 것을 만들어오면 받아주시겠습니까?"

직원은 한동안 경덕의 얼굴을 쳐다보더니, 말했다.

"……그럽시다."

생존경쟁이 타임캡슐에 담고 싶은 건 '상상'이었다. 1994년의 대학생은 400년 뒤를 어떻게 예측했나? 400년 뒤의 패션, 400년 뒤의 음식, 400년 뒤의 건축물, 400년 뒤의 의료기술, 400년 뒤의 수도와

국경까지.

이를 위해서는 대대적인 설문조사가 필요했다. 생존경쟁은 전국 60여 개 대학에 돌릴 2만 3,940장의 설문지를 만들었다. 타임캡슐을 개봉하는 해가 2394년이라는 데에서 착안한 것이다. 몇 개 대학씩 맡은 생존경쟁 회원들은 전국으로 흩어졌다. 때는 여름이었다.

1994년의 여름은 혹독했다. 장마는 온지도 모르게 끝나버렸고, 거침없이 내리쬐는 태양에 대지는 식을 줄 몰랐다. 35도를 웃도는 날이 계속되었다. '기록적인 폭염'이라는 보도가 연일 이어졌다. 땀에 젖고 마르기를 반복한 티셔츠는 언제나 허연색으로 얼룩져 있었고, 몸에서는 시큼한 냄새가 풍겼다.

기획부터 집계까지 모든 작업이 만만치 않았다. 가장 큰 문제는 장소였다. 신생 연합동아리여서 변변한 동아리방도 없었다. 커피전문점은 돈을 감당할 수 없었다. 대학 캠퍼스에서도 해봤는데 밤새 모기에 시달려 견딜 수가 없었다. 이래서는 일을 진행할 수 없었다.

그래서 경덕이 낸 아이디어가 신림동의 모텔이었다. 서울대입구역에서 신림역에 이르는 방대한 모텔촌은 전국 최대 규모라 할 만하다. 경덕은 모텔을 돌아다니며 사정 얘기를 했다. 모텔 주인들은 난처한 표정을 지었다. 주인들은 남녀 단체 혼숙混宿을 받아줄 수 없다고 했다. 지금 생각해보면, 역 근처 모텔에는 방 회전율이 중요했을 것이다. 숙박보다 대실貸室이 훨씬 남는 장사니까, 수지가 맞지 않는 장사를 요구하는 철없는 대학생들을 받아줄 수 없었겠지. 어렵사리 찾아찾아 간 곳이 뒷골목의 허름한 여관이었다. 분위기 잡고 대실하기에는 조금 누추한, 그래서 일하려는 남녀 대학생에겐 더 좋은.

남녀가 단체로 드나드는 것이 이상하게 보일까봐 문을 열어놓고 일했다. 열다섯 명이 모두 들어갈 순 없었기 때문에 2~3개로 조를 나눠 로테이션으로 일했다. 처음엔 반신반의하던 주인 아저씨도 시간이 흐르자 생존경쟁을 위해 방 하나를 따로 빼놓을 정도로 지원해주었다. 시간이 흐른 뒤에야 아저씨의 배려가 상당히 어려운 선택이었음을 알게 되었다.

생존경쟁은 설문의 질을 높이기 위해 상금도 내걸었다. 400년 후의 패션을 담기 위해, 전국의 패션 관련 학과를 돌아다니며 작품을 공모했다. 건축물은 건축학과, 의료기술은 의대 등에서 공모를 받았다. 그때 당시 1등에게 50만 원, 2등에게 30만 원, 3등에게 20만 원을 상금으로 내걸었다. 공짜는 공짜만큼의 물건이 나온다는 게 경덕의 생각이었다. 아이디어에는 공정한 대가가 필요하다는 그의 원칙은 이때 만들어졌다.

열다섯 명의 회원들은 전원 '비용 마련 아르바이트'를 뛰었다. 과외는 양반이었고, 서빙부터 막노동까지 안 해본 게 없었다. 그렇게 돈을 모았지만 비용은 여전히 모자랐다. 생존경쟁은 밥값을 아끼기 위해 대부분의 식사를 떡볶이로 때웠다. 떡볶이, 튀김, 순대를 파는 포장마차에 떼거리로 몰려가 "2만 원어치만 먹겠습니다" 하곤 정신없이 먹어댔다. 주인 할머니는 학생들이 그만 먹을 때까지 떡볶이를 퍼주었다. "목맥혀"라고 하시며 오뎅 국물도 퍼주었다. 지금도 그때를 생각하면 할머니 얼굴이 제일 먼저 떠오른다. 다른 어떤 짜릿한 경험보다 할머니 얼굴이 가장 먼저 떠오르는 이유를 딱히 설명할 길은 없다. 경덕은 졸업 후 할머니를 찾아가 용돈과 함께 감사 인사를 드렸다.

그렇게 첫번째 프로젝트가 진행되었다. 여름의 절정이 지나고 새벽에는 제법 한기가 느껴질 때쯤 프로젝트의 결과물이 모습을 드러냈다. 설문 결과는 흥미로웠다. 400년 후 수도를 묻는 질문에 대해, 가장 많은 이들이 평양이라고 답했다. 의외였지만 젊은이다웠다. 통일과 국토 확장의 소망을 담은 것이었다. 생존경쟁은 400년 후의 예측 이외에 현재 대학생들의 삶도 설문 조사를 통해 구성했다. 대학 생활을 보여주기 위해 반드시 넣어야 할 물건에는 '삐삐'가 뽑혔다. 당시 대학 공중전화 앞에는 삐삐에 녹음된 음성 메시지를 확인하기 위해, 혹은 삐삐에 찍힌 번호로 전화를 걸기 위해 수많은 학생들이 줄을 섰다. 90년대 중반은 이동통신이 대중화된 때였다.

학생들이 상상해낸 400년 후의 의상, 건축, 의학기술 등은 매우 흥미로웠다. 생존경쟁의 결과물은 '400년 후의 후손이 400년 전 선조들의 상상을 보면 어떤 느낌일까'라는 흥미로운 호기심을 낳았고, '현재의 내가 400년 전 과거의 선조로 남게 될 시간'에 대한 묘한 상상을 발동케 했다.

생존경쟁은 서울시청을 찾았다. '정도 600년 사업팀'의 직원은 입을 다물지 못했다. 자료를 손에 꼭 쥔 그는 쉬지 않고 읽어내려갔다. 중간중간 "허~, 햐~, 하하, 정말이야?" 이런 탄성을 내뱉었다.

"대단하네. 이렇게까지 해 올 줄은 상상도 못 했어…… 그래! 이거 기자들한테도 보여주자."

큰 기대 없이 자료를 복사해 시청 기자실의 언론사별 박스에 넣어뒀다. 다음 날 아침부터 경덕의 집 전화는 난리가 났다. 신문이며 방송사와 잡지사에서 수십 명의 기자가 연락해왔다. 견디지 못한 어머니는 전화에 자동응답기를 달아야 했다. 인터뷰는 한 달간 이어졌다. 거의 모든 언론사가 경쟁적으로 생존경쟁의 스토리를 보도했다. 언론사들이 생존경쟁을 만나기 위해 '스트러글'했다고나 할까. 언론이 생존경쟁을 보도할 때마다 항상 비교 대상으로 삼는 것이 있었다. 오렌지족과 야타족.

오렌지족, 야타족이라는 단어가 처음 나온 때가 그즈음이었다. ×세대라는 말도 그때 유행했다. 오렌지족이나 야타족은 '절제하지 못하는 부유층 젊은이들의 극단적 소비 행태'를 드러내는 단어로 종종 쓰였다. 90년대 한국은 소비에 눈뜨기 시작했다. 해외 브랜드의 프리미엄 진jean이 본격적으로 대중화된 것도 90년대 들어서다. 이런 모든 것이 가능했던 건, 앞선 부모 세대의 기적 같은 경제적 성취 덕분이었다. 배고픔을 견디고 악착같이 일했던 부모들이 만들어놓은 물적 토대에서 자란 자식 세대는 어려움을 몰랐다. 전혀 다른 경험을 가진 두 세대 간의 '세대 차이'는 극심하게 벌어졌다. 이해는 결코 경험을 뛰어넘을 수 없었다.

오렌지족과 야타족은 젊은 세대에 대한 기성세대의 냉소와 질책이 담긴 단어였다. 수입 차를 끌고 나가 젊은 여성들에게 "야, 타!"라고 말하는 철없는 젊은이들. 그들의 어질어질하고 아찔하고 불안한 밤을 이 사회는 우려했다. 언론은 부모의 시선에 가까웠다. "요즘 같은 시대에 도전을 아는 진짜 젊은이를 발견했다"며 환호했다. 요즘 젊은 애들은 싹수가 노란 줄 알았는데 이들은 다르다는 탄성.

젊지 않으면 절대 견딜 수 없었을, 1994년의 뜨거운 여름은 그렇게 지나갔다. 참, 아무리 허름한 모텔에서도 에로스(큐피드)의 에너지는 흐르고 있었나보다. 그해 여름 동아리에 두 커플이 탄생했다.

이듬해에 생존경쟁 2기를 뽑았다. 경덕은 디자인회사에 다니는 선배에게 부탁해 2기 모집 포스터를 제작했다. 용을 한 마리 크게 그려 넣은 뒤 이색적인 카피를 내걸었다.

"미친 용대가리를 찾습니다."

누구도 생각지 못한 무언가를 상상하고 실행할 수 있는 대학생을 모집한다는 것을 그렇게 표현했다. 생존경쟁은 대학 문화를 주도하는 '용의 머리'라는 의미도 담고 있었다. 회원들은 전국 대학을 돌아다니며 이 포스터를 붙였다. 모집 인원은 열 명이었다. 그런데 다음 날부터 하루에 백여 통씩 지원서가 몰려들기 시작했다. 집배원 아저씨가 양손에 우편물을 들고 경덕의 집을 찾곤 했다. 우편물을 받는 어머니에게 아저씨가 물었다.

"여기 연예인 이사 왔어요? 생존경쟁이면, 그룹인가? 서태지와 아이들, 뭐 그런 건가?"

집배원 아저씨는 지원서를 팬레터로, 생존경쟁을 인기 그룹의 이름으로 생각했다. 생존경쟁이 '서태지와 아이들'쯤 되는 줄 알았던 모양이다.

몰려든 건 지원서뿐만이 아니었다. 여러 기업에서도 연락이 왔다.

"서경덕씨, 우리 기업이 젊은이들을 지원하고 싶습니다."

"지원이요?"

"생존경쟁은 동아리방도 없잖아요. 공간을 무료로 지원하겠습니다. 필요한 비용도요."

"그걸 다 공짜로요?"

"그럼요. 다만 가끔 우리가 필요한 프로젝트를 같이 하면 됩니다. 기업도 공익적인 프로그램이 필요하잖아요. 서로 윈윈하는 거죠. 활동에 간섭하는 일은 없습니다."

기업 관계자는 경덕이 무엇을 걱정하는지 다 알고 있다는 듯 얘기했다. 지원 제의만 들어온 것이 아니었다. 당시 벤처 붐이 일기 시작했는데, 몇몇 기업에서는 자금을 지원할 테니 생존경쟁을 벤처회사로 만들자고 제안했다. 기업들은 왜 이런 엄청난 상상력과 아이템을 묵히느냐고 했다.

'기업의 지원'에 대해 생존경쟁 멤버들끼리 세게 논쟁이 붙었다. 동아리가 만들어진 후 그토록 격렬한 논쟁은 없었다. 경덕은 기업의 지원을 받으면 안 된다고 생각했다. 몸도 편해지고 물질적으로 넉넉해지겠지만 가장 중요한 자유가 사라질 수 있다는 우려 때문이었다. 하지만 반대 의견도 만만치 않았다. 더 큰 일을 하기 위해 기본적인 여건을 갖춰야 한다, 물질적인 지원 없이 지속적인 활동은 불가능하다…… 하지만 생존경쟁의 리더인 경덕은 뜻을 굽히지 않았고, 이 과정에서 몇몇이 동아리를 떠났다. 그때 경덕은 조직을 구성하고 이끌어가는 게 만만치 않은 일이라는 걸 처음 느끼게 되었다.

"내가 정말 순수해서 기업들의 제의를 거절한 건 아니야."

술을 먹다 옛날 이야기를 하면서 경덕이 이렇게 말한 적이 있었다. 그는 생존경쟁을 세계 최고의 연합동아리로 만들고 싶었다. 스무 살 파릇한 대학생이 품은 기분 좋은 상상이었다. 대학 중에 하버드가 최고라면, 대학의 서클 중에서는 생존경쟁이 넘버원이라는 타이틀을 갖고 싶었다. 그런 바람은 콤플렉스의 준동이었는지 모른다고, 술에 취한 그는 말했다. 이건 또 무슨 어려운 말인가.

"어렸을 때부터 공부를 잘했지만 대입엔 실패했다고 생각했어. 조금 쪽팔렸지. 그래서 세상에 뭔가 보여주고 싶었어. 내가 대입에선 최고가 되지 못했지만 나만의 특별한 것으로 최고가 될 거라고. 그런 콤플렉스 같은 게 있었다. 넌 그런 거 없냐? 암튼, 대학의 문화를 이끄는 동아리가 기업의 도움을 받는다는 건 절대 안되지. 내가 만들고 싶은 건 최고의 동아리지, 최고의 벤처기업이 아니었다고. 그땐 그랬었지. 그러다 거기에서 재미를 찾은 거야. 그 어떤 것도 주지 못하는 재미."

2011년 생존경쟁은 18기까지 뽑았다. 현역YB은 열 명을 유지하고 있다. 사람이 많다고 일을 잘하는 건 아니라는 게 경덕의 조직철학이다. 느슨한 생각을 가진 1천 명보다 타이트한 목표의식을 가진 열 명이 더 낫다는 얘기다. 지금까지 지속적으로 생존경쟁과 연을 맺고 있는 졸업생OB는 30명 정도다. 이들은 1년에 20~30만원씩 걷어 현역들에게 준다. 요즘 생존경쟁은 신입 기수를 뽑을 때면 무가지 등에 광고도 낸다.

정도 600년 프로젝트 뒤에도 생존경쟁의 좌충우돌, 스트러글은 계속되었다. 세계 최대 크기의 국기를 만들겠다며 '가로 150미터, 세로 120미터 초대형 태극기'에 도전하고, 월드컵을 유치하고자 '전국 대학생 아마추어 축구대회'를 개최하기도 했다. 유럽까지 가서 월드컵을 홍보하기도 했다.

경덕의 '한국 홍보' 역사의 첫 페이지를 찾자면 아마도 1996년 유럽 배낭여행일 것이다. '2002 KOREA'가 새겨진 모자를 쓰고 태극기를 몸에 두르고, 한국 안내 책자를 배낭 한가득 메고 유럽을 쏘다녔다.

그것은 월드컵 유치를 위한 생존경쟁의 첫 국가 홍보 프로젝트였다. 그땐 배낭여행이 큰 유행이었다. 배낭 하나 둘러메고 유스호스텔을 돌아다니는 모습은 젊은이의 특권처럼 여겨졌다. 1996년의 여름에도 배낭족은 많았다. 경덕은 흩어져 있는 배낭족을 모아 한국을 알리는 행사를 생각했다. 그때 떠오른 아이디어는, 8·15 광복절의 파리 에펠탑!

조국을 떠나 객지에서 고생하는 젊은이들이 유럽의 중심에 모여서 펼치는 잔치는 얼마나 낭만 있고 정열적일까. 경덕은 기분 좋은 상상을 곧 실천으로 옮겼다. 그는 유럽을 돌아다니며 만나는 배낭족마다 붙잡고 이 소식을 전했다. 소식은 입에서 입을 타고 퍼져나갔다. 경덕은 소식을 접한 누군가는 에펠탑으로 올 것이라고 믿었다. 큰 기대는 하지 않았다. 갑작스런 입소문으로 많은 사람을 모은다는 건 쉬운 일이 아니었다.

경덕은 8월 15일 에펠탑으로 갔다. 에펠탑에는 서너 명의 한국 대학생 배낭족이 서 있었다. '그러면 그렇지……' 간단히 인사를 하려는데, 악수를 하려던 다른 배낭족이 경덕의 손이 아닌 그의 어깨 너머를 바라봤다. 그의 시선을 따라 뒤를 돌아보니, 여기저기서 걸어오는 배낭족들이 눈에 들어왔다. 에펠탑을 중심으로 그들은 방사선형으로 걸어오고 있었다. 유럽 곳곳에서 그들이 걸어오고 있었다. 그렇게 모인 사람이 250명이 넘었다. 차오르는 눈물을 주체할 수가 없었다.

경덕은 배낭족들과 함께 광복절을 기념하는 애국가를 부르고 '대한독립 만세' 삼창을 했다. 그러곤 이중 삼중의 원을 그리며 강강술래를 했고, 아리랑을 불렀다. 강강술래를 하는 한국 배낭족 주변으로 외국인들이 몰려들기 시작했다. 강강술래를 함께 하는 외국인의 숫자도 상당했다. 그토록 글로벌한 광복절 행사는 누구도 생각지 못했을 것이다.

이 소식은 PC통신을 타고 빠르고 넓게 퍼져나갔다. 그때부터 한국 홍보를 하러 배낭여행을 가겠다는 지원자들의 문의가 줄을 이었다. 경덕은 그해 12월 연세대 강의실에서 지원자 80여 명을 모아놓고 한국 홍보에 대해 강의했다. 그의 첫 공식 특강이었다. 8·15 광복절 에펠탑 행사는 지금까지 이어져오고 있다. 2010년 행사는 '평화의 날'로 기획되어 성대하게 치러졌다. 언젠간 『론리 플래닛』 같은 세계적인 여행서에 '에펠탑 앞에서 매년 8월 15일이면 펼쳐지는 한국 홍보 행사'가 꼭 챙겨 봐야 할 이벤트로 소개될지 모를 일이다. 목표가 생기면 사람들이 좋아할 만한 방법을 찾아내고, 기어코 행동으로 이끌어내는 힘. 홍보전문가로서 서경덕이 가진 또다른 미덕이다.

천장에 숨겨놓은 꿈 _행동하는 자의 내공

1999년 스물여섯 살에 입대했다. 늦은 나이였다. 제대하면 스물여덟. 주변에선 이제 직업을 찾아야 할 때라고 충고했다. '그래, 좋은 경험이었다. 앞으로 내가 할 일에 훌륭한 자양분이 될 테니 이젠 제대로 된 일자리를 위해 준비하자'고 생각하는 게 보통 사람일 것이다.

경덕도 입대를 앞두고 고민에 빠졌다. 하지만 망설임의 시간은 짧았다. 인간의 스트레스 수치를 측정하면 '망설이는 순간'에 가장 높게 나온다고 한다. 아무리 어려운 일이라도 일단 선택해서 행동에 들어가면 스트레스가 줄어들기 시작한다. 꿈을 실현해나가는 사람들을 보면 몇 가지 공통점이 있는데, 그중 하나가 망설임의 시간이 짧다는 것이다. 지나치게 단순하다 싶을 정도로.

경덕은 입대와 함께 한국을 홍보하는 '공익적 마케터'(기획자)를 평생의 직업으로 받아들이기로 결심했다. '군 시절 동안 고민을 정리해서 사회에 나가면 시작해야지'라고 다들 생각하는데, 역시 한 박자 빠르다.

그렇다면 꿈을 위해 군 생활 26개월을 어떻게 활용해야 하나?

춘천 102보충대로 입대한 그는 강원도 인제군 원통리에 위치한 12사단에 배치되었다. 군인들이 이야기하는 전방의 오지. 인제의 원통으로 가는 군용 트럭에 몸을 실은 신병들은 이런 노래를 배우게 된다.

"인제 가면 언제 오나, 원통해서 울고 죽지."

신병교육은 21사단 이기자부대에서 받고, 홍천 야수교(운전병 교육기관)를 거쳐 진부령에 위치한 포병대대에 배치받은 날 대대장은 경덕을 불러 면담을 했다. 대대장은 경덕을 흥미로워했다.

"정훈병을 하면 좋겠구나. 재능과 경험을 살려보자."

그것이 얼마나 다행스러운 일인지 처음에는 알지 못했다. 정훈병은 부대의 미디어media를 담당하는 병사다. 기상나팔, 교육 비디오 등을 틀고 행사가 있을 때 사진과 동영상을 찍는다. 부대마다 작은 방송실이 있는데 그곳은 정훈병의 공간이다. 서른 명이 한 내무반에서 지내는 군대에서 독립 공간을 갖는다는 건 축복이었다. 하지만 처음부터 혜택을 누릴 순 없었다. 사수(선임) 정훈병이 있었기 때문이다.

경덕은 아침마다 여러 가지 종합일간지를 살펴본 뒤 교육에 활용할 만한 기사를 추려 게시판에 붙이는 일을 했다. '와, 군대에서도 신문을 볼 수 있다니.' 그에게 신문은 오래된 습관이었다. 취학 전부터 부모님은 경덕에게 신문을 읽혔다. 어린 시절부터 신문을 읽으며 하루를 시작했다. 그는 대부분의 아이디어를 신문에서 얻어왔다.

오려놓은 신문을 버리기 아까웠지만 모아둘 수도 없었다. 요즘 군대는 그렇지 않지만, 그때만 해도 이등병에게 사적인 공간은 조금도 허락되지 않았다. 상병을 달아야 PX를 마음 놓고 드나들었으니까.

해외토픽난에 실린 기막힌 한국 홍보용 아이디어를 보고 '이건 정말 제대하면 내가 해야 할 것인데…… 상병만 달면 이걸 스크랩북에 붙여서 모아둘 수 있을 텐데' 하며 두 손으로 뒷머리를 받치고 천장을 올려다봤다.

네모난 석고보드가 가지런히 붙은 천장. 직사각형의 석고보드 모서리 끝은 나사못으로 고정되어 있었다. 그럼 석고보드 위는 비어 있는 공간이겠지……!

경덕은 무서운 기세로 일어나 서랍을 뒤져 드라이버를 찾았다. 그러고는 의자를 밟고 올라가 천장의 석고보드 하나를 조심스레 떼어냈다. 보드와 함께 맵싸한 먼지가 머리 위로 내려앉았다. 보드를 깨뜨릴까봐 나오는 재채기를 손으로 막아 눌렀다. 보드를 떼어낸 곳에 얼굴을 살짝 들이밀었다. '오, 공간이 제법 넓네.' 상당한 양의 신문을 쌓아놔도 될 만했다.

아이디어가 담긴 신문 조각들을 그곳에 보관했다. 선임병은 경덕이 상병에 오른 이듬해 7월에 제대했다. 1년 넘게 몰래 쌓아온 신문의 양은 상당했다. 그간 떼어내고 붙이고를 반복한 석고보드의 나사못 자리는 두드러지게 닳아 있었다. 하지만 아무도 그것을 눈여겨보지 않았다. 면회 온 후배에게 4절지 스케치북을 여러 권 사달라고 부탁했다. 천장에 숨어 있던 아이디어를 조금씩 꺼내 스케치북에 붙이기 시작했다. 그동안 신문의 색은 바래 있었다. 하지만 그에겐 펄떡이는 생선 같았다. 쉬는 시간을 쪼개 2주에 걸쳐 스크랩을 완성하니 스케치북 다섯 권이 꽉 찼다. 스케치북의 커버에 그럴듯한 표지를 만들어 붙였다.

'그 어릴 적 순수했던 상상력을 다시 한 번 더 발휘할 수 있다면—엽기 정훈병'.

표지의 내용은 본인을 향한 다짐이기도 했고, 내무반 검열을 위한 준비이기도 했다. "이게 뭔가" 하고 물으면 "젊은 병사들에게 도움을 주기 위해 교육 자료로 만들어놨습니다"라고 말할 수 있으니까.

스크랩에는 뉴욕에서 활동하는 세계적 설치미술가 강익중씨의 인터뷰도 있었다. 경덕은 그와 함께 한글 설치작품을 만들어 세계에 알리는 프로젝트를 상상했다. 그리고 제대 후 그를 찾아가 기어코 실현해냈다. 그로 인해 유네스코 본부를 비롯해 세계 곳곳의 분쟁지역에 평화를 상징하는 강씨의 한글 설치물이 자리 잡게 되었다.

또 스크랩에는 아르헨티나 축구의 전설 마라도나가 애인과 함께 길을 걷고 있는 사진 한 장이 덩그러니 붙어 있기도 했다. 설명도 없어서 '이게 도대체 뭔가' 싶은 사진이었다. 경덕은 마라도나가 입고 있는 체 게바라 티셔츠를 주목했다. 어떤 설명이 없어도 보는 것만으로 인지되는 위대한 상징물. 우리 대한민국에도 저런 상징물이 필요하다고 생각했다. 그가 안중근의 손도장 프로젝트를 기획하고 실행한 것은 마라도나의 티셔츠 덕이다(서경덕은 2009년 안중근 의사의 서거 백 주년을 기념해 전 세계 한인 3만 6,000명의 손도장을 조합해 초대형 '안 의사 손도장 걸개그림'을 만들어 광화문 고층빌딩에 전시했다. 안 의사가 투옥되었던 감옥의 간수, 안 의사의 곧은 마음과 역사관에 감복했다는 그 간수의 후손들을 찾아가 손도장을 받아 온 것은 유명한 이야기다).

신문 스크랩 못지않게 중요하게 생각한 건 독서였다. 졸병 땐 내놓

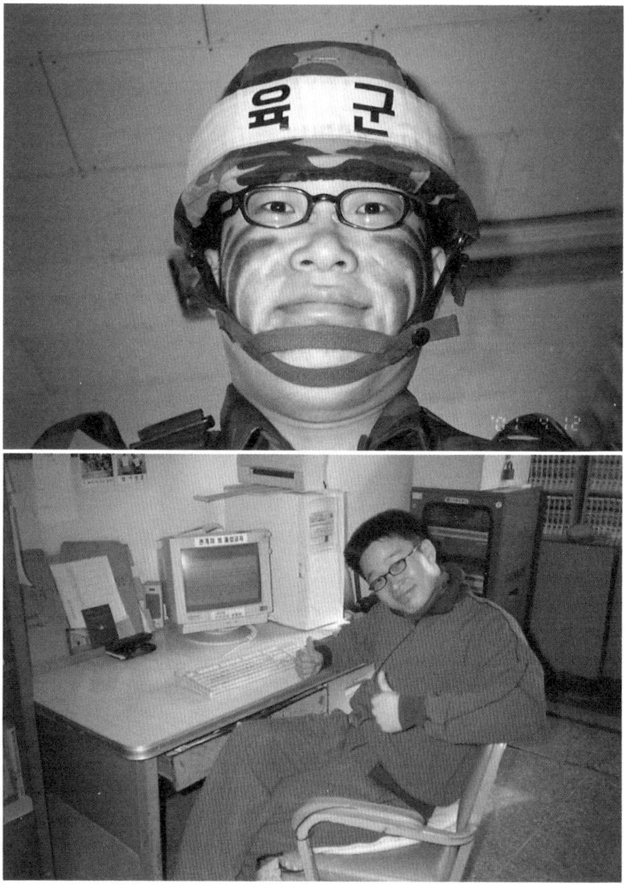

병장 시절인 2001년 부대에서.

• • •

책이 생기면 먼저 10~20쪽 분량으로 뜯어내 분책했다.
챕터별로 나누기도 했다. 그걸 군복 건빵 주머니에
넣고 다니며 읽었다. 바쁜 중에도 짬을 내어
공부하고 그것을 지식으로 쌓아가는 연습을
군대에서 본격적으로 시작한 것이다.

고 책을 읽을 수 없었다. 그래서 책이 생기면 먼저 10~20쪽 분량으로 뜯어내 분책했다. 챕터별로 나누기도 했다. 그걸 군복 건빵 주머니(카고 바지의 옆주머니)에 넣고 다니며 읽었다. 졸병 때는 화장실에서 주로 읽었다. 그렇게 시작한 것이 경덕만의 독서 습관을 만들었다. 바쁜 중에도 짬을 내어 공부하고 그것을 지식으로 쌓아가는 연습을 군대에서 본격적으로 시작한 것이다.

생존경쟁 활동을 하며 공부가 정말 중요하다는 걸 느꼈다. 아는 만큼 보인다는 말은 진리였다. 사회와 격리된 군대는 책 읽기에 오히려 좋았다. 필요를 좇으며 읽지 않아도 되었다. 읽고 싶었는데 미뤄두었던 책을 꾸준히 읽었다. 금지된 사생활의 영역을 아무도 모르게 구축해가는 즐거움도 쏠쏠했고.

배낭여행을 다니며 외국어 실력의 부족함을 절감했다. 그래서 '하루에 영어 문장 하나를 외운다'는 목표를 세웠다. 외워야 할 영어 문장을 적은 작은 수첩을 준비해 군복 상의 왼쪽 주머니에 넣고 다녔다. 월요일부터 금요일까지 근무를 하면서 한 문장씩 외우고 주말에는 복습하는 식으로 공부했다.

상의 오른쪽 주머니에도 수첩이 하나 들어 있었다. 아이디어를 적은 것이었다. 군대에서도 신문이나 책을 보면서 생각나는 아이디어가 있으면 그때그때 적어두었다. 그것은 제대 후 '한국 홍보'를 위한 다양한 활동에 쓰일 것들이었다. 군복의 모든 주머니에서 될성부른 떡잎들이 자라고 있었다. 그런 것들이 조금씩 자신을 '괜찮은 사람'으로 키워주는 느낌이었다.

실은 그런 태도가 더 중요하다. 높이 비상하기 위해서는 수도원 같은 생활이 필요한지 모른다. 스케일이 좀 다를지 모르겠으나, 미국의 첫 흑인 대통령인 버락 오바마가 이런 얘기를 한 적이 있다. "로스앤젤레스의 한 대학에서 뉴욕의 명문 컬럼비아로 편입했다. 술과 담배를 완전히 끊었다. 이후 내가 기억하는 건 조깅과 도서관뿐이다." 우리는 '오바마가 대학 졸업 후 컨설팅 회사에 다니다 사회운동에 투신하고 하버드 로스쿨에 입학해 『하버드 로 리뷰*Harvard Law Review*』의 첫 흑인 편집장에 오르고 정치에 입문해 신화를 써내려갔다'는 이야기를 압축적으로 알고 있지만, 그것을 가능케 한 '준비의 시기'는 쉽게 지나쳐버린다. 우리는 종종 젊은 시절의 나태와 방종을 당연한 것으로 여기는 경향이 있다. 하지만 나태함이 당연하게 용납되는 시기란 없다. 스스로를 절제와 부지런함의 시간으로 이끌어, 그 시간 속에 고요하게 자신을 고정시키는 힘이야 말로 '괜찮은 사람'이 되기 위한 필수적인 자질인지 모른다.

깊은 산속에 은둔하는 위대한 스승을 찾아가, 진득함만으로 스승의 마음을 움직인다. 밥 짓는 것부터 시작해 온갖 굴욕을 기꺼이 받아들이며, 세상이 그를 완전히 잊을 때까지 산속 깊은 곳에서 무예를 갈고 닦고 내공을 쌓아올려 최고수의 반열에 오르는 전설적 무림 고수의 이야기는 이 세상 모든 고수의 공통된 일화가 아닐까.

누구나 지금보다 나은 자신을 꿈꾼다. 미래의 자신이 지금 수준에 머물러 있을 거라고 생각하는 이는 없다. 그런 젊은이는 없다. 어떤 젊은이도 퇴보를 꿈꾸지 않는다.

인간의 삶에도 관성과 같은 물리법칙은 적용된다. 자신이 지금껏 밟아온 삶의 궤적을 넘어서기 위해, 그래서 더 발전된 삶의 궤적을 그리기 위해서는 관성을 넘어서는 강한 힘이 필요하다. 습관을 끊어버리는 결단력과 새로운 행동을 지속함으로써 새로운 습관이 자리 잡을 수 있도록 하는 힘. 그리고 외부의 간섭과 잡음에 흔들리지 않는 묵직한 질량까지.

경덕은 입대 전 돈을 좀 모아놨다. 아르바이트도 하고, 개인 자격으로 기업의 대학생 대상 홍보 프로젝트를 도와주면서 돈을 벌었다. 그는 그것을 가지고 제대 후 뉴욕에 가기로 마음먹었다. 뉴욕을 설득하지 않고는 결코 성공할 수 없다고 결론냈다. 세상의 모든 유행이 집중되고, 가장 풍부한 문화 활동이 일어나고, 가장 많은 돈이 거래되며, 세계의 수도라고 불리는 그곳에서 '유감없이 나를 던져보자'고 마음먹었다.

제대가 얼마 남지 않은 주말 오후였다. 뉴욕에서 해야 할 일을 정리하고 있었다. 내무반 텔레비전에서는 〈믿거나 말거나Believe It or Not〉라는 프로그램이 나오고 있었다. 잔디 재킷을 입은 남자가 뉴욕 거리를 활보하는 모습이 눈에 들어왔다. 그 남자는 자신만의 독특한 방법을 이용, 잔디가 자랄 수 있는 특별한 재킷을 만들었다고 했다. 남자의 뒤로 타임스스퀘어도 보였고 센트럴파크도 보였다.

"쾅!"

순간 귀에 굉음이 들렸다. 머리가 아찔했고 심장이 두근거렸다. 기가 막힌 프로젝트가 떠올랐다. 뉴욕에 가서 해야 할 일이 명확해졌다. 저 사람을 찾는다. 그래서 잔디 재킷을 제작한다. 2002 한일 월드컵 개막식에서 개막 선언을 할 김대중 대통령에게 잔디 재킷을 입힌다. 그것은 88 서울올림픽 개막식의 '굴렁쇠 소년'보다 더 강렬한 인상을 남길 것이다. 잔디 재킷은 축구장을 상징함과 동시에 환경의 중요성을 전 세계에 각인시키는 역할을 할 것이다. 2002년 월드컵은 최초의 환경 월드컵으로 규정되고, '근대화의 모범사례 한국'은 보다 성숙한 이미지를 얻게 될 것이다. 결승전이 일본에서 열리는 것을 고려할 때, 한국의 개막식은 보다 강렬할 필요가 있다!

'으하하하하. 이거야, 이거. 바로 이거라고! 으하하하.'

2001년 5월. 월드컵을 1년 남긴 시점에 제대했다. 비자가 나오자마자 뉴욕으로 떠났다. 프로그램의 제작사인 CBS를 찾아갔다. 우연히 알게 된 발레스쿨에 조기 유학을 온 중학교 남학생이 통역을 맡아주기로 했다. 막 제대한 경덕은 영어로 말하는 데 자신이 없었다.

산 같은 덩치의 경덕과 발레를 하는 왜소한 소년이 CBS의 담당자를 찾아갔다. 담당자는 이 조합을 어떻게 생각했을까. 어쨌거나 자초지종을 들은 담당자는 싸늘하게 거절했다.

"개인정보는 절대 공개할 수 없습니다."

경덕은 중학생 소년을 쳐다보며 어떻게 좀 해보라고 했지만, 그게 오히려 더 이상하게 보였다.

"그러면 제 연락처를 남길 테니, 그분께 우리 의도를 설명해주고 연락해달라고 하시면 안 될까요."

담당자는 그렇게 하겠다고 했지만 잔디 재킷을 만드는 사람에게선 연락이 오지 않았다.

그렇다고 그만두면 서경덕이 아니다. 부딪히면 안 될 일이 어디 있나. 프로그램 비디오테이프를 구해서 봤는데 이름이 '짐 풀'인지 '딤 풀'인지 풀이 Pool인지 Fool인지 알 수 없었다. 'Geam, Jim, Pool, Fool……' 등

가능한 스펠링을 생각해봤다. 사람들에게 물어보고 시행착오를 겪은 끝에 이름으로 사용하는 스펠링이 'Gene'이라는 걸 알아냈다. 이것을 가지고 옐로페이지(전화번호부)를 뒤졌다. 족히 몇천 명은 될 것 같았다. 전화를 돌리면서도 암담했다. 영어가 유창하지 않아 더 힘들었다. 걸면 걸수록 잔디 재킷과 멀어지는 느낌이었다.

'그래, 현장이 제일 중요하지!' 생존경쟁 활동을 하면서 '예측한 것'과 '실제'가 많이 다르다는 걸 알았다. 뉴욕에서도 그 진리는 통할 것 같았다. 그래서 잔디 재킷 사나이가 걸었던 곳을 통해 추적하기로 했다.

처음에 간 곳이 센트럴파크였다. 관리사무소를 찾아갔다. 사무소 직원은 공원에서 촬영을 했더라도 사무소 측에 허락을 받을 사안은 아니어서 잘 모르겠다고 했다. 센트럴파크 인근 가게와 거리 악사, 길거리 행위예술가 들에게도 물었지만 소득이 없었다.

이번에는 타임스스퀘어로 자리를 옮겼다. 그곳에서도 비슷한 방법으로 물어봤다. 아는 사람을 찾을 수 없었다. 서울에서 김 서방 찾기였다. 그런데 지나가던 한 사람이 "이 사람을 『타임』인가 『뉴스위크』인가에서 봤다"고 했다. 그래서 도서관에 가서 꼬박 일주일 동안 10년치 잡지를 뒤졌다. 하지만 관련 기사는 없었다.

그러는 사이 현지에도 아는 사람들이 생겼다. 그들에게 〈믿거나 말거나〉를 녹화한 비디오테이프를 보여줬더니 "워싱턴 D.C.의 풍경이 나왔다"고 해서 그곳까지 갔다. 며칠을 돌아다니며 수소문했지만 허사였다.

다시 뉴욕에 돌아와 전단지를 제작했다. 화면을 사진으로 찍어서 전단지에 담았다. 며칠 뒤 어떤 시민이 "소호에 그의 숍이 있다"고 전화를 걸어왔다. 그 길로 소호의 모든 가게를 뒤졌다. 일주일을 돌아다녔지만 찾을 수 없었다. 어떤 시민은 "브루클린에 살고 있다"고 제보했다. 브루클린의 모든 골목과 가게를 돌아다니며 찾았으나 소득이 없었다.

그러는 사이 몇 달이 지났고 가지고 간 돈은 거의 바닥이 났다. 몸도 마음도 지쳐버렸다. 된장찌개 한 그릇 먹으면 힘이 날 것 같아서 한인 식당에 갔다. 그곳에는 몇 종류의 한인 신문이 있었다. 식사를 기다리며 신문을 훑어보는데, 사립탐정 광고가 눈에 들어왔다.

'이런 게 있었어?'

경덕은 돈을 탈탈 털어 한인 사립탐정을 찾아갔다. 탐정은 나라를 위해 좋은 일을 한다며 최소한의 비용만 받기로 했다. 그의 친절보다 놀라운 건 일의 처리 속도였다. 그는 단 3일 만에 잔디 재킷 사나이의 주소를 알아냈다. 사나이는 브루클린에 살고 있으며, 경덕은 그의 집을 여러 차례 지나간 적이 있었다. 허탈함을 생각할 겨를도 없이 그의 집으로 향했다. 며칠 기다려야 했지만 결국 그를 만날 수 있었다. 뉴욕에 온 지 정확히 4개월 만이었다. '이렇게 쉬운 방법이 있었는데……' 스스로를 탓하다, 이것도 하나의 과정이고 공부라고 단순하게 결론냈다. 그러지 않으면, 앞으로 나아갈 수 없었다.

그의 정확한 이름은 '진 풀Gene Pool'이었고 당시 마흔셋의 목수였다. 잔디 재킷을 만든 건 환경의 중요성을 알리기 위해서였다. 그는 스스로 생활환경운동가라고 소개했다. 경덕의 이야기를 들은 진은 감격했다. 그러고는 원하는 건 뭐든지 도와주겠다고 했다.

경덕은 한국으로 돌아오자마자 잔디 재킷의 사진과 의미를 담은 편지를 청와대에 보냈다. 며칠 뒤 비서관이 연락을 해왔다.

"김대중 대통령님께서는 개막식에서 이 옷을 입기 힘들 것 같습니다. 죄송합니다. 고생 많이 하셨는데 저희도 안타깝습니다."

"아……"

아무 말도 할 수 없었다. 엄청나게 긴 장편 드라마가 허무한 결말을 맺는 듯했다. 하지만 그렇지 않았다. 그때 경험이 경덕에게 준 것은 컸다. 그 일을 치르며 엄청난 맷집을 길렀다. 웬만한 일에는 절대 나가떨어지지 않는 뚝심. 깊이를 알 수 없는 막막함 앞에서도 웃을 수 있는 여유. 반드시 길을 찾을 수 있다는 확신까지. 그것은 "한국 홍보를 위해 세계에 나를 던지자"는 다짐을 수행하기 위한 가장 중요한 기초체력이 되었다.

목표를 이루진 못했지만 경덕의 본업(한국 홍보)에는 이 일이 큰 기여를 했다. 당시 한국은 월드컵에 집중하고 있었다. 언론도 마찬가지다. '서경덕의 잔디 재킷 사나이 찾기'는 방송의 좋은 소재가 되었다. 〈리얼코리아〉 등 여러 다큐 프로그램에 경덕이 소개되었다. 세계 곳곳의 언론에 월드컵은 이슈였고, 그래서 해외 언론에서도 그를 만나러 왔다. 경덕은 이를 통해 한국 홍보를 톡톡히 할 수 있었다.

2002년 월드컵이 끝난 후, 대학원 공부에 좀더 집중했다. 그의 전공은 조경이다. 조경은 단순히 '정원을 어떻게 꾸미느냐'의 문제가 아니다. 조경은 한 사회의 문화적 역량을 드러내며, 그 사회의 의식을 보여준다. 조경은 인간에게 주어진 생존환경을 어떻게 꾸며나갈 것인가를 터득하고 실천하는 학문이었다. 경덕은 이 전공을 통해 한국 홍보에 대해 더 넓은 시야를 갖게 되었다. 서구 사람들은 중국과 일본의 조경에 친숙하다. 바로 음식 때문이다. 오래전부터 세계화에 성공한 중국과 일본 음식점을 보면 알 수 있다. 식당에는 중국, 일본의 문자가 있고 입고, 먹고, 사는 문화가 배어 있다. 그곳엔 조경과 관련된 수많은 요소들이 살아 숨 쉰다. 그를 통해 외국인들은 중국과 일본을 자연스럽게 이해한다.

대학원에서 논문을 쓰면서도 한국 홍보와 관련된 일을 조금씩 해갔다. 일본에 가서 월드컵 때 형성된 인프라를 어떻게 활용하는지 조사했고, 한국학을 공부하는 외국 학생들을 위해 '한국어사전 기증 프로그램'도 진행했다. 한국의 콘텐츠를 접한다는 것. 외국인 입장에서 그건 자신들의 언어로 번역된 한국을 접하는 것이다. 선진국은 국가적인 번역 시스템을 갖추었으며 자국의 언어를 배우고자 하는 외국인들을 위한 다양한 지원을 아끼지 않는다. 그런데 한국은 이런 점이 약했고, 한국홍보전문가 경덕이 이것을 가만히 보고만 있을 순 없었다.

2000년대 들어서면서 기업들도 공익적 사회 프로그램을 많이 진행하기 시작했다. 대학생을 위한 '글로벌 영 챌린지'(국제감각을 익히는 프로그램)와 같은 것에서부터 봉사와 구호 활동까지 다양했다. 돈을 버는 문제를 넘어 돈을 어떻게 쓸 것인가에 대한 고민이 한국에서도 움트기 시작했다. 앞만 보고 돈을 벌어왔던 한국의 기업이 돈 쓰는 법에 대해 고민하기 시작한 것이다. 하지만 그런 활동을 기획할 수 있는 폭넓은 경험과 지식, 실질적인 아이디어를 가진 사람은 흔치 않았다. 기업 입장에서 보면 경덕은 공익 프로그램을 펼칠 수 있는 흔치 않은 기획자였다. 그는 프리랜서로 이런 활동에 많이 참여했다. 덤으로 적지 않은 돈도 벌게 되었다. 보통 프로젝트 하나를 완성하면 수백만 원의 목돈이 들어왔다. 그렇게 버는 돈을 따져보니 대학 졸업하고 취업한 친구들의 급여보다 많았다. 그 돈을 차곡차곡 모았다. 그리고 2005년 세밑에 다시 뉴욕행 비행기에 올랐다. 2년 정도 머물 작정이었다. 지난

번에는 잔디 재킷 사나이만 찾다가 돌아왔지만, 이번에는 그곳에서 한국을 위한 초대형 히트작을 내놓겠다는 포부로 떠났다. 그리고 기막힌 일들을 시작한다.

피로 물든 그날 밤의 황홀함

대부분 국가의 세계지도는 동해를 '일본해'로 표기하고 있다. 제3자가 보기에, 일본해에 있는 독도를 한국이 '우리가 실효지배하고 있다'고 말하는 모순된 상황이었다. 2005년은 광복 60주년이면서, 양국 정부가 정한 '한일 우정의 해'였다. 하지만 일본의 장관급 인사는 공식석상에서 "다케시마는 일본 영토"라고 말했다. 일본은 최소한의 예의도 지키지 않았고, 한국은 결례에 제대로 대처하지 못했다. 그리고 일본 시마네현 의회가 매년 2월 22일을 '다케시마의 날'로 정하는 조례안을 가결했다.

경덕은 한국 정부의 '조용한 외교'를 이해는 했지만 조용히 입 다물고 있을 순 없었다. 우리의 현재는 역사의 결과물이다. 역사는 자긍심과 정체성의 뿌리다. 그렇다면 한국홍보전문가로서 가만히 앉아 있을 순 없다.

대응 방법을 고민하던 어느 날, 경덕은 뉴욕에서 사귄 청년 두 명을 홈스테이 하는 집으로 초대했다. 삼겹살과 김치를 대접하고 싶었다. 마침 뉴욕 현지 방송에서는 한국 관련 뉴스가 나오고 있었다. 시위대가 주한 일본대사관 앞에 모여 있었고 밀랍으로 만든 허수아비로 화형식을 하는 장면이 집중적으로 조명되었다. 경덕은 제삼자인 미국인들에게 그 장면이 어떻게 비칠지 궁금했다.

"논리적으로 부딪히면 이길 수 없으니까 저러는 거 아닌가? 대외적으로 좋게 비치진 않을 거 같은데."

다른 미국인 친구도 거들었다.

"일본은 강대국이잖아. 경제적으로도 엄청 부자고. 그들에 맞서려면 보다 전략적이고 논리적일 필요가 있을 거 같아. 저렇게 폭력적으로 나오면 너희가 켕기는 게 있어서라고 생각하지."

그들과의 만남이 있은 후에도 경덕의 고민은 계속 이어졌다. 세련되면서도 강렬한 방법이 없을까. 고민을 하다 주변을 둘러보니, 마침 지하철 안이었다. 사람들이 신문을 들고 있었다. 모두 뉴욕타임스였다. 지하철에서 내려 공원으로 가도, 빌딩 로비에 가도, 카페에 가도 뉴욕타임스를 든 사람들을 만날 수 있었다. 뉴욕타임스는 그 자체로 하나의 문화처럼 보였다. 권위지로서 이들의 삶 속에 녹아 있는 뉴욕타임스를 통해 우리의 의견을 말한다면……

'그래! 내가 왜 그 생각을 못 했지. 뉴욕타임스에 논리 정연한 의견광고를 싣자. 흥분하지 말고 이성적으로. 그러면 다른 나라들도 틀림없이 반응할 거야. 세계적인 화제가 되면 홍보 효과는 배가 되겠지. 그

렇게 된다면 세계 여론을 환기시킬 수 있을 거야.'

그리고 며칠간 뉴욕타임스를 꼼꼼히 살폈다. 어디에 광고가 들어가면 좋을지, 어떻게 실으면 좋을지 생각했다. 그리고 신문사 광고국에 전화를 걸었다. 여자 직원이 받았다. 전화 건 이유를 한참 설명했다.

"그래서, 독도가 뭐라고요?"

"방금 설명한 그 섬입니다."

"잘 이해가 되지 않는데요. 의견광고를 싣겠다는 말씀 같은데……"

"잠시라도 좋으니 시간을 좀 내주십시오. 찾아뵙고 설명 드리겠습니다."

내 돈 내고 광고를 싣겠다는데 왜 저렇게 고자세로 나오는 거지, 하고 생각했지만 이번 일은 반드시 이뤄내야 할 것이었다. 일주일 뒤 뉴욕타임스 건물 로비에서 만나기로 했다.

타임스스퀘어를 가로질러 뉴욕타임스 건물로 다가섰다. 건물에 들어가기 전에 지나가는 사람에게 사진 한 장 찍어달라고 부탁했다. 첫 발걸음을 남기고 싶었다. 로비에서 전화를 하니 중년의 백인 여성이 걸어나왔다. 경덕은 준비한 자료를 건넸다. 그녀는 선 자리에서 자료를 훑어보더니 경덕에게 다시 주었다.

"광고 시안을 만들어 오세요. 그걸 보고 다시 얘기하죠. 광고가 게재되려면 자체 심의도 필요하니까요."

"이 사람이 진짜, 진작 그렇게 말하던가!"라고 말하고 싶은 걸 참았다.

"광고 단가 등에 대한 얘기는 안 하나요?"

"일단 완성된 시안을 보고 얘기하죠."

좋아, 너희가 깜짝 놀랄 광고를 만들어주마.

로비에서 그녀와 헤어지며 대학 시절 어느 날을 떠올렸다. 기업 후원을 위해 전화 걸기를 며칠, 결국 통화에 성공한 대학생 경덕은 로비로 찾아갔다. 로비의 내선전화로 후원 담당자에게 도착했다고 전화를 했다. 담당자는 잠깐 기다리라고 하더니 30분이 지나도록 나타나지 않았다. 너무 귀찮게 하는 건 아닌지 염려되어 30분을 더 기다렸다. 그래도 나오지 않아 다시 전화를 했다. 수화기 너머로 "아…… 지금 내려가죠"라는 말이 들려왔다. 그는 경덕을 잊고 있었다. 뒤늦게 나온 직원은 기획서를 훑어보고선 돌아가서 기다리라고 했다. 건물을 나온 경덕은 참았던 소변을 어떻게 할 수가 없어서 다시 로비로 들어갔다. 화장실은 엘리베이터 끄트머리에 있었다. 화장실 입구에 놓인 휴지통엔 경덕의 기획서가 아무렇지도 않게 버려져 있었다. 경덕은 기획서를 줍지 않았다. 내장에서 올라오는 그날의 울컥함을 잊을 수 없다. '버려진 나의 아이디어를 너희가 목말라할 때가 있을 것이다. 너희가 휴지통을 뒤져 오늘 버린 기획안을 다시 찾을 때가 있을 것이다. 누가 이기나 보자.'

그때의 오기가 또 한 번 발동하기 시작했다. 경덕은 한국에 있는 선후배들에게 연락을 했다. 대학 시절 생존경쟁 리더로 일하면서, 동시에 광고 연합동아리인 '애비뉴'에서도 활동했다. 광고 제작만큼 창조적인 일도 없다고 생각했기 때문이다(광고업은 90년대 대학생들이 가장 선호한 직업 중 하나였다). 덕분에 광고업계에 종사하는 선후배들을 많이 알고 있었다.

밤낮이 바뀌었다. 한국의 낮이 뉴욕의 밤이었기 때문이다. 경덕은 민폐를 걱정했지만 지인들은 “내가 기여한 광고가 뉴욕타임스에 실리면 영광”이라며 기꺼이 도와주었다. 작업은 만만치 않았다. 콘셉트를 잡는 데만 한 달이 걸렸다. 시행착오 끝에 첫 광고에는 지도나 그림을 빼기로 했다. 어차피 한 번으로 끝날 일은 아니었다. 그렇다면 첫 광고는 ‘누구도 부정할 수 없는 절대 명제’로 하고 싶었다.

거리를 다니고, 밥을 먹으며, 화장실에 앉아 있을 때 떠오르는 모든 것을 메모지에 적었다. 한국의 지인과 통화해 의견을 나누며 시안을 계속 교정했다. 그렇게 홈스테이 방의 벽은 시안과 메모로 도배가 되었다. 할리우드 영화에서 집요하게 범인을 쫓는 형사의 집무실처럼, 혹은 편집증 스토커의 숨겨진 방처럼, 벽은 엄청난 양의 메모와 사진과 광고 시안으로 빼곡했다.

80퍼센트 정도 완성된 시안을 들고 다시 뉴욕타임스로 갔다. 제대로 인쇄가 된 것이 아니고 이것저것 오려 붙인, 말 그대로의 ‘시안’이었다. 직원은 그제야 경덕을 광고국 사무실로 안내했다. 이것저것 오려 붙여 만든 시안을 받아본 직원의 황당해하는 모습을 경덕은 지금도 잊을 수 없다. 시안을 살펴보던 직원이 갑자기 난색을 표했다.

“왜 광고에 광고주의 연락처와 이름이 없죠?”

“나라를 위해 하는 일인데, 개인의 이름을 쓸 순 없습니다.”

“유대인들도 의견광고를 간혹 싣지만, 당신처럼 말하는 사람은 처음 봐요.”

“광고주 이름은 생략하고 싶은데요.”

“아니, 당신 돈 내고 광고하면서 왜 이름을 빼려고 합니까. 어쨌거나 연락처는 반드시 명기해야 합니다. 광고국으로 연락이 오는 일이 발생할 수도 있으니까요.”

"그렇다면 독도에 관련된 사항을 정리한 웹사이트를 만들어 주소를 표기하도록 할게요. 사이트에 들어오면 내 전화번호와 이메일 주소를 확인할 수 있게 하겠습니다."

"그 부분은 의논한 뒤 연락드리죠. 아, 그리고 광고 시점과 비용을 얘기해야죠."

'꿀꺽, 얼마나 비쌀까.'

광고 비용은 어떻게 지면화되느냐에 따라 천차만별이었다. 1면에 나가느냐, 맨 뒷면에 나가느냐, 아니면 중간에 나가느냐. 컬러로 나가느냐 흑백으로 나가느냐. 전면광고냐 부분광고냐. 광고 날짜를 지정하느냐, 아니면 '스탠바이stand by'로 걸어놨다가 지면 사정에 따라 나가느냐.

가진 돈을 고려해봤을 때 날짜 지정 광고는 불가능했다. 날짜를 지정하면 광고비가 훨씬 더 비싸기 때문이다. 전면광고도 불가능했고 컬러광고도 힘들었다. 1면이나 맨 뒷면 광고도 불가능했다. 광고국과 최종 딜deal을 한 결과는 '중간 면에 지면의 6분의 1 크기, 흑백 스탠바이 광고'였다. (서경덕은 광고비는 공개할 수 없다고 했다. 그건 뉴욕타임스의 대외비였고, 계약자인 그는 신문사의 규정을 지키고 싶어했다. 그래서 묻지 않았다. 다른 경로를 통해 취재해보니 업계에서는 약 1,500만 원 정도 소요됐을 것으로 추정했다.)

며칠 뒤 광고국에서 연락이 왔다.

"웹사이트를 넣는 것만으로도 광고를 집행할 수 있다고 의견을 모았습니다."

'진작 그렇게 말하지. 벌써 몇 달이 지난 거야.' 시마네현이 조례안을 가결한 것이 2월인데 그때가 이미 6월 말이었다. 서둘러 한국의 지인들과 협력해 사이트를 만들었다. 이때 처음 만든 사이트가 '코리안독도닷컴'(www.koreandokdo.com)이었다. 그후 '다음세대를 위해'(www.forthenextgeneration.com)로 개편돼 지금에 이르고 있다.

제작을 마친 광고를 뉴욕타임스에 최종 전달했다. 이제 광고가 게재될 날만 기다리면 되었다. 그런데 얼마 후 다급한 연락이 왔다. 광고국이었다.

"이 광고를 내보낼 수 없을 것 같습니다. 모든 계약을 철회해야겠습니다."

"네? 무슨 말씀입니까?"

"당신의 연락처가 이상합니다. 당신의 신분을 의심하는 이들이 많습니다."

"당장 사무실로 달려가겠습니다."

광고의 웹사이트로 들어가면 경덕의 이메일 주소가 적혀 있다. 그런데 그의 메일은 한메일(hanmail.net)이었다. 한글을 표현할 수 없는 컴퓨터로 열어본 웹사이트는 제대로 나오지 않았다. 상형문자 같은 이상한 문자만 스크린에 가득 떴을 것이다. 모든 게 깨진 채 나오는 화면을 보고, 이들은 정체를 알 수 없는 사이트라고 생각할 수밖에 없었을 것이다.

"당신이 의심스러운 건 사실입니다. 처음부터 당신은 광고에 자신의 이름을 넣지 않으려고 했으니까요."

"이름을 밝히려고 하지 않은 게 아니라, 나라를 위한 일에 개인 이름을 넣는 게 적절하지 않다고 말했을 뿐입니다. 윈도 한글 버전만 깔면……"

직원은 경덕의 말을 자르고 들어왔다.

"당신이 스파이가 아닌지 의심된다는 사람도 있어요. 아니면 한국 정부의 관계자일 수도 있고."

웃음도 나오지 않았다. 경덕은 자신의 노트북 컴퓨터를 가져와 전혀 이상 없는 메일이라는 것을 증명해 보이기로 했다. 그렇게 말하고 사무실을 나오는데 뒤통수 너머로 광고국 직원들의 대화가 들렸다.

"야후yahoo 이메일을 사용하든가……"

사실, 메일을 야후로 바꿀까도 생각했었다. 그런데 그들의 대화를 듣자 오기가 생겼다. (당시에는 구글의 지메일gmail보다 야후가 보편적이었다.)

'한국인이 가장 많이 사용하는 메일이 왜 안 된다는 거야. 아무 문제 없다는 걸 증명해 보이겠어.'

결국 노트북을 가져와 메일에 이상이 없다는 걸 증명했다.

경덕의 사진첩에는 '피 묻은 휴지로 가득한 휴지통을 찍은 사진'이 들어 있다. 보기 좋은 사진은 아니다. 하지만 자신에게는 소중한 사진이라고 했다. 독도 광고에 미쳐 있던 어느 날 저녁이었다. 시안과 씨름하고 있는데 갑자기 코피가 났다. 처음에는 한쪽에서 나더니 잠시 후 양쪽에서 흐르기 시작했다. 아무리 지혈을 해도 피가 멈추지 않았다. 고개를 뒤로 젖혔더니 목 안으로 꿀꺽꿀꺽 넘어갔다. 어느새 휴지 한 통을 다 썼지만 계속 흘렀다. 줄줄 흐르는 코피를 보며 난감해하다가…… 스스로 대견해졌다.

어지러웠다. 황홀한 현기증이었다.

그날 저녁에도 경덕은 수십 명의 외국인을 만나고 들어왔었다. 시안을 가지고 길거리와 카페, 공원, 대학 등을 돌아다니며 미국인들에게 설문조사를 했다. 현지인이 볼 때 '문장이 자연스러운지', '어떤 문구가 더 좋은지' 테스트한 것이다. 생존경쟁 활동을 경험한 후 경덕은 원칙을 세웠다. 반드시 현장에서 여러 사람에게 물어본다는 원칙. 현장이 답이다.

첫 독도 광고의 헤드카피는 'DOKDO IS KOREAN TERRITORY'(독도는 대한민국의 영토다)로 잡았다. 처음에 만든 카피에선 TERRITORY(영토) 대신 LAND(땅)를 썼다. 하지만 여러 미국인들이 LAND보다 TERRITORY가 명확하다고 지적했다. 현장 테스트를 통해 수정에 수정을 거듭했다. 그렇게 돌아다니고, 밤에는 한국과 연락하며 일을 진행했다. 몸을 지독히 혹사했다. 코피가 멈추지 않는 건 당연했다.

맨땅에 헤딩하는 자의 비장함

드디어 2005년 7월 27일, 뉴욕타임스 지면에 광고가 실렸다. 한국은 27일 저녁이었다. 반응은 상상을 초월했다. 한국의 모든 포털사이트 검색어 1위가 독도 광고였다. 하루 종일 가장 많이 읽은 기사 1위에 독도 광고가 올라와 있었다. 엄청난 양의 전화와 이메일이 밀려들었다. 영국 BBC를 비롯해 남미 언론에서도 인터뷰를 요청해왔다.

그토록 수많은 기자들이 공통적으로 궁금해하는 건 '돈의 출처와 서경덕의 배경, 그리고 숨겨진 의도'였다. 대부분의 언론은 정부나 기업에서 협찬을 받았을 거라고 생각했다. (내가 그랬던 것처럼) 그들도 경덕의 순수성을 겨냥하고 있었다. 경덕은 "아르바이트와 프리랜서 일로 돈을 모았다. 비용은 모두 자비로 충당했다"고 답했다. 이 답변은 '서경덕'을 더욱 화제의 인물로 만들었다.

일반인들에게서도 연락이 많이 왔다. 줄잡아 3,000통 이상의 이메일이 들어왔다. 작심하고 답장을 보내기 시작했는데 꼬박 2주가 걸렸다. 여러 광고 전문가들이 무료로 광고를 제작해주겠노라고 연락해오기도 했다.

한인 사회뿐 아니라 미국 거주 중국인들의 반응도 컸다. 중국은 다오위다오(센카쿠 열도) 영유권 문제로 일본과 마찰을 일으키고 있었다. 차이나타운의 화교를 중심으로 한 중국계 이민자들의 결속력은 대단히 강했다. 이들은 경덕에게 연락해 "왜 그런 생각을 하지 못했는지 모르겠다. 많이 배웠다"고 했다.

학계의 관심도 컸다. 미국 동부의 아이비리그 중 하나인 컬럼비아대의 한 교수는 경덕에게 자료 요청을 한 뒤 수업 참관을 부탁했다. 교수는 경덕이 뉴욕타임스에 낸 광고를 통해 학생들에게 동아시아의 정치적 갈등과 배경을 학생들에게 설명했다.

당연히 일본인도 반응했다. 항의 메일과 전화가 이어졌다. 민간인을 앞세운 한국 정부의 비열한 행위라는 비난이 많았다. 웹사이트를 해킹하겠다는 전화가 걸려왔고, 며칠 뒤 실제로 사이트가 다운되었다.

"당신, 한 번 더 이런 짓 하면 그땐 다 끝나는 거야."

붉은색으로 'KILL'이라고만 적은 이메일도 있었다. 이런 협박을 받으면, 지하철을 탈 때 겁이 나기도 했다. 뒤에서 발소리만 들려도 등에서 한기가 느껴졌다. 하지만 그런 것에도 이내 익숙해져버렸다. 그것이 칭찬이든 응원이든 놀라움이든 호기심이든 비난이든 협박이든, 외부의 반응은 폭풍처럼 밀려왔다 순식간에 사라지기 마련이다.

첫 광고가 나간 뒤 경덕은 곧바로 두번째를 준비했다. 연속성이 중

2008년에서 2010년까지 워싱턴포스트와 월스트리트저널에 실린 독도와 동해 광고들(위)과 한국어 연재 광고들(아래).

• • •

'서경덕의 과거'는 다양한 성공 스토리로 꽉 차 있다.
오랜 시간 동안 유쾌 상쾌 통쾌한 분위기에 젖어 있다보면,
'낮은 포복'으로 기고 또 긴 시간에 대한 이야기는
건너뛰게 된다. 얼마나 많은 그의 기획서가 휴지통에
버려졌는지 모른다. 거절 당해본 사람은 안다.
거절한 이에게 또다시 들고 가는 게 얼마나 힘든 일인지.

요하기 때문이다. 이번에는 월스트리트저널이 목표였다. 워런 버핏 Warren Buffett이 투자할 정도로 독보적인 위치를 인정받은 세계적인 경제 전문지가 월스트리트저널이다.

처음보다 수월했다. 첫 광고가 성공한 후 월스트리트저널은 경덕을 광고주로 대접했다. '서경덕이 광고를 하면 세계 언론도 주목한다'는 사실이 월스트리트저널의 구미를 당겼을 것이다. 이슈광고로 인해 그것을 실은 신문사가 크게 노출된다면, 신문사로선 광고를 받지 않을 이유가 없었다.

문제는 돈이었다. 뉴욕타임스 광고로 여윳돈을 소진해버렸기 때문이다. 월스트리트저널의 광고 형태는 뉴욕타임스의 그것과 비슷했다. 경덕은 광고 모양의 큰 직사각형을 그린 뒤 벽에 붙였다. 그리고 가로줄과 세로줄로 직사각형을 1백 개의 칸으로 나누었다. 그 전체가 1천만 원이라면, 한 칸은 10만 원이었다. 돈을 모을 때마다 저축을 하고 빈칸에 빗금을 쳤다. 그렇게 모든 칸을 채우면 광고가 나갈 수 있었다.

경덕은 패스트푸드점에서 아르바이트를 시작했다. 광고비를 벌기 위한 목적도 있었지만, 향후 한국 홍보 프로젝트를 겨냥한 것이기도 했다. 한국이 일본과 중국에 뒤처지는 대표적인 것이 '음식의 세계화'다. 음식의 세계화만큼 한 나라의 문화를 효과적으로 알릴 수 있는 방법도 없다. 경덕의 스위스인 친구 토마스는 '망가'(일본 만화)의 광팬이다. 그 시작은 어린 시절의 스시바였다. 어린 시절 부모님은 주말만 되면 토마스를 데리고 스시바에서 외식을 했다. 유명한 곳이어서 한 시간 정도 기다리는 건 예사였다. 대기실에는 수백 권의 망가가 꽂혀 있었다. 어린 토마스는 스시보다 망가 때문에 주말이 기다려졌다. 그러면서 일본을 이해하고 동경했으며, 그들의 문화를 존경하게 되었다. 토마스는 망가를 통해 일본이 깊고 넓은 나라라는 걸 알게 되었다. 토마스의 얘기를 들으며 경덕은 '음식의 세계화'가 결코 음식에 관한 이야기만은 아니라는 걸 깨달았다.

경덕은 아르바이트를 하면서 '비빔밥은 세계화하기 매우 좋은 음식'이라는 걸 느꼈다. 테이크아웃이 가능해 많은 이들이 쉽게 접할 수 있고, 세계적 트렌드인 웰빙에도 부합하기 때문이다. 비빔밥의 세계화야말로 한국 홍보를 위해 반드시 거쳐야 할 목표였다.

열심히 하니 기회도 왔다. 경덕을 눈여겨본 다른 식당 사장이 "매니저로 일해보라"고 제안했다. 급여 수준도 훨씬 높았다. 음식 경영에 관련된 많은 것들을 총체적으로 이해하는 기회도 얻을 수 있었다. 경덕은 기회가 기회를 낳는 선순환을 경험으로 알아갔다.

돈 모이는 속도는 빨라졌지만 절대적인 수치는 많이 부족했다. 연말이 가까워 오는데 목표치의 3분의 2밖에 모으지 못했다. 식당일을 시작하고 한 번에 5달러 이상을 써본 적이 없었다. 밥값을 아끼기 위해 차이나타운의 3달러짜리 밥만 먹었다. 그래도 쉽지 않았다. 2005년을 넘기면 안 되었다. 연속성이 필요했다. 늦어지면 세계인들은 첫 광고를 잊을 것이다. 그래선 안 된다. 이번 광고에는 지도가 들어가는데, 그것은 '뉴욕타임스 광고의 부연 설명'의 의미를 담고 있었다.

경덕은 고민 끝에 누나들과 매형들에게 SOS를 보냈다. 이번 한 번 좋은 일에 기부하시라는 것이었다. 부탁하기가 미안해서 그렇지, 경덕은 누나들이 도와주리라는 걸 알고 있었다. 좋은 대학 나와 좋은 직장 다니는 '모범생' 누나들과 매형들. 정해진 길을 걷지 않는 동생에게 누나들과 매형들은 이렇게 말했다.

"꼭 정해진 길을 가지 않아도 돼. 조직에 매이면 그렇게 하기 힘들다. 우린 그렇게 못 해본 게 한이 된다고. 네가 우리 한풀이 좀 해라."

큰누나는 경덕보다 열한 살이 많다. 약대 출신으로 오랫동안 병원 약국에서 근무하고 있다. 여덟 살 많은 둘째 누나는 대기업 경제연구소에서 근무한다. 셋째 누나는 유치원 부원장이고, 넷째 누나는 대기업 반도체 부문에서 일한다.

경덕은 집안의 변종이었다. 꼬마 시절에는 누나들의 사회과부도와 지리부도를 품에 안고 살았다. 달력을 찢어 늘 그 뒷면에 사회과부도의 지도를 따라 그렸다. 그래서 그는 두 달이 한 면에 들어간 달력을 싫어했다. 그것을 찢어 뒷면에 지도를 그리려면 두 달을 기다려야 하니까. 학교 들어갈 나이가 되자, 누나들에게 "우리나라는 예전엔 컸는데 지금은 왜 작아?"라는 질문을 끊임없이 해댔다. 예전이라는 것이 고구려를 말하는 건지, 남북이 나뉘기 전 한반도를 말하는 건지 누나들은 잘 기억하지 못한다. 게다가 어린 시절 꿈이 택시 기사였으니, 저 녀석 역마살을 그때 알아봤어야 했다고 부모님과 누나들은 말하곤 한다. 하나뿐인 아들이지만 부모님은 단 한 번도 취업하라고 다그친 적이 없었다. 경덕의 자유로운 정신은 이런 토양에서 자란 것이다.

가족의 도움이 더해져 그해 11월 두번째 광고가 나왔다. 세계에 퍼져 있는 다국적의 지인들이 테스트에 참여해주었다. 어떤 문구가 좋은지, 어떤 콘셉트가 좋은지, 세계 곳곳에서 반응이 날아왔다. 더 많은 이들이 응원했고 광고 제작에 힘을 보탰다.

광고는 독도에서 그치지 않았다. 미국 하원의 '위안부 피해자 청문회 결의안' 채택을 촉구하는 광고, 중국의 동북아공정(고구려·발해를 중국의 역사로 편입하려는 움직임)을 비판하고 진실을 알리는 광고 등을 추진했다. 그때마다 그의 광고는 세계의 주목을 받았다. 광고만 추진한 건 아니었다. 위안부와 관련해서는 국제기구와 세계 곳곳의 대학, 그리고 미국 유력 정치인들에게 직접 편지를 보내는 작업을 진두지휘했다.

다큐멘터리 영화 〈미안하다 독도야〉는 경덕의 또다른 이정표다. 이때 만난 가수 김장훈. 그와의 첫 만남을 경덕은 잊지 못한다. 김장훈은 경덕을 만나자마자 크게 반가워했다.

"정말 만나뵙고 싶은 분이었습니다."

"저를요?"

"네, 그동안 어떤 일을 하셨는지 잘 알고 있어요."

김장훈은 경덕이 한 일을 꿰고 있었다.

"언젠가 함께 일하고 싶었습니다."

그러면서 두 사람은 호형호제하는 사이가 되었다. 어느 날 김장훈에게서 연락이 왔다.

"경덕아, 요즘 뭐 기획하고 있냐?"

"뉴욕타임스에 낼 광고를 기획하고 있어요. 뉴욕타임스가 기사 작성에서 실수를 했다는 콘셉트예요."

"실수라니?"

"네! 동해가 맞는데 일본해고 잘못 표기한 것을 지적하는 광고거든요."

"그게 가능해?"

"안 되는 일이 어디 있어요. 맨땅에 헤딩하는 거지. 언제는 될 거 같아서 했나."

"너 인마, 대단해. 그래, 좋아. 이번 광고 형이 쏜다."

그렇게 2008년 광고를 '장훈이 형이 쐈다'. 이 소식이 한국에 알려지면서 믿기 힘든 모금 활동이 진행되었다.

한 네티즌이 인터넷 포털사이트 '다음'에 독고 광고를 지원하기 위한 모금 활동을 시작했다. 모금을 시작하자마자 하루 만에 3,000만 원이 모였다. 포털 관계자는 몹시 놀랐다. 1억 원을 목표로 세웠는데 일주일 만에 모금이 끝났다. 초등학생의 100원에서부터 시민의 20만 원까지. 쌈짓돈이 모여 거금을 만들어냈다. 독도 광고 모금액은 2억 1,000만 원을 넘어섰다. 모금에 참여한 사람은 10만 명을 웃돌았다. 한국 기부사에 남을 초유의 일이었다.

대형 광고기획사에서도 광고를 기부하겠다는 연락이 줄을 이었다. 그래서 포털사이트 관계자와 논의해 기부받은 세 개의 광고를 온라인 투표에 부쳤다. 몇천 명이 광고 카피에 대한 의견을 전달해왔다.

이 정도 돈에, 이 정도 수준의 광고라면 날짜 지정 광고를 해도 무방했다. 광고 게재일은 2008년판 『일본방위백서』가 출간되기 직전인 8월 25일로 잡았다. 『일본방위백서』는 독도를 일본 영토로 주장하는 내용을 담을 예정이었다. 신문은 워싱턴포스트로 정했다. 광고의 헤드카피는 'STOP DISTORTING HISTORY'(역사 왜곡을 중지하라).

'서경덕의 과거'는 다양한 성공 스토리로 꽉 차 있다. 오랜 시간 동안 유쾌 상쾌 통쾌한 분위기에 젖어 있다보면, '낮은 포복'으로 기고 또 긴 시간에 대한 이야기는 건너뛰게 된다. 얼마나 많은 그의 기획서가 휴지통에 버려졌는지 모른다. 거절 당해본 사람은 안다. 거절한 이에게 또다시 들고 가는 게 얼마나 힘든 일인지.

"맨땅에 헤딩 한번 세게 하면 되지."

평소에도 장난기로 가득한 경덕의 말투 탓에 더욱 장난스럽게 들리는 이 말을 심각하게 생각해봤다. 맨땅에 헤딩. 그거 한 번은 '세게' 할 수 있겠다. 그런데 그 통증이 반복적으로 학습된다면, 그래서 헤딩이 고통스럽다는 걸 몸이 기억한다면, 계속 '세게' 할 수 있을까. 맨땅을 흥건히 적시게 될 피와 땀을 황홀한 자긍심으로 계속 바라볼 수 있을까. 맨땅만 봐도 움찔하지 않을까.

말은 장난스러울지 모르겠으나 헤딩에 임하는 태도는 말할 수 없이 비장할 것이다. '꿈을 이루는 것이 행동'이라는 쉬운 명제 뒤에 숨어 있는 것이 '비장함'이라는 걸 알게 되었을 때, 그의 쉬운 말을 더이상 쉽게 받아들일 수 없어졌다.

꿈의 확장
_젊은이를 매료한
꿈 노가다꾼

이토록 놀라운 사람들의 관심이 언젠간 거짓말처럼 사라질 거라고, 경덕은 믿는다. 자고 일어나니 스타가 되어 있었던 것처럼.

어차피 관심을 바라고 시작한 것도 아니고, 그것 때문에 버텨온 것도 아니었다. 처음부터 말도 안 되는 상상들이었다. 하지만 대부분 실현되었다. 그의 상상에 냉소를 보내던 사람들도 기어이 성취해낸 결과에 매료되었다. 하지만 공감과 매료만으로는 충분하지 않았다. 그 이상의 무엇, 소중한 것을 희생하고 자신을 온전히 세상에 내던지는 용기가 필요했다. 행동으로 이어지지 않는 꿈은 아무것도 할 수 없다. 그렇게 살아갈 사람들의 등장이 필요했다. 그것은 진정한 의미의 꿈의 확장이었다.

2010년 10월이었다. 연세대의 초청으로 학생들에게 특강을 했다. 어느샌가 경덕에게 특강은 중요한 스케줄로 자리를 잡았다. 학생과 직장인을 위한 강의를 기획하는 사람들은 대부분 경덕을 떠올린다. 젊은이를 위한 테마 중 '도전'만한 것은 없기 때문이다.

특강을 마치고 나오는데 네 명의 젊은이가 기다리고 있었다. 남자 둘, 여자 둘이었다. 그들은 다짜고짜 10분만 시간을 내달라고 사정했다. 바로 다음 스케줄이 있어서 어려웠다.

"제가 지금 지하철을 타고 다른 곳으로 이동해야 하는데요."

"그럼 저희가 차로 모실 테니, 그동안 얘기를 나누시면 안 될까요."

경덕이 유명해진 이후 이렇게 무작정 찾아오는 젊은이들이 많아졌다. 성신여대 객원교수로 임용되면서 일주일에 하루 강의를 하는데, 수업이 끝나면 항상 기다리는 이들이 있다. 대부분 이상은 높았지만 구체적인 실행 계획은 부족했다. 문제점을 지적해주면, 고마워하면서도 다시 찾아오는 이들은 많지 않았다. 현실을 자각하는 순간, 겁을 먹거나 유예하는 이들이 대부분이었다. 하지만 이들은 달랐다.

강상균(당시 서른 살)과 김명식(당시 서른 살)은 친구이자 회사 동기였다. 상균은 연세대를 나와 LG유플러스에, 명식은 부산대를 나와 같은 회사에 입사했다. 고려대 출신의 정겨운(당시 스물일곱 살)은 외국계 은행에 다녔고, 그 외에 또 한 명의 여성이 있었다. 좋은 대학을 졸업하고 좋은 직장을 다니는 미래가 밝은 직장인들이었다. 이들은 직장을 그만두고 세계를 돌아다니며 한국 홍보에 젊음을 던지고 싶다고 했다. 네 명의 퇴직금을 합하면 6,000만 원이 넘는다고, 조금만 더 후원을 받으면 바로 떠날 수 있다고 했다.

"서경덕 교수님의 스토리를 듣고 엄청난 충격을 받았습니다. 우리도

(위) 2011년 '100번의 비빔밥 테이블' 프로젝트를 기획안 젊은이들과 뉴욕에서.
(아래) 2011년 베트남의 '100번의 비빔밥 테이블' 행사에서.

• • •

공감과 매료만으로는 충분하지 않았다.
그 이상의 무엇, 소중한 것을 희생하고
자신을 온전히 세상에 내던지는 용기가 필요했다.
행동으로 이어지지 않는 꿈은 아무것도 할 수 없다.
그렇게 살아갈 사람들의 등장이 필요했다.
그것은 진정한 의미의 꿈의 확장이었다.

그렇게 살 수 있도록 도와주세요."

"다 포기하고요?"

"네!"

"기획서는 준비되어 있나요?"

"일단 이것이 우리가 준비한 한국 홍보 프로젝트입니다."

기획서를 꼼꼼히 살펴봤다. 젊은이들은 두 명씩 팀을 짜서 다니겠다고 했다. 두 명은 세계를 돌아다니며 비빔밥을 홍보하겠다고 했고, 두 명은 경차를 타고 세계일주를 해 환경의 중요성을 알리겠다고 했다.

두번째 것은 식상했다. 방법도 주목을 끌기엔 부족했다. 자전거를 타고 세계일주를 하고, 태양열만으로 대륙을 가로지르고, 무동력 비행기를 타고 대서양을 건너고, 무동력 요트로 태평양을 횡단하는 사람도 있는데, 경차 세계일주를 세계인들이 주목하겠는가. 누가 그것을 도전으로 받아들이겠는가.

비빔밥 홍보는 괜찮아 보였다. 하지만 이들은 비빔밥 홍보도 경차를 타고 다니면서 하겠다고 했다. 어림도 없었다. 그릇과 버너 등 요리 도구, 음식 재료, 간이 의자와 탁자 등을 실으려면 훨씬 큰 차가 필요했다. 최소한 카니발이나 스타렉스 급의 차를 가지고 다녀야 한다.

이들이 예상하는 예산도 터무니없이 많았다. 3억 원 정도를 예상하고 있었는데, 이렇게 큰돈을 경험 없는 이들에게 내줄 스폰서는 없다. 1억 정도가 적당해 보였다.

네 명을 불러 다 솔직하게 얘기했다. 그래도 기가 죽지 않아 보기 좋았다. 모두 진지했고 에너지가 넘쳐 보였다.

"너희 엄청 고생할 각오를 해야 한다. 완전 비렁뱅이같이 생활해야 할 거야. 호텔에서 자겠다는 건 그냥 너희 꿈이야. 그런 건 나중에 신혼여행 가서 하고. 이번엔 노숙까지 각오해라."

"네! 자신 있습니다!"

"대답은 엄청 잘하네. 좋아, 시작하자."

경덕은 여러 기관에 연락해 젊은이들의 계획을 알렸다. 젊은이들은 최대한 간단하게, 하지만 음식의 질을 유지하며 비빔밥을 만드는 방법을 수련했다. CJ 등 음식 관련 기업에도 연락했다. 큰 뜻을 품은 젊은 이들이 있으니 후원을 해달라는 요청을 했다. 이런 과정을 거치면서 한 명의 여성이 포기했다. 대신 ROTC 장교로 막 제대한 스물여섯 살 김수찬이 합류했다.

"각 나라의 빈민가를 방문하는 것도 의미 있을 거다. 한 끼 밥이 절실한 그들을 찾아가 나눔의 정신을 실천하는 거야. 비빔밥에 봉사정신을 버무리자."

'한국 홍보'는 매우 이질적인 것들의 만남인지 모른다. '한국을 알린다'는 것은 공익적인 성격을 띤다. 사람들은 이런 일을 하는 사람도 윤리적으로 완벽하길 기대한다. 그래서 조심스럽다. 하지만 홍보·마케팅은 전략적으로 접근해야 할 주제다. 어떻게 사람들의 관심을 이끌어내고, 이를 효율적으로 알릴 것인가. 어떤 포인트를 잡아서 어떤 경로를 통해 어떻게 전달할 것인가. 고려해야 할 문제는 한두 가지가 아니다. '한국 홍보'는 '공익'과 '경제적 전략'이라는 두 가지 미션을 모두 수행하는 작업이다. 그런데 이런 일에 도전하는 이들이 종종 둘 중 하나는 잊어버린다. 도전이 두렵지 않다고 찾아온 젊은이들에게 경덕은 바로 이런 점들을 말해주고 싶었다.

크고 작은 난관이 있었지만 프로젝트는 진행되었다. 젊은이들의 퇴직금과 후원금을 합치니 예상 비용과 비슷한 수준이 되었다. 하지만 빠듯한 예산이었다. 프로젝트 이름은 '100번의 비빔밥 테이블'로 정했다. 세계 곳곳에서 100번의 시식회를 통해 1만 명의 외국인에게 비빔밥을 선보이는 것이 목표였다. 베이징을 시작으로 방콕–하노이–쿠알라룸푸르–로스앤젤레스–뉴욕–워싱턴–멕시코시티–부에노스아이레스–상파울루–파리–런던–프랑크푸르트 등을 거치는 8개월의 대장정이었다.

그리고 얼마가 지났을까, 강의를 마치고 나오는데 여대생 네 명이 가로막고 섰다.

"저희가 한복을 입고 배낭여행을 떠나려고 합니다. 우리의 옷 한복을 세계에 알리고 싶어요."

"뭐? 한복 배낭여행?"

"네, 선생님!"

"으하하하. 이거 참 전혀 예상치 못한 상상일세그려."

"저희가 꼭 해낼 겁니다."

"그래? 그럼 어떻게 맨땅에 헤딩할 거야? 한번 들어보자."

서경덕이 말하는 꿈
_동動기 & 동動력

2005년 광고를 내기 위해 뉴욕타임스 건물에 들어가기 전 주변을 둘러보았다. 타임스스퀘어의 놀라운 광경이 눈에 들어와 꽂혔다. 굴지의 글로벌 기업들의 광고판으로 광장은 눈부시게 빛났다. 그곳에서 선명하게 빛나는 삼성과 LG, 현대자동차의 광고를 보며 분명한 변화를 실감했다. 경덕은 전광판에 기업이 아닌 한국을 홍보하는 영상이 나오면 얼마나 좋을까 상상했다.

유럽의 타임스스퀘어라 불리는 런던의 피커딜리 서커스에서도 그랬다. 역시 가장 눈에 잘 띄는 광고판엔 삼성과 LG의 광고가 걸려 있었다. 한 재외동포가 농담하듯 자기 얘기를 꺼냈다.

"어느 날 애들이 학교에서 돌아와 '엄마 왜 거짓말했어?' 하며 따지는 거예요. 선생님이 삼성, LG가 한국 기업이 아니라는데!"

담임교사가 수업을 하다 "삼성과 LG 제품 참 좋지요? 역시 일본 기업의 제품은 뭐가 달라도 달라요"라고 말했다는 것이다. 그 말을 들으며 경덕도 피식 웃은 적이 있다. 웃음 뒤의 씁쓸함이란. 기업과 국가 브랜드의 격차를 그보다 적나라하게 보여주는 사례가 또 있을까. 국가 마케팅은 그만큼 지체되어 있었다. 한국홍보전문가가 타임스스퀘어에서 한국 광고를 꿈꾼 건 어쩌면 당연한 일인지 모르겠다.

타임스스퀘어의 전광판을 임대해 광고를 상영하는 데는 큰돈이 들었다. 주목도가 높고 상징성이 큰 만큼 가격은 비쌌다. 광고판에 걸맞은 명품 광고를 만드는 것도 쉬운 일이 아니었다. 격에 맞지 않으면 웃음거리가 될 수도 있었다.

경덕은 꿈의 동반자를 찾았다. 원더보이즈 필름의 기획실장이자 오랫동안 광고 카피라이터로 활동한 여훈씨는 영상광고 제작에서 자신의 재능을 아낌없이 기부했다. 돈 한 푼 나오지 않는 광고를 위해 훈이 형은 기꺼이 가욋일을 감당해주었다. 또한 빅슨의 조한상씨도 돈 한 푼 받지 않고 영상 제작을 맡아주었다.

장훈이 형은 헌신적으로 기부했다. "올 겨울 콘서트 열 번 더 하면 된다"며 아무렇지도 않게 웃는 장훈이 형. 그는 경덕이 세운 모든 계획을 지탱해주는 기둥이다. 물질과 정신의 화수분.

미국 박물관의 한국어 브로셔 제작을 후원해준 최수종·하희라 부부와 그들에 이어 기부에 나선 송혜교씨께도 감사한다. 특히 한글 프로젝트를 할 때마다 늘 도와주시는 이상봉 선생님은 늘 존경스럽다. 셀러브리티의 동반은 언제나 큰 파급력을 낳는다.

이름 없는 수많은 네티즌들은 경덕의 신념만을 믿고 소액기부에 나섰다. 온라인 모금 활동만으로 수억 원의 돈이 모이는 경이적인 현상을, 경덕은 지금도 꿈 같은 일로 여긴다.

그의 계획에 공감하는 몇몇 언론인도 도움을 주었다. 광고를 하게 된 이유뿐 아니라 제작의 뒷이야기까지 발굴해 보도함으로써 '공감한 사람을 기부하는 사람으로 변화시켜주는 능력'에 경덕은 감사했다. 초대형 비빔밥 홍보 프로젝트를 함께 진행한 MBC 〈무한도전〉 팀과 그의 삶과 가치관을 경청해준 〈무릎팍도사〉도.

경덕의 꿈을 인정해주고 기꺼이 엄청난 양의 한글 설치물을 제작해준 세계적 설치미술가 강익중씨도. 광고 디자인의 전체적인 틀부터 디테일한 부분까지 챙겨준 '디자인 셀'의 정광훈 대표와 대표 웹사이트인 'www.forthenextgeneration.com'을 만들고 유지해주고 있는 이승한 웹디자이너까지…… 동반자는 수없이 많다.

2010년 3월 1일 0시. 뉴욕 브로드웨이와 7번가, 그리고 42번가가 교차하는 뉴욕의 한복판, 타임스스퀘어. 그곳에서도 가장 주목도가 높은 전광판 중 하나인 'CNN 뉴스 광고판'(화면 밑으로 CNN뉴스가 24시간 흐르는 광고판). 낯선 광고 하나가 시작되었다.

퍼즐을 맞추는 동영상. 하와이는 아메리카, 시칠리아는 이탈리아…… 그리고 독도는 코리아. 그리고 '한국의 아름다운 섬, 독도에 오세요'라는 메시지가 뜬다. 정확히 30초짜리, 한 시간에 두 번, 하루에 총 48회가 방영되었다. 광고는 4개월에 걸쳐 계속되었다.

2010년은 경술국치 100주년이 되는 해였다. 경덕은 치욕스런 역사를 절대 잊어서는 안 된다고 생각했다. 치욕에 대한 저항의 상징, 삼일절을 그냥 보낼 수 없다고 생각했다. 세계인이 주목하는 한국 홍보 프

2007년 6월 미국 의회의 '위안부 피해자 청문회 결의안' 통과를 앞두고 서경덕은
정인과 정부기관뿐 아니라 언론인, 대학 교수 등 2,000여 명에게 편지를 보냈다.

• • •

"움직이게 하는 거. 실행하게 만드는 힘.
그게 있어야 움직일 수 있는 거니까.
머릿속에만 꿈이 있으면 뭐 해? 실행해야 꿈이지.
그러지 않으면 그건 꿈도 아니고 희망도 아닌 거지.
사람을 움직이게 하는 것. 그게 바로 꿈이지."

로젝트를 진행해야 했다. 그런 메시지를 담은 광고의 그릇은 '타임스스퀘어'여야 했다. 의미를 이해해준 수많은 동반자와 함께 일을 저질렀다. 이 광고는 타임스스퀘어가 생긴 이래 사상 처음으로 방영된 '국가 이미지 광고'였다. 상업주의의 극단에 있는 타임스스퀘어에 공익광고가 민간 차원에서 방영된 역사적인 날이었다.

그후 얼마 뒤 후진타오 중국 국가주석이 미국을 방문했다. 중국 정부는 타임스스퀘어에 여섯 개 대형 전광판을 임대해 '중국을 경험하라 Experience China'라는 영상물로 도배했다.

2011년 8월 15일 광복절. 경덕은 타임스스퀘어에 '아리랑 광고'를 시작했다. 전 세계에 K-팝이 유행이라지만 한국의 가락을 아는 이들은 없었다. 한국을 대표하는 음악과 노래, 그것이 얼마나 아름다운지 알리고 싶었다.

2011년 11월 1일, 유럽 최대의 광고판들이 모여 있는 광장, 에로스 상像으로도 유명한 런던 피커딜리 서커스에 아리랑 광고가 방영되었다. 뉴욕을 거점으로 삼았던 경덕의 한국 홍보 글로벌 프로젝트가 영토를 확장하고 있다.

그에게 꿈의 의미를 물었다.

"형, 형에게 꿈은 뭐야?"

"움직이게 하는 거. 실행하게 만드는 힘. 그게 있어야 움직일 수 있는 거니까. 머릿속에만 꿈이 있으면 뭐 해? 실행해야 꿈이지. 그러지 않으면 그건 꿈도 아니고 희망도 아닌 거지. 사람을 움직이게 하는 것. 그게 바로 꿈이지."

“형의 최종 목표는?”

“진정한 커넥터. 한국과 세계를 연결하는 커넥터.”

“그게 뭐야? 무슨 로비스트 같네.”

“이 양반 말하는 거 봐라. 껄껄. 일단 우리 한민족을 먼저 연결하고 싶어. 전 세계에 한국 교포가 700만이야. 중국 다음이라고. 인구수 대비로 치면 압도적 1위야. 세계 어딜 가도 한국인이 없는 데가 없어. 하지만 한국인은 유대인이나 화교만큼 강한 네트워크가 없어. 이 일을 하면서 느꼈어. 얼마나 많은 한국인이 유대감과 자부심에 목말라 있는지. 그 어떤 나라도 무시하지 못할 견고한 네트워크를 만들고 싶다. ‘한국인’ 하면 어딜 가도 알아주는 세상이 오도록 말야. 그 후에 그야말로 대한민국과 세계를 연결하는 그런 진정한 커넥터가 되고 싶다.”

누군가가 경덕에 대해 이렇게 말하는 걸 들은 적이 있다.

“꿈, 그러니까 목표가 생기면 바로 행동에 옮기는 사람이 있지. 그런 의미에서 서경덕은 ‘꿈 행동주의자’쯤 되겠네. 그런데 그것만으론 부족해. 뭔가 밋밋해. 들어봐. ‘꿈’이 생기면 서경덕은 곡괭이와 삽을 가지고 땅을 파고, 콘크리트를 발라 기초를 만들고, 기둥을 세우고 벽을 만들고, 찜통을 메고 나르고, 지붕을 덮고, 방수 처리를 하고…… 일 잘하는 일꾼이 수건 하나 목에 두르고 허연 러닝셔츠 입고 미친 듯이 뛰는 모습이 떠오르잖아. 만화 속 한 장면 같지. 그렇지? 그렇게 어림도 없는 일을 해내는 거야. 이거 완전히 ‘꿈 노가다꾼’인 거지.”

내가 가장 존경하는 잡.놈.이.죠

김장훈 가수 겸 '기부천사'로 잘 알려진 서경덕의 후원자

김장훈은 정의 내리기 어려운 사람이다. 개인 공연만 2,000회를 돌파한 '공연의 사나이'이고, 1991년 데뷔해 열 개의 정규 앨범을 발표했다(2012년 4월 현재). 독도까지 직접 배를 타고 가 공연을 하는 열정을 보이며, '독도 지킴이'로도 이름을 날리고 있다. 2008년엔 공연을 보고 감명받은 배순훈 전 카이스트 부총장의 요청으로 기계공학부 전공 선택 과목으로 '무대 장치 제작'에 관한 수업을 진행하기도 했다. 그와 함께 제작에 참여한 사람은 로봇 '휴보'를 만든 한국 로봇계의 대부 카이스트 오준호 박사다. 김장훈은 빅뱅, 이소라, 싸이, 에픽하이 등의 공연을 직접 연출했다. 이소룡을 아주 좋아하는 그의 트레이드마크는, 그 유명한 '발차기'다.
그러나 이 모든 것을 압도하는 그의 별칭은 '기부천사'. 90년대 후반부터 10여 년간 100억 원에 가까운 돈을 기부했다. 집 없는 아이들부터 위안부 할머니까지, 그의 기부 영역은 제한이 없다. 그의 놀라운 행보는 '김장훈법 제정'으로까지 이어졌다. 2011년 정부는 김장훈같이 지속적으로 기부하는 이들을 위한 '기부연금제도'를 도입했다. 거액의 자산을 기부한 경우 본인이나 유족이 나중에 총 기부액의 일정 비율을 연금 형태로 지급받는 제도다. 선진국에선 보편화되어 있는 법이다. 미국에선 2010년 기준으로 기부연금의 규모가 150억 달러(당시 환율로 약 17조 원)를 넘어섰다. 젊어서 열심히 기부한 사람의 노후를(명예까지도) 사회 전체가 책임질 필요가 있다는 의미다.

김장훈과 서경덕은 서로 막말하는 사이다. 김장훈은 서경덕을 '잡놈'이라 부른다. 두 사람은 '후원자'(장훈)와 '활동가'(경덕) 사이로 알려져 있지만, 서로에겐 그 이상의 의미다. 김장훈이 "서경덕을 존경한다"고 말하면서도 왜 서경덕을 잡놈이라고 부르는지 그것이 알고 싶었고, 그 친근함 속으로 파고들고 싶었다. 그들의 우정에 나도 끼워줬으면 하는 바람도 함께.

"단도직입적으로 물어볼게요. 왜 경덕이 형을 후원합니까?"

"진성정이죠. 기사를 통해 그의 세월을 봤어요. 그 꾸준함(그는 아침마다 여러 신문을 정독하는 것으로도 유명하다). 오랫동안 한다는 건 결코 쉬운 일이 아니죠. 그게 바로 진정성입니다. 저도 처음에 기부를 하니까, 이미지 관리 때문에 그러는 거 아니냐는 말들을 많이 하더군요. 그런데 10년이 넘어가니까 변명하지 않아도 그런 말은 쑥 들어갔어요. 처음에는 진정성 때문에 한두 번 했죠."

"계속 후원을 이어간 데에는 다른 이유가 있다는 말씀이네요."

"진정성만으로 계속 같이할 수 있을 거 같아요? 천만에. 절대 그렇게 못 합니다. 이 잡놈이 아주 기발해요. 생긴 거답지 않게 아주 창조적이란 말입니다. 그 누구도 생각하지 못한 아이디어를 끄집어내요. 독도를 홍보하는 게 뭐라고 생각합니까. 그거 엄청난 마케팅입니다. 과격하게 하면 사람들, 특히 외국인은 절대 감동받지 않아요. 민간인을 대상으로 한 이런 공익적 마케팅은 물건을 파는 것보다 힘든 일이에요. 이 녀석이 그걸 해내요. 그래서 계속 같이할 수밖에 없는 거죠. 능력 있는 놈한테 후원하는 건 당연하죠."

"다큐멘터리 영화 〈미안하다 독도야〉 제작을 위해 처음 만났죠? 만나자마자 경덕이 형한테 '내가 당신을 안다'고 하셨다고요."

"아까 말했지만 기사를 통해 오랫동안 봐왔으니까. 그래서 만나자마자 내레이션이고 뭐고, 우리 광고부터 같이 하자, 그랬죠."

"기사로 봤던 서경덕과 실제로 본 서경덕은 일치했나요?"

"푸하하. 미안해요, 웃어서."

"하하. 아닙니다."

"전혀 다르죠."

"이를테면요?"

"전혀 다르기 때문에 우리가 오래갈 수 있다고 생각해요. 저를 잘 모르

서경덕과 그의 최대 후원자 가수 김장훈씨.

는 사람들은 나를 민족주의자라고 봅니다. 독도가 워낙 강렬했나봐요. 다른 건 기억을 잘 못 해요. 그래도 나는 방송에서 익살스런 모습을 많이 보여주니까 그래도 좀 낫죠. 서경덕에 대한 선입견은 참 많을 거예요. 어쨌거나 이 녀석을 딱 봤는데, 어찌나 입이 걸던지. 욕도 잘하고 이상한 농담도 잘하고. 생각지 못한 '반전'이 있는 거죠. 묵직할 줄 알았는데 한없이 가벼운 거예요. '이것 봐라. 고상한 척을 안 하네.' 난 성격이 이상해서 고상한 일 하는 사람들이 고상한 척하는 거 못 봐요. 내가 그러질 못해. 그런데 이 녀석이 딱 그렇더란 말야."

"순식간에 격식을 허무는 재능이 있어요. 경덕이 형한텐."

"딱이죠."

"그런데 말이죠. 많은 이들이 경덕이 형의 순수성을 의심해요. 저 사람 왜 저걸 저렇게 열심히 하지. 나중에 뭘 하려고 그러나. 남는 게 많나. 이렇게 말이죠."

"무슨 말인지 알겠어요. 난 이렇게 봐. 결과물만 보자. 서경덕이 저걸 해서 남는 게 뭘까. 세계적인 박물관에 한국어 안내 서비스를 도입하게 해서 결과적으로 뭐가 남느냐. 한국어 서비스가 남죠. 그게 제일 중요해요. 그리고 그걸 열심히 하다가 나중에 뭘 한다고 해도, 그게 나쁜 건가요? 이거 하면서 강도를 꿈꾸진 않을 거 아니에요?"

"사람들은 '남는 장사'가 아니라고 생각할 때, 그걸 하는 사람들을 똑바로 바라보지 않는 경향이 있어요."

"설명할 필요 없어. 필요 없는 일이지. 내가 처음 기부를 시작할 때 누군가 '이미지 관리 차원에서 그러냐'고 했다고 했죠? 그래서 내가 '5년만 기다려봅시다' 그렇게 얘기했지. 5년이 지났어. 그랬는데도 똑같은 질문이 오더라고. 그래서 '그럼 다시 5년만 더 기다려봅시다' 그랬지. 그렇게 10년이 넘어간 거야. 그랬더니 사람들이 '어, 아직도 하고 있네' 이러더라고. 말이 좀 이상하게 꼬였는데, 그런 거라고 봐요."

"장훈이 형을 움직이는 힘은 뭔가요?"

"분노."

"분노의 기반은?"

"부조리. 한 아이를 봤어. 부모가 있는데도 버려진 아이. 당연히 분노를 느꼈지. 이런 ×새끼들이 있나. 그런데, 그때 생각했어요. 난 뭐 하고 있나. 그래서 분노를 나에게 돌리는 연습을 했어요. 분노는 그냥 감상이잖아요. 근데 내가 밥 한 끼 사줘봤나. 그럼 내가 사주면 되겠네. 그리고 사준 다음엔? 그냥 떠나면 안 되겠지. 지속적으로 뭘 해줘야 하나. 계속 뭘 할 수 있을까. 그렇게 방법을 찾은 거죠. 독도도 그냥 분노였지. 자기들이 국력이 강하다고 그럴 수 있나. 우리 정부는 도대체 뭘 했나. 어, 근데 난 뭘 했지. 그래서 내가 한 거야. 그래서 난 누구 욕을 안 해. 남 탓을 안 하는 거죠. 내가 누굴 탓하겠어. 난 딴따라인데, 말로 하는 거 싫어해. 행동으로 하는 거지. 거기에 설명은 필요 없어. 그리고 그걸 보고 누군가 함께하기 시작한다면, 그러면 다행인 거고."

"분노를 행동으로 이어가는 힘. 의지뿐만 아니라 상당한 재능이 필요한 지점이죠."

"서경덕이 바로 그런 사람이에요."

"형도 그렇게 매료되었군요."

"그렇지."

"형이 보기에 경덕이 형이 한 가장 멋진 일은 무엇인가요?"

"박물관에 한국어 안내 서비스를 만든 거. 그건 정말 누구도 하기 힘든 일이었지."

"실은 저도 박물관 이야기로 경덕이 형의 스토리를 시작했죠. 독도 이슈는 파괴력이 있지만, 오히려 서경덕을 오해하게 만든다고 봤어요."

"오해라고 하니까, 내가 그걸 다시 이야기하고 싶네. 오해하는 사람들 말이야, 과격하게 얘기해볼까. 오해하는 사람은 뭐 했는지 모르겠어. 제가 순수하지 못하니까 그러는 거 같아. 정말 해본 사람은 그렇게 오해하지 않아. 자신의 순수성부터 되돌아봐야 할 사람이 많아. 난 좋은 일을 하는 사람의 '계산'을 생각하지 않아. 어떤 국회의원이 아동보호시설에 사과 박스를 전달했다고 치자. 그리고 사진을 찍었어. 내가 놀란 적이 있는데, 시설 사람들은 그걸 나쁘게 보지 않아. 어쨌거나 사과 한 박스는 온 거잖아. 그걸 보고 손가락질하는 사람은 뭘 했지? 독도수호운동을 하면서 나는 거기에 동참하지 않는 사람에게 절대 뭐라고 하지 않아요. 안 한다고 죄가 되는 건 아니죠. 그건 철저하게 개인의 자유 영역이거든. 하는 사람이라도 안 하는 사람에게 뭐라고 할 권리가 없다고 생각해요. 하물며 하지 않는 사람이 하는 사람에게 뭐라고 하는 건 이상하잖아. 순수성을 묻는 사람을 보면, 화가 난다기보다 그냥 슬퍼요. 난 이런 문제가 일종의 판단력 부재에서 비롯되었다고 봐요."

"총선과 대선이 함께 있는 올해(2012년)는 정치의 계절이죠. 정치권에서 서경덕에게 제의가 많을 거 같은데. 경덕이 형이 정치를 하면 잘할까요?" (실제 거의 모든 정당에서 그에게 영입 제의를 했지만 서경덕은 모두 고사했다.)

"잘할 거 같아. 난 경덕이가 나중에라도 했으면 좋겠어."

"형은요?"

"난 좀 극단적으로 행동할 거 같아서. 난 안 돼."

"생각은 건전하지만, '또라이' 기질이 있는 사람이 필요할 수도 있죠. 그곳에선."

"하하…… 그래요?"

"기부에도 종류가 있는 거 같아요. 구호를 위한 기부가 있고, 운동movement을 위한 기부가 있죠. 형의 본류는 어디죠?"

"독도가 워낙 거창해서 사람들은 나를 무브먼트 기부자로 생각하지. 하지만 나의 본류는 구호救護야. 구호라고 말하니까 거창한데, 같이 노는 게 좋다고. 아이들과 밥 먹고, 놀고 그러는 게 좋아요. 물론 기부에도 장르가 있지. 조용히 해야 할 게 있고, 캠페인이 필요한 게 있죠. 필요에 따라 거창한 홍보가 필요할 땐 그렇게 해야지."

"경덕이 형과 친해질 수 있었던 진짜 이유는 뭔가요?"

"아까 말했잖아요. 반전 때문이라고. 고등학교 때 같은 반이라고 다 친하진 않지? 통하는 놈이 있는 거잖아. 서경덕이 나에겐 그런 잡놈이야. 이 자식은 나랑 맞는구나. 이런 느낌이 드는 거지. 그리고 이건 중요한 건데, 바로 능력이야. 서경덕의 놀라운 능력, 뭔가 만들어내는 힘. 그거 때문에 내가 녀석을 못 떠나. 하하."

"경덕이 형은 술 마시고 놀기에 좋은 사람이죠."

"삼마이(3류)거든. 푸하하."

"저 같은 경우엔 그냥 답답하지 않아서 좋아요."

"맞아, 답답하지 않아. 탁 트여 있는 놈이지."

"막 대해도 될 것 같고. 싸워도 다음 날 만날 수 있을 것 같고."

"얼마 전에 욕하고 싸우고 그랬어. 그러고는 다음 날 시시덕거리고 놀았지. 우린 그런 놈들이야."

"서경덕에 대해 마지막으로 할 말이 있다면요?"

"이미 다 했는데…… 똑같은 말이지만 한마디로 정리하지, 진정성과 실력. 오케이?"

"형, 저도 그 사이에 끼고 싶네요."

"콘서트 끝나면 셋이 진하게 한잔하자고."

| 쉰여덟 살 퀴즈 영웅 임성모 |

살다보면 한 번쯤은 미치게 된다

2010년 7월 퀴즈 영웅에 오른 직후의 임성모씨.

• • •

그의 이야기는 인생 역전 드라마의 살아 있는 표본이었다.
그로 인해 패자부활전이 가능하다는
만화 같은 상상을 할 수 있었다.
누구나 인생을 살다보면 한 번쯤 제대로 미칠 수 있다는
야릇하고 짜릿한 상상을 말이다.

쉰여덟 중졸
트럭 기사
퀴즈 영웅

쉰여덟 살, 중졸, 트럭 기사, 그리고 퀴즈 영웅.

임성모씨를 규정할 때는 늘 네 가지 요소가 함께 등장한다. 성모씨가 KBS 〈퀴즈 대한민국〉 44대 영웅에 오른 것은 2010년 7월 4일의 일이다. 43대 영웅은 2009년 10월에 탄생했다. 매주 방영하는 프로그램에서 무려 10개월 만에 퀴즈 영웅이 탄생한 것도 놀랍지만, 더 놀라운 건 그의 스펙이었다. 중졸에 환갑이 가까운 트럭 기사는 경희대 한의예과에 재학중인 대학생과 현직 엔지니어와 행정부처 사무관을 제치고 '주 1위'를 세 번이나 차지하더니 기어코 영웅의 자리에 올랐다.

무식해 보이는 단답형의 말투엔 충청도 사투리가 배어 있고, 짧은 스포츠머리와 구릿빛 얼굴은 노가다 스타일 그대로였다. 세련된 구석이라고는 전혀 없는, 그렇게 연출하려고 해도 힘들 그런 모습으로 성모씨는 카메라 앞에 섰고 드라마를 만들어갔다. 그는 예심에서만 5회 연속 1위를 했다. 보통 예심에서 1위를 하면 방송(본선)에 나가게 되는데, 그는 계속 출연을 고사했다. 반드시 영웅이 되어야 하는데 아직 때가 되지 않았다고 제작진의 제의를 사양했다. "언젠가 때가 되면, (그것이 득도得道를 의미하는지 알 수 없지만) 그때가 되면 영웅에 도전하겠다"는 말만 남기고 사라지곤 했다.

그가 영웅이 되자 수많은 스포트라이트가 터졌다. 그의 이야기가 신문과 방송을 탔고, 대학과 기업에서 특강을 요청했다. 인터뷰에서 그는 젊은 날의 좌절을 보상받기 위해 퀴즈 영웅에 도전했다고 했다. 연좌제 탓에 젊은 시절 꿈을 펼칠 기회도 얻지 못했다고 했다. 도대체 어떤 사연인가 궁금했지만 알 수 없었다. 어떤 프로그램이나 뉴스에서도 그의 과거 이야기를 구체적으로 접할 순 없었다.

그래서 집으로 찾아가 그를 만났다. 과거를 말하던 그는 가끔 울먹였다. 거친 외모에 비해 눈은 소 같았다. 긴 속눈썹과 짙은 쌍꺼풀은 각진 턱과 묘하게 대비되었다. 그는 과거를 쉽게 이야기하지 못했다.

과거를
쉽게 이야기하지
못하다

"연좌제 탓에 젊은 날 기회를 잡지 못했습니다. 거기까지만 합시다. 더 들어가지 말고. 그다음 얘기, 퀴즈 프로그램에 나간 얘기부터 하면 안 될까요?"

"말씀하시기 힘든가요?"

"아니, 힘들다기보다 좀 쑥스럽고 그래서. 좀 그러네."

"과거가 어르신의 발목을 잡는 시대는 지나갔죠. 오히려 그런 과거가 어르신의 성취를 돋보이게 할 텐데요."

"아버님 나이가 어떻게 되시나?"

"네?"

"아버님 나이 말이요."

"45년생입니다. 올해 예순일곱 되십니다."

"나보다 어른이시네. 나보고 어르신이라고 부르면 안 되지. 그렇게 부르지 않으면 안 되나?"

"네? 아…… 그럼 선생님이라고 부를까요?"

"응, 그럽시다. 그렇게 불러주세요."

늘 그런 식의 대화였다. 그의 집에 가기 위해서는 창동시장과 신창시장을 거쳐야 했다. 오래된 두 개의 재래시장. 누에도 팔고 개소주도 파는 골목을 지나면, 시장의 끄트머리에 오래된 연립주택들이 쏟아질 듯 줄지어 서 있다. 퀴즈 영웅 상금을 받아 11평짜리 전세를 23평 전세로 옮겼다.

"사람들 보기엔 누추할지 모르지만 내겐 대궐 같아. 집이 두 배나 넓어졌잖아."

성모씨의 집을 찾아갈 때면 월세 단칸방에서 다섯 식구가 함께 살던 내 어린 시절이 떠올랐다. 그건 일종의 자동연상이었다. 다세대가 공동화장실을 쓰던 가난했던 내 어린 시절이 성모씨의 모습에 오버랩되곤 했다. 성모씨는 나의 아버지를 떠올리게 했다. 아버지는 오랫동안 군무원 생활을 하다 은퇴했다. 성모씨보다는 훨씬 안정된 직장을 가지고 있었지만 아버지에겐 장애를 가진 자식이 둘이나 있었다. 뇌성마비 중증 장애인 아들과 딸을 키우기 위해 아버지와 어머니는 열심히 살았다. 하지만 여유 있게 살지 못했다. 열심히 살았지만 여유 있게 살지 못한 이들에 대한 이야기를, 나는 성모씨를 통해서 하고 싶었다. 그의 이야기는 인생 역전 드라마의 살아 있는 표본이었다. 그로 인해 패자부활전이 가능하다는 만화 같은 상상을 할 수 있었다. 누구나 인생을 살다보면 한 번쯤 제대로 미칠 수 있다는 야릇하고 짜릿한 상상을 말이다.

그런데 그러려면 그의 인생에 깊이 들어가야 했다. 하지만 그는 말을 쉽게 꺼내지 않았다. 완강히 거부한 것도 아니다. 그냥 두루뭉술하게 이야기의 핵심을 비켜 갔다. 취권을 구사하는 고수에게 농락당하는 기분이랄까.

“저를 믿지 못하시겠죠?”

“신분이 명확한데 못 믿을 게 뭐요.”

“그냥 다 털어놓지 않으시는 것 같아서요.”

“천천히 하자니까…… 그런데 기사 한 번 쓸 걸 가지고 왜 이렇게 찾아오는 거야?”

“기사 쓰는 건 포기했고요.”

성모씨는 나를 쳐다봤다. 안 쓴다는 말에 조금 섭섭해하는 눈치였다. 누구나 자랑하고 싶은 일을 알리고 싶은 허세가 있는 법이다.

“그럼 뭐 하려고……”

“책을 써볼까요? 선생님의 이야기를 다 할 수 있는.”

“허허. 내 인생을 다 얘기하면 소설책 몇 권은 될걸.”

“진짜 써볼까요?”

“껄껄……”

‘뭐야, 눈이 반짝반짝하네……’

잃어버린 어머니의 시신

휴전협정을 맺은 1953년, 성모씨는 태어났다. 고향은 충청도 부여군 은산면 조령리(현재 명칭은 나령리). 새 조鳥에 고개 영嶺을 썼다. 새와 짐승만 들락거릴 수 있을 만큼 오지였다. 사방이 산으로 둘러싸인 계곡 어디쯤 집이 있었다. 어린 시절 기억은 모두 사라졌지만, 여섯 살 어느 날의 한 장면은 지워지지 않는다. 아버지가 색동옷을 입은 여자를 데리고 와 사랑방에 묵었다. 어머니는 밥상을 차려 사랑방에 들여놓곤 했다.

"어머니의 거안제미擧案齊眉는 흐트러지지 않았어. 지금 생각하면 기막힌 노릇이지만 그땐 그런 일이 흔했지."('거안제미'는 밥상을 눈썹 높이로 들어 공손히 남편 앞에 가지고 간다는 뜻으로, 남편을 깍듯이 공경함을 일컫는 말이다)

그런데 색동옷을 입은 여자가 어머니의 머리끄덩이를 붙잡고 소리를 질렀다. 어린 성모씨는 이유를 알지 못한 채 엄마를 붙잡고 울었다. 아버지는 여자와 집을 나갔고, 읍내에 딴살림을 차렸다. 첩을 얻은 것이다. 아버지는 가끔 집에 들러 돈을 주고 갔다.

아버지는 무허가 치과 치료사였다. 일제강점기 시절 일본에서 기술을 배워 왔다고 했다. 성모씨는 4남 3녀 중 둘째다. 위로 세 살 많은 누나가 있고, 55년생 남동생, 57년생 여동생, 59년생 남동생, 61년생 여동생, 67년생 남동생이 줄줄이 이어졌다.

아버지는 농사짓는 사람보다 돈을 잘 벌었지만 주색잡기에 능했다. 그러면서 두 집 살림을 했기 때문에 성모씨와 형제들은 늘 배고팠다. 보릿고개가 절정에 이르는 5월이 되면 쌀 한 톨 구경할 수 없었다.

"우리 세대가 보릿고개 끝자락이지 싶어. 학교 가기 전부터 산에 가서 나무하고, 밭일하느라 결석을 밥 먹듯 하고 그랬어."

누나가 어렵게 초등학교에 들어갔다. 하지만 졸업을 할 순 없었다. 5학년을 마치자 누나는 서울로 식모살이를 갔다. 그땐 모두 배고플 때여서 맏딸이 그렇게들 많이 했다. 하지만 누나는 너무 어렸다. 초등학교 5학년 열두 살 아이. 그 어린것이 얼마나 눈칫밥을 먹었을까. 3년을 꾹 참고 지내던 누나는 열다섯 살에 친구를 따라 방적공장에 들어갔다. 누나는 대한민국 공순이 1세대였다. 그들의 기름밥으로 이 나라의 엘리트가 자라났음을 누구도 부정할 수 없을 것이다. 공장에 들어간 누나는 중학생이 된 성모씨에게 매달 돈을 부쳤다.

서울에 가기 전 누나는 성모씨의 손을 붙잡고 읍내로 갔다.

"작은어매가 읍내에서 국수 말아서 판다는디, 우리 가서 좀 따지자."

아버지의 두번째 부인은 읍내에서 작은 음식점을 했다. 어린 누나는 배가 고파서 견딜 수 없으니 가서 결판을 내야 한다고 했다. 산길을 두 시간 가까이 걸어가야 했다. 걸어가는 내내 지독히 배가 고팠다는 기억이 남아 있다. 남매가 식당에 들어서자 첩은 깜짝 놀라더니 두 아이를 꼭 끌어안았다. 그러고는 국수 두 그릇을 말아줬다. 어린것들은 자기들이 그곳에 왜 갔는지도 잊고 정신없이 국수를 먹었다. 먹고 정신을 차리니 첩에게 따질 수가 없었다. 누나와 성모씨는 다시 두 시간을 걸어 집에 돌아왔다.

성모씨는 도시락을 싸가지고 학교에 간 적이 없다. 점심때면 수돗물로 배를 채웠다. 소화가 빨리 될까봐 뛰지 않았다. 농번기 때는 학교에 거의 나가지 못했다. 그러고도 반에서 1, 2등을 다퉜다. 하지만 고등학교에 진학할 형편은 못 되었다. 어느 날 담임 선생님이 불렀다.

"성모야. 서울에 공업고등학교를 가면 3년 공짜로 댕길 수 있는 길이 있다는구먼. 대신 졸업하고 하사관으로 군대 가야 헌다. 할텨?"

진학만 할 수 있다면 뭘 못 하겠는가. 어머니와 동생들이 마음에 걸렸지만 성모씨는 서울로 유학을 떠났다. 중랑천 뚝방에 줄지어 있는 무허가 판자촌에 고모가 살았다. 전후 서울에 형성된 거대한 빈민촌.

중랑천을 따라 얼기설기 지은 판잣집이 숨 막히게 줄지어 있었다. 아낙들이 중랑천변에 나와 빨래를 했고, 아이들은 그곳에서 뛰어놀고, 먹고 쌌다. 아침에는 연기가 피어오르는 집이 많지 않았다. 아침밥을 지어 먹을 수 있는 집이 그리 많지 않았기 때문이다. 저녁이 되면 여기저기서 배고픔을 달래는 연기가 피어올랐다. 석양은 연기에 부딪혀 산란하며 뚝방을 붉게 물들였다. 찬란한 붉은색은 그곳의 유일한 풍요였다.

먹고살기 위해, 공부하기 위해 지방에서 올라온 수많은 이들이 그곳에 터를 잡았다. 성모씨는 고모네에 얹혀살았는데, 1년 뒤 중랑천 판자촌의 철거가 시작했다. 70년대 들어 박정희 정부의 도시화 계획에 따라 무허가 판자촌을 철거하고 주민들은 광주대단지(지금의 성남시)로 이주시켰다. 성모씨는 이후 신문보급소에서 신문을 돌리며 먹고 잤다. 보급소 안에 있던 긴 나무 벤치가 그의 침대였다. 보급소 한쪽에 숨겨 놓은 양은 냄비와 수저 한 벌이 세간살이의 전부였다. 젊으니까 버틸 수 있는 날들이었다.

1971년 여름 성모씨는 친구들과 바다를 보러 가기로 했다. 한 녀석이 텐트를 가져왔고, 친구 셋이 대천해수욕장으로 떠났다. 지금처럼 한 번에 갈 수 있는 길이 없어서, 중간 어디쯤에서 텐트를 치고 잠을 청했다.

그런데, 갑자기 아랫니가 힘없이 빠졌다. 이가 빠졌다는 걸 알아챈 순간, 잠에서 깨어났다. 꿈이었다. 온몸에 힘이 쭉 빠지는 느낌이었다. 좁은 텐트 안에서 두 친구 녀석은 한데 엉켜 잠들어 있었다. 텐트의 구멍으로 모기가 들어와 윙윙거리며 날아다녔다. 모기향을 피우고 다시 잠을 청했다.

똑같은 장면. 다시 아랫니가 쑤욱 빠져나갔다. 그러고는 다시 잠들지 못했다. 뭔가 있다. 성모씨는 친구들에게 나중에 또 놀러 가자고 하곤 짐을 싸서 집으로 향했다. 집에 가는 길에 대천에 사는 고모에게 전화했다.

"야, 야. 너 지금 어딨는 거여! 지금 빨리 집에 가봐. 부여에 물난리가 났어."

조령리 산골짜기에 국지성 폭우가 쏟아졌다. 계곡물이 불어 집을 덮

치려고 했다. 어머니와 둘째는 아이들을 집에 몰아넣고 가래를 들고 마당에 나가 물길을 만들려고 했다. 그러다 급작스레 불어난 물에 어머니가 휩쓸려 갔다. 순식간이었다. 아무도 그 모습을 보지 못했다. 동생들은 망연자실하기만 했다.

그때만 해도 어려운 일이 있으면 동네 사람들이 함께 나섰다. 성모씨는 청년들과 함께 금강으로 이어지는 모든 지류를 한 달 넘게 뒤졌다. 시신만이라도 찾아야겠다는 생각뿐이었다. 금강까지 더듬어 갔지만 어머니는 없었다. 다시 금강에서 7킬로미터 넘게 거꾸로 거슬러 올라가며 지류를 뒤졌다. 계곡의 모든 냇물을 역순으로 탐색했다. 하지만 어머니는 끝내 나타나지 않았다. 어머니에 대한 성모씨의 모든 감정은 그 시간에 응축된 채 기억 속에 저장되어 있었다. 수십 년이 흘렀지만 성모씨는 어머니 이야기를 하면 가만히 앉아 있지 못하고 몸을 비틀며 괴로워했다.

방학을 보내고 학교로 돌아갔다. 가장이 된 그는 학교를 계속 다닐 수 없었다. 담임 선생님은 안타까워했다. 떠나려는 그에게 선생님이 제안했다.

"장기 하사관에 지원하자. 넌 똑똑하니까 장교 시험도 볼 수 있을 거다. 추천서를 써줄 테니 통신병과를 지원하자."

성모씨는 열여덟 살에 장기 하사관으로 입대했다. 방송에서는 성모씨를 중졸로 소개했지만, 정확히는 고교 중퇴다. 사연을 말하자니 길고, 졸업장은 중학교 것밖에 없고, 그래서 그냥 중졸로 한 모양이다. 나중에 고교 중퇴라고 방송사에 말했지만, 제작진은 '중졸 트럭 운전기사'란 타이틀을 바꾸지 않았다.

1972년 하사관 입대 후 군에서.

• • •

연좌제였다. 성모씨는 길을 잃은 기분이었다.
분노와 좌절로 뒤범벅이 되었다.
남보다 머리가 좋다고 생각했고,
노력하다보면 언젠가 길이 열릴 거라고 생각했다.
하지만 그는 '노력'이란 단어를 지워버리기로 했다.

인민위원회 위원장의 아들 _혈연이 징벌의 이유가 되다

군에 입대한 성모씨는 통신병과를 받았다. 공업고등학교에서 공부한 경력을 인정받았다. 당시 장기 하사 지원자들에겐 장교의 길이 열려 있었다. 많이 뽑진 않았지만 시험을 봐서 통과하면 소위를 달 수 있었다. 열심히 공부를 해 시험을 봤다. 답을 맞춰보니 딱 한 개 틀렸다. 합격공고가 붙기 전부터 축하인사를 받았다. 하지만 결과는 불합격이었다. 모두 이상하게 생각했다.

불합격 통보를 받은 얼마 후, 성모씨의 '2급 비밀 취급 인가'가 취소되었다. 성모씨는 통신 하사관이어서 보안 사항을 취급할 수 있는 자격이 있었다. 비밀 취급 인가가 취소된 성모씨는 취사반 선임하사로 발령났다. 도대체 왜 이런 일이……

"자네 아버지는 한국전쟁 당시 은산면 인민위원회 위원장이었네. 완장을 찬 거지. 괴뢰군 앞잡이 노릇을 했다고."

연좌제였다. 가족 중 누군가 좌익 경력이 있으면 공직에 임명될 수 없는 제도. 혈연이 징벌의 이유가 되는, 그때 그 시대의 법.

1950년 6월 25일 북한군이 38선을 넘었다. 대한민국 정부는 수도 서울을 포기하고 부산으로 내려갔다. 그 외 지역은 북한의 손에 넘어간 것이나 다름없었다. 북한은 동네마다 인민위원회를 만들었다.

성모씨네는 조상 대대로 그곳에서 살았다. 아버지는 키 181센티미터인 장정이었다. 온산면에서 아버지보다 큰 사내는 없었다. 이십 대의 아버지는 군계일학이었다. 나중에 아버지는 "그땐 아무것도 모르던 천둥벌거숭이 시절이었어"라고 한탄하곤 했다. 실제로 위원장을 한 것은 잠깐이었다. 그 동네는 지주라 할 만한 이들도 거의 없었다. 작고 가난한 동네였다. 하지만 한 번의 이력은 지워지지 않았다.

아버지는 남을 해친 적이 없었다. 동네 사람들이 그렇게 얘기했다. 오히려 곤경에 처한 사람들을 도와주는 사람이었다고. 그래서 전쟁이 끝난 뒤 지역 공무원과 국회의원 들이 "아버지는 큰 죄가 없다"고 정부에 탄원서를 내기도 했다. 그래서 별 탈 없이 살아왔다.

아버지는 자식들에게 해가 될까봐 면 공무원들에게 자주 술을 사고 명절 땐 선물도 안겼다. 그러면서 자연스레 인민위원회 위원장 기록은 삭제되었다. 하지만 장교 임용 전에 군 보안사는 철저하게 대상자의 신원 조회 작업을 했다. 서류만 살펴보는 게 아니라 직접 고향을 방문해 사람들을 탐문했다. 그 과정에서 아버지의 좌익 경력이 드러났다.

성모씨는 장기 하사여서 7년간 군생활을 해야 했다. 취사반을 나온 뒤에도 성모씨는 원래 하던 일로 복귀하지 못했다. 기껏해야 가설소대에 배치되었을 뿐이다. 가설소대는 통신선이나 전봇대를 설치하는 소대다.

그래도 성모씨는 희망을 버리지 않았다. 통신병과를 받은 하사관에게는 미국 연수의 기회가 있었다. 6개월짜리 단기 연수인데, 한번 다녀오면 승진에 영향을 미쳤다. 잠 안 자고 공부했지만 역시나 떨어졌다.

당시는 군인이 대접받던 시절이었다. 대통령이 군인 출신이었으니까. 그래서 장기 하사를 마치면 개인택시를 주기도 했다. 경찰 특채도 흔했다. 동료들 중에는 경사 계급을 받은 이들도 많았다. 제대를 앞둔 성모씨도 두 가지 모두 신청했다. 하지만 그 어떤 혜택도 받지 못했다.

누구보다 시험엔 자신이 있어서 제대 후 공무원시험도 여러 차례 봤지만 그때마다 떨어졌다. 시험 본 뒤엔 언제나 답을 맞춰봤다. 늘 평균 90점은 넘었다. 수석으로 붙는 꿈을 수도 없이 꾸었다. 하지만 결과는 늘 같았다. 오기로 중앙정보부 시험까지 보면서, 국가에 대한 충성을 보여주려 했지만 결론은 잿빛이었다.

성모씨는 중동으로 떠나기로 결심했다. 그곳에서 5년 정도 일하면 돈을 좀 모을 수 있을 거라고 생각했다. 당시 한국의 돈줄은 건설사였고, 건설사의 돈줄은 중동의 석유였다. 엄청난 토목·건축 공사를 통해 한국의 대기업이 일어서고 있었다. 우리의 아버지, 삼촌, 형제 들이 그곳으로 떠났다. 눈 딱 감고 3년, 5년…… 그렇게 가족들을 먹여 살리고 목돈을 모아 집 한 칸 마련하려는 작은 꿈들이 중동으로 향했다.

성모씨는 H건설에 중동 노동자로 지원했다. 당연히 합격이었다. 하지만 아무리 기다려도 중동으로 떠날 날이 정해지지 않았다. 여러 번

전화하고 찾아가봤지만 대답을 들을 수 없었다. 기다리다 기다리다 들은 말은, "외교부에서 출국 허가가 떨어지지 않네요. 미안합니다"였다.

성모씨는 길을 잃은 기분이었다. 분노와 좌절로 뒤범벅이 되었다. 술에 절어 살았다. 모든 희망을 버렸다. 그리고 잊기로 했다. 공직자가 되겠다는 오랜 꿈도 버렸다. 국가로부터 버림을 받고도 10여 년간 희망을 놓지 않았었다. 남보다 머리가 좋다고 생각했고, 노력하다보면 언젠가 길이 열릴 거라고 생각했다. 하지만 그는 '노력'이란 단어를 지워버리기로 했다.

인생은 얄궂다. 성모씨가 모든 걸 포기한 그 시점에 제5공화국이 들어섰다. '서울의 봄'을 밟고 들어선 군사정권이었지만, 전두환 대통령은 유화책을 썼다. 통행금지를 풀고, 프로야구를 만들고, 연좌제를 금지하는 법을 만들었다. 1982년 연좌제를 금지한다는 선언이 있었고 이듬해 연좌제는 사라졌다. 그 덕에 동생들은 교사가 될 수 있었고, 공무원이 되었고, 경찰이 되었다. 하지만 성모씨는 이미 모든 에너지를 소진해버린 뒤였다. 목구멍이 포도청이어서 그는 작은 기업에 취직했다.

말아먹은 젊은 날

성모씨가 다니던 회사는 사무기기를 만드는 회사였다. 그런데 대리점을 하는 사람들을 보니 돈을 곧잘 벌었다. 돈 욕심이 생겼다. 남들처럼 떵떵거리며 살고 싶었다. 회사에서 백날 월급쟁이로 살아봤자 별거 없을 거고, 회사에서 만드는 사무용품을 직접 파는 사업을 하고 싶었다. 있는 돈 없는 돈 끌어모아 대리점을 열었다. 작은 가게였지만, 이것도 사업인지라 월급쟁이 때는 생각할 수도 없었던 큰돈을 만지게 되었다. 월말 결제일 전에 공중에 뜨는 돈이 있었다. 100만 원짜리 물건을 팔면 회사에 90만 원을 입금해야 하는데, 입금하기 전 몇 주 동안 성모씨 통장에 돈이 머물러 있었다.

"와리깡을 했지. 돈을 빌려주고 이자를 선불로 받았어. 돈놀이를 한 거지. 몇백씩 빌려주면서 푼돈 받았지. 그런데 그게 용돈이 되더라고.

하다보니 조금씩 덩치가 커졌어. 그러다 동생 돈까지 끌어다 쓰게 되었지."

쉽게 돈을 벌자 본업에 소홀해졌다. 노름에도 손을 댔다. 성모씨는 바둑을 제법 잘 두었다. 군대에서 처음 배웠다. 처음엔 아홉 점을 깔고 두던 상대도 두어 달 만에 앞지르곤 했다. 제대 후 절망 속에서 기원을 들락거린 적이 있었다. 그곳에서 만난 사람들과 노름 성격이 강한 바둑을 많이 두었다. '방내기'가 그런 것이다. 바둑에서 열 집을 1방이라고 한다. 열 집 단위로 돈을 걸고 바둑을 둔다고 해서 '방내기'라고 부른다. 다섯 집을 이기면 1방 차로 이긴 것이고, 열 집을 이겨도 1방 차 승리다. 하지만 열한 집을 이기면 2방 이기는 것이다. 방내기는 곧 포커와 '도리짓고땡' 같은 도박으로 옮겨갔다. 하룻밤에 백만 원은 우스웠다.

"방탕하게 살았지. 술 먹고 노름하고 오입하고……"

그러던 가운데 채무자가 돈을 갚지 않고 사라지는 일이 일어났다. 몇 차례 성실하게 돈을 갚아 철석같이 믿었던 사람이었다. 그가 갚지 않은 돈이 8,000만 원에 이르렀다. 그중 동생의 돈도 많았다. 본사에 결제해야 할 시점이 다가왔고, 성모씨는 피가 말랐다. 이대로 시간이 흐르면 구속될 판이었다. 괴로울수록 노름에 매달렸다. 한 푼이라도 벌어보자는 욕심이었지만, 허무한 결과만 있을 뿐이었다. '촉'이 좋은 사람들을 당할 수 없었다. 속임수가 만연한 노름판에서 마음 급한 성모씨는 좋은 먹잇감이었다.

돈을 떼이기 전까지만 해도 성모씨의 살림은 자리를 잡아가고 있었다. 홍제동에 25평 아파트도 분양받았다. 당시엔 서울에서 아파트를 분양받으면 복권 당첨됐다고들 했다. 4,000만 원에 분양받은 아파트가 입주할 때가 되니 1억 3,000만 원을 호가했다. 전과자가 될 순 없어서 아파트를 팔아 빚잔치를 하고 나니 600만 원이 남았다. 300만 원으로 반지하 방에 들어갔다. 두 딸이 무섭게 클 때였다. 아내의 얼굴엔 깊은 그림자가 드리웠다. 하지만 아내는 악을 쓰지 않았다. 그게 더 무서웠다.

남은 300만 원으로 인도금을 내고 5톤 트럭을 샀다. 트럭 가격은 2,000만 원이었다. 선수금을 주고 나머지는 매달 돈을 벌어 할부로 갚아나가야 했다. 그 트럭을 가지고 처남 공장에 찾아갔다. 처남은 소, 돼지의 가죽을 1차 가공하는 작은 공장을 운영했다. 공장이라고 하기에도 민망한, 포천에 있는 작업장이었다. 막 벗겨낸 소와 돼지의 가죽을 처남의 공장으로 실어 나르고, 1차 가공한 가죽을 2차 가공공장으로 날랐다. 그런데 이 일은 2년이 못 갔다. 가죽을 1차 가공할 때에는 독한 화학약품을 썼는데, 오염 기준치가 강화되면서 처남 공장은 철퇴를 맞았다. 사양산업이었다. 그때가 끝물이었다.

1996년 성모씨는 종이박스 공장으로 일자리를 옮겨야 했다. 사장은 고용계약서 대신 용역계약서를 쓰자고 했다.

"모찌꾸미(지입의 은어)를 한 거지. 형식은 이런 거야. 나는 트럭을 가진 개인사업자고, 사장은 공장을 가지고 있는 사업자야. 공장 사장이 운송을 위해 트럭과 운전기사가 필요해 나에게 용역을 의뢰한 거고. 나는 그 일을 하고 용역비를 받는 형식으로 계약한 거지. 하지만 나는 개인사업자로 등록하지 않았고, 실제로는 공장 근로자로 일한 거나 다름없지. 다른 회사 일은 전혀 하지 않고 매일 그 공장으로 출근해서 15년을 일한 거니까."

용역계약이었기 때문에 기름값을 뺀 모든 비용은 성모씨가 부담해야 했다. 작업용 장갑 한 짝도 지원되지 않았다. 4대보험도 적용되지 않았다. 그곳에서 15년을 일했다. 트럭은 그동안 128만 킬로미터를 달렸다.

"달까지 세 번 다녀온 거리고(약 38만 5,000킬로미터), 지구(둘레 약 4만 킬로미터)로 치면 서른두 바퀴 돈 거리여."

트럭 운전을 한 지 17년째 되는 해 성모씨는 퀴즈 영웅에 등극했다.

처음으로 미치다

“그러니까 나는 머피의 법칙이고 동생들은 샐리의 법칙이지. 뭔 말인지 이해하셨죠?”

“네?”

“대학까지 나온 분이 그런 것도 모르면 어떡해. 샐리의 법칙이란…… 그러니까 그게 새옹지마인 거야. 새옹지마 알지? 『회남자淮南子』의 「인간훈人間訓」에 나오는 이야기로…… 원元나라의 승려 희회기熙晦機의 시에 말이지……”

“네…… 선생님 대단하십니다.”

“대단하긴. 난 철학이 없는 사람이야. 제대로 읽은 책도 없어. 공연도 본 게 없지. 무작정 외운 거야. 가방끈이 짧아서 경험한 게 없으니까 문화예술 문제만 나오면 무서워.”

"일단 하던 얘기부터 끝내시는 게 어떨까요?"

"내가 어디까지 얘기했지? 아 맞다. (헛기침을 하고) 그러니까 우리 어머니가 거안제미를 하고 상을 가지고 들어갔지……"

성모씨는 6년간 그의 모든 삶을 '퀴즈'에 맞춰놓았다. 적어도 그 6년 만큼은 어떤 위인보다 선형線型적인 삶을 살았을 것이다. 하나의 지점을 향한 '직선' 같은 삶.

2003년 말의 어느 날이었다. 쉰둘의 열쇠 수리공이 거짓말처럼 퀴즈 영웅에 등극했다. 학교를 제대로 다닌 적이 없는 수리공은 퀴즈왕이 되고 싶어서 17년을 홀로 공부했다고 했다. 온몸에 소름이 돋고 몸 전체가 떨렸다.

그때 성모씨의 나이가 쉰하나였다. 퀴즈왕 열쇠 수리공은 성모씨보다 한 살 많았다. 갑자기 미친 듯이 부끄러웠다.

'남 탓만 해왔다. 연좌제가 없어졌을 때, 내 나이 삼십 대 초반이었다. 뭘 해도 할 수 있는 나이였다. 그런데 그냥 날 놔버렸다. 그러고는 연좌제 탓만 했다. 나이 쉰이 넘어 전세 3,000만 원짜리 11평 집에 살고 있는 나는 도대체 뭐 하는 인간인가.'

살아오면서 이토록 부끄러운 적은 없었다. 그러다 갑자기 이렇게 마음먹었다.

'아니, 그렇게 생각할 게 아니라 나도 한번 해보자.'

성모씨는 늘 가슴속에 '진검승부'란 말을 넣고 있었다. 그런데 어린 시절부터 지금까지 성모씨는 단 한 번도 진검승부를 해보지 못했다고 생각했다. 늘 불리한 상황이었다. 그런데 열쇠 수리공을 보고 깨달았다.

'저걸로 진검승부를 할 수 있겠구나.'

젊은 날의 아픔을 퀴즈 영웅으로 보상받을 수 있을 것 같았다. 그러면 가슴속에 있던 한도 모두 달랠 수 있을 것 같았다. 이유는 알 수 없지만 그런 확신이 들었다. 성모씨는 한 번도 이뤄보지 못했지만, 그런 확신이 꿈일지도 모르겠다고 생각했다. 그런 생각이 든 순간 담배를 끊었다. 열여덟 살 입대 이후 35년을 피워온 담배였다.

'나이도 많고 몇십 년 동안 공부도 안 했는데 담배까지 피우면 머리가 돌아가겠어?'

결심은 했지만 뭘 어떻게 해야 할지 알 수 없었다. 학원이 있는 것도 인터넷 강의가 있는 것도, 선생이 있는 것도, 참고서가 있는 것도 아니었다. 아니, 차라리 없는 게 나았다. 성모씨는 그게 마음에 들었다. 그런 게 없어서 퀴즈가 좋았다. 이 세상의 어떤 공부보다 그 어떤 경쟁보다, 퀴즈는 담백하고 정직해 보였다. 매일 열 시간 넘게 트럭을 몰고 박스를 날라야 하는데, 학원이 있다면 그건 진검승부가 아니었다.

'이제 모든 건 나에게 달린 거야. 남 탓, 환경 탓 하지 않고 결과를 온전히 내 몫으로 돌리는 일을 할 수 있게 된 거야.'

결심을 하고 서점에 갔다. 취업 준비하는 대학생들이 본다는 종합상식, 종합교양 책 같은 것들을 사서 봤다. 그러다 〈퀴즈 대한민국〉 기출문제를 정리한 책이 있다는 걸 알고 '이걸 가지고 대강 윤곽을 잡을 수 있겠다' 싶어 기뻤다. 〈도전! 골든벨〉 기출문제집도 있어서 그것도 함께 샀다.

그러고서 〈퀴즈 대한민국〉을 시청하기 시작했다. 일요일에 하는 프로그램이어서 빼먹지 않고 볼 수 있었다. 막내딸에게 물어보니 인터넷에서 지난 프로그램을 볼 수 있다고 했다. 죽치고 앉아 볼 수 있는 만큼 봤다. 기출문제집을 보고 또 봤다. 대충이라도 감을 잡는 게 먼저라고 생각했다. 감을 잡자, 감을. 공부할 시간이 별로 없었고, 하지 않던 공부를 하려니 눈에 들어오는 게 없었다.

"11평 집에서 (첫째 딸은 시집가고) 세 식구가 살았으니, 공부하겠다고 엉덩이 붙이고 있기도 힘들었어. 매일 밤에 퇴근하는데, 밤이 되면 식구들도 자야 하고. 나도 다음 날 운전하다 졸면 큰일 나니까 어느 정도는 자야 했거든."

순식간에 달력이 넘어가 쉰두 살이 됐고, 쉰셋을 바라보게 됐다. 시간이 흘렀지만 뭔가 쌓인 게 없었다. 1년 전 임성모나 지금 임성모나 똑같아 보였다. 한심했다. 술 한 잔, 담배 한 모금이 간절했다. 하지만 이 악물고 참았다. 무식한 놈이 오랫동안 손에서 책을 놨는데 그게 어떻게 1년 만에 회복되겠냐고, 스스로 다독였다.

공부를 체계적으로 할 필요가 있었다. 1년 이상 기출문제를 보면서 퀴즈에도 기초가 있다는 걸 어렴풋이 알게 되었다. 퀴즈의 기초는 연대와 지명과 인물이었다. 그게 영어로 치자면 '기초 영문법'쯤 되는 것이었다. 이건 매우 중요했다. 때론 지명과 연대를 정확히 아는 것만으로도 최고 난이도의 문제를 풀 수 있다. 그렇다면 그걸 통째로 외우면 기초체력은 갖출 수 있는 것이다.

성모씨는 서점에 가서 고교 과정 지리부도와 역사부도를 샀다. 교육부에서 검증받은 4종을 모두 샀다. 그리고 전 세계 국가와 수도를 받아 적었다. 체계적으로 정리할 필요가 있어 노트 필기를 시작했다. 쉬운 것부터 어려운 것과 헛갈리는 것을 총망라했다. 있는 건 죄다 적고 외웠다.

일본 – 도쿄

미국 – 워싱턴 D.C.

중국 – 베이징

(이런 건 상식 중의 상식이다.)

.

호주 – 캔버라

스위스 – 베른

(한국인에게 익숙한 '시드니'나 '취리히'를 떠올린 사람이 많을 것이다. 퀴즈는 그런 일반적인 통념을 파고든다.)

.

스리랑카 – 스리자야와르데네푸라코테

브루나이 – 반다르스리브가완

(이런 건 그냥 어려운 문제다. 이런 걸 외우고 다니는 사람이 어디 있나. 성모씨 빼고. 성모씨의 경쟁력은 이런 데서 나온다.)

무작정 암기해야 한다고 생각했는데, 외우다보니 거기에도 어떤 체계가 있고 법칙이 있고 요령이 있었다. 문제가 어떻게 만들어지는지 어렴풋하게 알 것 같았다.

지리부도는 머릿속에 그림을 그리는 데 도움이 되었다. 아프리카 지도를 머릿속에 그리고 어떤 나라들이 그곳에 있는지 외운다. 그러면 '한국에 참전한 아프리카 국가는?'이나 '88 서울올림픽에 참가한 아프리카 국가는?'이라고 물어보면 머릿속에 지도를 띄우고, 이미 외운 지식을 덧붙여 찾아간다. 이런 식의 공부는 속도가 더디다. 하지만 빼먹을 염려가 없고 머릿속에 오래 남는다. 그러면서 실감했다. 공부는 혼

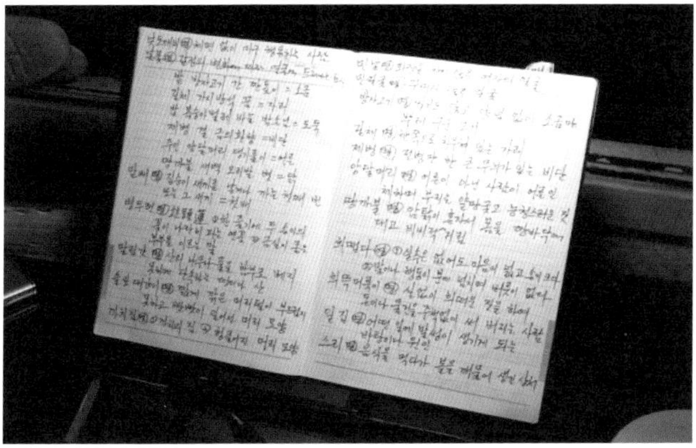

임성모씨의 손때가 탄 표준국어대사전과 암기하기 위해 직접 작성한 학습노트.

• • •

쉰둘의 열쇠 수리공이 거짓말처럼 퀴즈 영웅에 등극했다.
학교를 제대로 다닌 적이 없는 수리공은
퀴즈왕이 되고 싶어서 17년을 홀로 공부했다고 했다.
온몸에 소름이 돋고 몸 전체가 떨렸다.
그때 성모씨의 나이가 쉰하나였다.
퀴즈왕 열쇠 수리공은 성모씨보다 한 살 많았다.
갑자기 미친 듯이 부끄러웠다.

자 하는 것이고, 그 속에서 혼자 노하우를 찾는 것이다.

또 역사부도는 시대의 흐름을 연결하는 데 큰 도움이 되었다. 그냥 문자만 외우면 쉽게 잊어버리지만 어떤 특정 시대의 국경 등을 함께 외우면 그것이 이미지로 남는다. 글과 숫자를 이미지로 남기는 공부는 상당히 효과적이었다.

그런 것들을 어렴풋하게 알아가던 시점이었다. 성모씨는 실전 테스트를 하기로 마음먹었다. 지금 제대로 공부하고 있는 건가 궁금했다. 큰마음 먹고 예심 신청을 했다. 그게 2005년쯤이었다.

시험지를 받아 문제를 푸는데, 모르는 게 대부분이었다. 공부한 적도 없는 문제였다. 역시 퀴즈의 범위는 우주였다. 당연히 예심에서 떨어졌다. 그래도 한번 보니까 감感이 생겼다. 이후 몇 개월에 한 번씩 시험을 봤다. 볼 때마다 아는 문제가 늘어나는 듯했다. 물론 계속 떨어졌다. 그래도 뭔가 가까워오는 느낌이 들었다.

퇴근하면 자기 전에 최대 두 시간 정도 공부할 수 있었다. 주말에는 하루 종일 집에서 공부할 수 있었다. 책상을 놓을 자리는 없지만 공책을 꽂고 책을 놓을 뭔가가 필요했다. 직장이 종이박스 공장이니까 튼튼한 놈으로 몇 개 골라왔다. 무너지지 않게 두툼한 박스를 겹겹이 포개어 쌓았다. 성모씨 어깨의 두 배 정도 되는 너비로 최대한 정교하게 쌓았다. 소가 올라가도 무너지지 않도록 견고하게. 그렇게 그럴듯한 책상이 만들어졌다. 종이박스 책상 위엔 어디에선가 구해 온 작은 책꽂이를 세워놓고 '정리노트'를 꽂았다. 책상은 조금씩 진화했다. 나중엔 유리판도 구해와 종이박스 책상 위에 올려놓았다. 연필꽂이도 생기고 허름하지만 스탠드도 놓았다.

성모씨는 하루의 대부분을 운전하며 보낸다. 운전할 때도 공부를 했다. 그래서 트럭 안을 공부 공간으로 꾸미기 시작했다. 두꺼운 종이를 구해 와 거기에 외워야 할 것들을 꼼꼼히 옮겨 적었다. 그리고 트럭 안 눈길이 갈 만한 곳에 배치했다. 앞 차와의 안전거리는 최소한 300미터로 유지했다. 잠시 눈을 돌려 단어를 외우면서도 안전을 유지하기 위해서였다. 화장실 갈 때도, 밥을 먹을 때도, 길을 걸을 때도 성모씨는 단 1분도 허투루 쓰지 않았다. 모든 시간은 오직 퀴즈를 위해 존재할 뿐이었다.

그렇게 시간이 흐르면서 공부도 시스템을 갖추기 시작했다. 기초체력 훈련(기본적인 암기)을 계속하되, 기출문제도 함께 공부했다. 모르는 건 무조건 적었다. 어려운 단어는 무조건 옥편을 찾아 한자로 적었다. 공부를 하면 할수록 한자의 중요성을 실감할 수 있었다. 우리가 쓰는 단어 중 상당수가 한자어다. 단어에는 역사가 있고 스토리가 있다. 그것은 퀴즈의 단골손님이다.

한 단어를 맞히는 퀴즈가 있다. 힌트는 세 개다. 그렇다면 첫번째 힌트는 어려울 수밖에 없다. 대부분 단어의 한자어를 직역하는 데서 출발한다. 다음 문제를 풀어보면 이해가 될 것이다.

[문제] 다음이 가리키는 두 음절로 된 한자어는 무엇일까요?

1. 첫번째 힌트: 이 단어의 첫 음절의 한자는 잡털이 섞이지 않은 순수한 색의 소(牛)를 의미함. 두번째 음절의 한자는 살아 있는 소를 의미함.
2. 두번째 힌트: 원래는 제사 때 제물로 바치는 산 짐승을 일컫는 말.
3. 세번째 힌트: 어떤 사물이나 사람을 위해서 자기 몸을 돌보지 않고 자

신의 목숨이나 재산 따위를 바치거나 버림.

3번 힌트까지 들었다면 어렵지 않게 문제를 맞힐 수 있을 것이다. 그런데 1번 힌트만 듣고 척척 맞힌다면, 그런 사람을 당해내긴 어렵다. '순수한 색의 소'는 '희犧'고 '살아 있는 소'는 '생牲'인데, 한문 공부를 깊게 해서 이런 것까지 파악하고 있다면 '희생'이란 답을 남보다 빨리 맞힐 수 있다. 성모씨는 공부를 하면서 그런 맥락을 알아갔다. 그래서 한문 공부를 우선순위에 둔 것이다.

지식의 지평이 넓어지는 것을 느끼자 성모씨는 공부를 그만둘 수 없었다. 마치 중독된 것처럼 공부에 몰입했다. 젊은 시절 탐닉했던 바둑 노름처럼 빠져들었다. 아니 노름 그 이상이었다. 노름 뒤엔 허무와 자기학대가 뒤따랐지만, 퀴즈 공부 뒤엔 충만함과 자존감이 생겨났다.

삼위일체와 잔상 효과

공부를 하다보니 학생들을 위한 국어사전이 너무 얄팍하게 느껴졌다. 그래서 큰 출판사에서 나오는 국어대사전을 샀다. 한 권당 2,000쪽이 넘는 네 권이 한 질이었다. 20만 원이 넘는 책값이 부담스러웠지만 투자라고 생각했다. 이후 국어대사전은 공부의 큰 줄기가 되었다. 대사전은 단순한 국어사전이 아니었다. 거대한 백과사전이었다. 역사적인 사실도 거의 다 나온다. 대사전은 눈이 조밀한 체와 같았다. 대부분의 지식은 대사전을 벗어나지 못하고 걸리기 때문이다.

대사전의 표면은 베이지색 가죽으로 되어 있다. 테두리부터 검게 손때가 묻기 시작하더니, 표면이 반들반들해지고 곧 해어지기 시작했다. 책을 눕혀놓고 수평으로 보면 페이지마다 새까맣다.

학창 시절 『수학의 정석』이나 『성문종합영어』 같은 두꺼운 참고서로 공부해본 사람은 알 것이다. 정확히 공부한 만큼만 까맣게 때가 묻는다는 것을. 그래서 책을 펼치지 않아도, 겉에서만 봐도 어디까지 공부했는지 알 수 있다. 책의 옆면 전체에 때가 타는 것을 뿌듯하게 바라본 경험이 한 번쯤은 있을 것이다. 앞의 한두 챕터만 새까맣고 나머지는 깨끗한 경우가 더 많을 수도 있고. 그건 사람에 따라 다르겠지만.

어쨌거나 보기만 해도 무시무시한 성모씨의 대사전은 그렇게 때가 묻었다. 남루한 대사전의 모습은 성모씨의 엄청난 학습량을 그대로 보여준다. 퀴즈 영웅이 아니더라도, 대사전의 모습 자체로도 엄청난 성취였다. 공부라는 건 본질적으로 저래야 하는 게 아닌가, 성모씨의 국어대사전을 보면 그런 생각이 절로 든다.

성모씨가 확신하는 최고의 학습법 두 가지가 있다. 삼위일체 학습법! 말은 거창한데 원리는 단순하다. 공부할 때 여러 감각을 사용하라는 것이다. 눈으로 보고 말 것이 아니라 그것을 읽고 쓰는 것이다. 그중에서도 가장 중요한 감각은 촉각이다. 써야 남는다. 책을 읽을 때 페이지를 넘기는 그 질감이 중요하다. 사각사각 연필의 움직임을 느끼며 외우고자 하는 것을 적는 게 필요하다. 입도 중요하다. 무조건 소리 내 읽어본다. 사람이 많아서 소리 내기가 힘들면 입 모양이라도 제대로 갖추어 소리 없이 읽어야 한다. 감각을 많이 사용할수록 효율은 높아진다.

또 하나는 잔상 효과다. 망막에 어떤 사물의 잔상이 남는 것을 이용해 만들어지는 것이 바로 영상이다. 영상은 정지된 여러 화면을 빠르게 돌리는 것이다. 그러면 인간의 눈은 그것을 움직이는 영상으로 받아들인다.

아주 짧은 시간이지만 눈에 남는다는 거지? 그렇다면 외울 단어를 여러 번 보는 것이 효과적이겠네. 그래 한번 해보자.

성모씨에게 이 학습법은 대단히 요긴했다. 한자리에 오래 앉아서 공부할 수 없었기 때문이다. 트럭에서 짧게 여러 번 봐야 하는 그에겐 안성맞춤 공부법이었다. 한 번 보는 것보다 두 번이 낫고, 두 번보다 세 번이 낫고, 무조건 많이 봐야 머릿속에 남는다. 잔상 효과를 이용해서 성모씨는 '스리자야와르데네푸라코테' 같은 어려운 것들을 외워갔다. 그는 이런 식으로 국어대사전도 독파했다.

삼위일체 학습법이나 잔상 효과 공부법이 얼마나 과학적인지 결론을 낼 수는 없다. 중요한 건 그것에 대한 성모씨의 확신이었다. 그는 어떤 방법이 옳다고 생각하면 단순하게 믿었고, 믿었으면 돌아보지 않고 그 길로 갔다. 단순함은 공부의 좋은 미덕인지 모른다. 성모씨는 그런 의미에서 진실로 단순하다.

성모씨가 확신하는 또 한 가지 이론이 있다. 5퍼센트 플러스 마이너스 이론. 사람은 나이가 들수록 한 살 먹을 때마다 5퍼센트씩 기억력이 감퇴한다. 하지만 자신이 열심히 공부하는 분야에서는 5퍼센트 정도씩 더 나아질 수 있다. 좋은 대학을 나온 사람이 졸업 후에 공부를 접는 경우와, 고등학교밖에 못 나왔지만 졸업 이후 학구적인 자세로 열심히 공부한 경우를 비교하면 후자가 훨씬 낫다는 것이다. 당연한 말이다. 고교도 제대로 나오지 못한 성모씨에게 이런 믿음은 매우 중요했다. 남들보다 세 가지가 불리하다고, 그는 늘 얘기한다. 가방끈이 짧고, 나이 들어 순발력이 떨어지고, 트럭 운전을 하기 때문에 시간이 없다. 그중에서 가방끈 짧은 게 가장 큰 콤플렉스다. 성모씨의 5퍼센트 플러스 마이너스 이론은 이 열등감에서 출발한다. 학력과 배경에서

임성모씨가 평생 몰았던 낡은 트럭은 그가 직접 작성한 메모장들로 도배되어 있다.
2010년 7월 퀴즈 영웅 등극 후 언론사 취재에 응하며.

• • •

가방끈이 짧고, 나이 들어 순발력이 떨어지고,
트럭운전을 하기 때문에 시간이 없다.
그중에서 가방끈 짧은 게 가장 큰 콤플렉스다.
성모씨의 5퍼센트 플러스 마이너스 이론은
이 열등감에서 출발한다. 학력과 배경에서 오는 어쩔 수 없는
비교열위, 그것을 모두 고려하더라도 가장 날것으로
부딪혀볼 게임이 될 만한 것. 진검승부가 될 만한 한 판.
배경을 소거하고 오직 몸뚱이 하나로 승부를 볼 수 있는 것.
결론은 퀴즈였다.

오는 어쩔 수 없는 비교열위, 그것을 모두 고려하더라도 가장 날것으로 부딪혀볼 게임이 될 만한 것. 진검승부가 될 만한 한판. 배경을 소거하고 오직 몸뚱이 하나로 승부를 볼 수 있는 것. 결론은 퀴즈였다.

답답할 정도로 묵묵하게 한 지점만을 향해 고정된 삶이었다. 진작 그렇게 했으면 사법고시라도 쉽게 통과했을 거라는, 칭찬인 듯 냉소인 듯 알 수 없는 말들이 그를 향해 쏟아졌을 것이다. 다 맞는 말씀이라 성모씨는 싫은 내색도 못 했을 것이다. 사람들은 그를 미련한 사람으로 치부했을 것이다. 하지만 그의 미련함이 만들어낸 아주 작은 변화가 쌓이고 쌓여 마침내 변화의 지점에 닿고 있었다.

임성모씨가 〈퀴즈 대한민국〉 사상 처음입니다

예심을 보기 시작한 지 3년이 지나자, 예심 통과자 명단에 성모씨의 이름이 오르기 시작했다. 예심을 치르고 기다리면 방송 스태프가 나와 명단을 벽에 붙였다. 그것에 이름이 오르는 데 3년이 걸렸다.

'내가 지금 공부하는 방법이 영 잘못된 건 아니구나.' 성모씨는 안도했다. 하지만 아직 갈 길은 멀었다. 예심 문제 정도는 다 맞혀야 퀴즈 영웅이 되도 될 거 아닌가. 목표는 방송 출연도, 주 1위도 아니었다. 반드시 퀴즈 영웅이어야 했다. 아직도 모르는 문제가 저리 많은데 방송 출연은 상상할 수 없었다.

성모씨의 학습노트가 열 권, 스무 권으로 늘어나는 만큼 시간도 흘렀다. 방송에 출연하기 1년 전쯤, 그러니까 2009년부터 제작진의 태도가 조금씩 변하는 게 느껴졌다. 전보다 훨씬 신경을 많이 써주는 느낌이었다. 면접을 볼 때 작가들은 성모씨에게 이것저것 꼼꼼히 물어봤다.

프로그램 작가들은 예심 통과자들을 대상으로 면접을 본다. 점수만 좋다고 방송에 출연할 수 있는 건 아니다. 특별한 사연을 가지고 있다면 출연 1순위가 된다. 성별이나 나이, 직업도 고려 대상이다. 시청률을 고려해 연예인 같은 유명인도 섭외한다. 그래도 예심에서 1등을 하면 '고려 사항'과 상관없이 본선(방송)에 출전할 수 있다.

성모씨는 그즈음부터 예심에서 1위를 도맡아 하기 시작했다. 문제를 풀고 나서 정답을 맞춰보면 한 개 정도 틀렸다. 예심 통과 명단에 등수가 적혀 있지는 않았다. "한 개 틀리는 사람은 6개월에 한 번 나올까 말까 합니다." 제작진 중 한 명이 성모씨에게 귀띔했고 그것으로 등수를 짐작했다.

시험지의 끄트머리에는 다음과 같은 질문이 적혀 있었다.

"왜 퀴즈에 참여하십니까. 동기를 적어주세요."

'적을 말이 참 많은데……' 한동안 생각하다 성모씨는 이렇게 적었다.

"내 운명의 여신을 위하여."

면접을 보던 작가가 그 말이 무슨 뜻인지 물었다.

"내가…… 그…… 그러니까 젊은 시절에…… 그거 참……"

한동안 침묵이 이어졌다. 성모씨는 두 손으로 얼굴을 벅벅 문지르고는 먼 곳을 바라보았다. 작가는 조심스럽게 채근했다.

"선생님?"

"네."

"얘기하기 힘드신가요?"

"아닙니다. 그…… 그러니까…… 그것이…… 젊은 시절에 좌절이 많았습니다. 연좌제였습니다. 연좌제로 인해 좌절을 많이 겪었거든요. 내 운명의 여신은 언제나 좌절만을 선택해야 했습니다."

"아……"

"내 운명의 여신아. 미안해하지 마라. 운명의 여신을 내가 달래주마. (두툼한 손바닥으로 왼쪽 가슴을 치며) 여기, 이 안에 있는 운명의 여신을 위해 퀴즈 영웅이 되겠다. 그런 뜻입니다."

눈물을 흘리진 않았지만, 성모씨의 얼굴과 목소리는 울고 있었다. 목이 메어 숨을 헐떡이는 성모씨를 보며 작가도 먹먹해졌을 거다. 굳이 설명을 하지 않았어도, 작가는 직업적인 본능으로 '이 사람, 얘기된다'는 걸 직감했을 것이다.

하지만 성모씨는 출연을 결정하지 못했다. 2퍼센트 부족하니까, 영웅이 되어야 하는데 모르는 게 아직 많은 것 같아 주저했다. 매주 방영되는 〈퀴즈 대한민국〉을 보면서 실전 연습을 해왔다. 출연자라고 생각하고 가상의 버저buzzer를 만들어놓고 퀴즈에 임했다. 언제부턴가, 퀴즈 영웅 결정 문제만 빼고는 거의 모르는 문제가 없는 수준에 이르렀다. 영웅 결정 문제는 반타작을 했다. 반은 맞히고 반은 틀렸다. 퀴즈 영웅이 될 확률이 50퍼센트밖에 되지 않는 것이다. 이래서는 영웅이 될 수 없다고 생각했다. 게다가 한 번 탈락하면 기회를 잃게 된다. 함부로 출연을 결정할 순 없었다. (일요일 오전에 방송하는 〈퀴즈 대한민국〉은 크게 세 파트로 나뉜다. 1단계는 출연자 여섯 명이 겨루는 전반전이다. 여기에서 가장 높은 점수를 얻은 두 명이 결선에 진출해 영웅 도전자를 가린다. 마지막 3단계는 1위에 오른 사람이 홀로 영웅에 도전한다. 약간씩 형식이 바뀌어왔지만 큰 틀은 이렇다.)

그렇다면 성모씨는 어떻게 출연을 결정하게 됐을까. 어느 순간 최고

난이도의 영웅 도전 문제를 전부 맞히기 시작한 걸까. 무협소설처럼 기나긴 수련을 거듭하던 어느 날, 마치 돈오頓悟의 깨달음처럼 경지에 올랐음을 직감하게 된 걸까.

"무슨 소리! 그런 건 만화에나 나오는 거고."

"아…… 하하. 그렇겠네요. 그럼 어떻게?"

"룰이 바뀌었어."

2010년 상반기에 〈퀴즈 대한민국〉의 규칙에 중요한 변화가 생겼다. 퀴즈 영웅에 도전한 사람에게 다음 주에 재도전할 기회를 주는 것이다. 예심 최고 득점자 두 명과 지난주 퀴즈 영웅 도전자 한 명, 이렇게 세 명이 결선을 치러 주 1위를 결정하는 방식으로 시스템이 바뀌었다. 퀴즈 영웅이 너무 나오지 않아 흥행에 문제가 생기자 제작진이 방식을 바꾼 것으로 보인다.

'이젠 출연해도 되겠다!' 성모씨는 결심했다. 제작진도 출연할 것을 권했다. 방송 출연 날짜는 6월 20일 일요일. 출연하기 전에 프로그램의 작가가 연락해왔다. 여러 가지 미리 정할 게 있어서였다. 출연자들은 가슴에 명찰 같은 걸 단다. 자신의 특징을 간략히 소개하는 것이다.

"임 선생님 명찰에 '5회 연속 예심 1위'라고 쓰면 어떨까요?"

"제가 다섯 번 연속으로 예심 1위를 했습니까?"

"네, 선생님. 〈퀴즈 대한민국〉 사상 처음 있는 일이에요. 절대적인 점수도 가장 높았을 겁니다."

"아…… 그랬군요."

"그리고 구호도 정해야 하는데요."

"제가 생각한 것이 있습니다. '굴백사' 어떻습니까?"

"굴…… 뭐요?"

“굴러다니는 백과사전. 굴백사. 제가 트럭 운전을 하잖습니까. ‘걸어다니는 백과사전’이란 말이 있잖아요. 제가 만들어봤습니다.”

“하하, 좋습니다. 그럼 그걸 가지고 구호를 만들어보죠.”

“고맙습니다.”

“지난해 10월 이후 퀴즈 영웅이 안 나왔잖아요. 제작진 모두 영웅에 목말라 있어요. 애가 바짝바짝 탑니다. 선생님이 갈증을 풀어줄 거라고 다들 기대하고 있어요.”

6월 20일 방송분은 열흘 전에 녹화했다. 6월 10일 목요일이었다. 신경 써서 차려입고 갔다. 하지만 제작진은 다른 옷을 주었다. 스튜디오에 들어가기 전에 난생처음 화장을 했다. 작가들은 출연자들에게 미리 알아둬야 할 것들을 설명하느라 분주했다. 진행을 재미있게 하기 위해 이런저런 것들을 준비하고 대본도 만들어놓지만, 퀴즈 영웅이 되기 위해 퀴즈 프로그램에 출연하는 이들에게 그런 건 큰 의미가 없을지 모른다.

성모씨는 자기 외에 출연하는 다섯 명이 어떤 사람들인지 잠시 살펴봤다. 예심에서 자주 보던 사람들은 없었다. 퀴즈 프로그램 예심을 다니다보면 자주 보는 얼굴들이 있다. 퀴즈 마니아, 재야의 고수들. 자주 얼굴을 보다보면 인사도 하고 지낸다. 정말 실력자가 누구라는 것도 서로 대충 안다. 하지만 오늘은 모두 낯설었다. 낯선 경쟁자들은 대기실에서 서로 어색해했다. 시간은 다가왔다.

스튜디오에 들어가 출연자들이 각자의 자리에 서고 스태프들은 바쁘게 움직였다.

“파바박!”

요란한 소리와 함께 조명이 켜졌다. 후끈한 열기가 얼굴을 때렸다. 현기증이 났다. 어젯밤 복습한다고 밤을 새웠다. 핑 도는 느낌이었다. 내장까지 떨리고 발끝까지 오그라들었다. 여섯 명이 동일선상에 섰다. 이중 두 명만 결선에 오른다. 그리고 두 명은 지난주에 우승했지만 영웅이 되지 못한 한 명과 겨루게 된다. 그 세 명 중 한 명이 영웅에 도전하게 된다.

어안이 벙벙한 상태였지만 사회자는 기다려주지 않았다. 첫번째 문제가 출제되었지만 제대로 듣지도 못했다. 가장 쉽다는 첫 문제부터 틀렸다. 머리를 좌우로 털듯이 흔들며 첫 문제 놓친 걸 잊으려 했다. 어금니를 물고 문제에 몰입했다. 그리고 하나씩 하나씩 아는 문제는 놓치지 말자는 심정으로 물제를 풀어갔다. 전반전 스물한 문제를 모두 풀었다. 성모씨는 열여덟 문제를 맞혔다.

"임성모씨 대단합니다. 전반전에서 열여덟 문제를 맞힌 건, 〈퀴즈대한민국〉 사상 최고 기록입니다.“

압도적 1위에 관중은 탄성을 질렀다.

“무슨 비결이라도 있으신가요?”

“저는 주로 파이널 문제만 연습해서요. 이런 건 감각으로 찍는 거죠.”

사회자의 얼굴엔 잠시 당황스런 표정이 스쳐 갔고 관중은 웃음을 참지 못했다.

“아! 대단합니다. 임성모씨는 영웅이 되기 위해 나오신 거 같습니다. 자신 있으십니까?”

“되고 싶습니다.”

잘난 척을 하는 건지, 거짓말을 못 하는 건지 알 수 없는 그의 순수한 말과 표정이 우스꽝스러웠다. 화제가 될 만한 인물이 오랜만에 〈퀴즈 대한민국〉에 나왔다는 걸, 이쯤되면 제작진도 알아채기 시작하지 않았을까. 그러고는 이런 말을 자기들끼리 주고받지 않았을까.

"시청자 게시판에 글 좀 올라오겠어. 인터넷에 뉴스도 뜨겠는데."

잠시 휴식시간을 가진 뒤 후반전(결선)이 시작되었다. 후반전에는 지난주 우승자가 대기하고 있었다. 그는 이번이 3주째 퀴즈 영웅 도전이었다. 3주 전인 5월 30일 〈퀴즈 대한민국〉은 '골든벨 장원 대결'을 특집 편성했다. 오랜 기간 영웅이 나오지 않자 고심하던 제작진이 선택한 빅카드big card였을 거라고 성모씨는 짐작했다. 3주 전 대결은 흥미로웠다. 말만 들어도 쟁쟁한 출연진 여섯 명.

골든벨을 울린 학생들 간의 대결인 '초대 왕중왕전'에서 왕중왕에 오른 사람.

골든벨을 울리고 대학에 진학한 후 5년간 미국 유학을 마친 엘리트.

골든벨을 울리고 서울대에 들어가 '서울대 야구부와 천하무적 야구단(연예인으로 구성된 팀)의 시합'을 주선하겠다고 나선 젊은이.

골든벨을 울리고 포항공대에 들어가 〈퀴즈 대한민국〉이 주는 이공계 장학금을 후배들에게 주겠다며 나선 학생.

출연자 중 가장 최근에 골든벨을 울린 스물두 살의 파릇파릇한 대학생.

그리고 골든벨을 울리고 경희대 한의예과에 입학한 예비 한의사.

눈부신 출연진들의 대결에서 1위에 오른 이는 경희대 한의예과에 재학중인 손명균씨(당시 스물세 살)였다. 1위에 올랐지만 손씨는 그날 영웅이 되지 못했다. 그다음 주에도 역시 1위에 올랐지만 영웅 결정 문제를 놓쳤다. 그리고 이날 성모씨를 만났다.

후반전 승부는 스피드 퀴즈에서 결정났다. 먼저 세 문제를 맞힌 사람이 영웅에 도전할 수 있다. 지금 성모씨에게 필요한 건, 스피드! 하지만 그에게 가장 부족한 게 순발력이었다. 나이 탓인지, 뻔히 아는 문제에도 손가락은 늦게 반응했다. '저거 아는 문젠데……' 안타까워도 어쩔 수 없었다. 더 빠른 자가 이긴다. 그것은 룰이었다. 7년을 빼먹지 않고 봐왔다. 잘 알고 있어서 더 두려웠다.

함께 결선을 치르는 두 사람이 먼저 두 문제를 맞혔다. 성모씨는 한 문제를 맞혔을 뿐이다. 2 대 2 대 1. 경쟁자 두 사람 중 아무나 한 문제만 더 맞히면 게임은 끝난다. 경쟁자들의 실력은 대단했고, 연속 두 번이나 성모씨에게 답을 말할 기회를 줄 것 같지 않았다. 다리에 힘이 풀리고 있을 즈음 진행자가 다음 문제를 출제했다.

"다음 나열한 것 중 국가의 수도가 아닌 것은?"

수도! 6년 넘게 외우고 또 외운 수도. 가장 결정적인 순간에 가장 결정적인 문제가 출제되고 있었다.

"오타와, 이슬라마바드, 부쿠레슈티, 자카르타, 취리히."

"삑!" 취리히라는 말에 온몸의 운동신경이 반응했다. 불이 켜진 건 성모씨의 버저였다.

2010년 7월 KBS 〈퀴즈 대한민국〉에 출연해 퀴즈를 풀고 있는
임성모씨의 모습(KBS 제공).

• • •

답답할 정도로 묵묵하게 한 지점만을 향해 고정된 삶이었다.
진작 그렇게 했으면 사법고시라도 쉽게 통과했을 거라는,
칭찬인 듯 냉소인 듯 알 수 없는 말들이
그를 향해 쏟아졌을 것이다. 다 맞는 말씀이라
성모씨는 싫은 내색도 못 했을 것이다. 사람들은 그를
미련한 사람으로 치부했을 것이다. 하지만 그의 미련함이
만들어낸 아주 작은 변화가 쌓이고 쌓여
마침내 변화의 지점에 닿고 있었다.

"취리히가 아닙니다."
"취리히! ……정답입니다!"

이로써 2 대 2 대 2 가 되었다.
"마지막 한 문제로 모든 게 결정납니다. 마지막 문제는……"
"다음 나열한 것 중 역대 하계 올림픽 마스코트가 아닌 것은?"

이것도 얼마나 수없이 외운 것인가. 머릿속 세계지도를 펼치면(그건 마치 슈퍼맨이 지구를 조망하며 날아가는 듯한 모습일 텐데) 올림픽을 개최한 도시가 보이고, 그곳엔 올림픽 마스코트가 자리 잡는다. 세상 그 누구도 성모씨보다 완벽하게 올림픽 마스코트를 외울 순 없을 것이다.

"호랑이, 가시두더지, 캥거루……"
"삑!"

호주에서 올림픽이 두 번 열렸다. 대부분의 사람들이 캥거루를 호주의 상징으로 생각하지만, 그 녀석은 한 번도 마스코트가 된 적이 없다. 상식을 파고드는 함정이었다. 올림픽에 관련된 상식을 외우면서 캥거루가 아닌 게 참 이상하다고 여러 번 생각했었다.

"임성모씨가 극적으로 영웅 결정전에 진출합니다!"

영웅 도전은 오직 한 명만 할 수 있다. 도전자는 홀로 선다. 외로운 순간이다.

“우선 도움말 획득 문제를 풀어야 합니다. 도움말 퀴즈는 모두 네 문제입니다. 한 문제를 맞힐 때마다 도움말 하나씩을 얻게 됩니다. 만약 도움말 획득 문제를 한 문제도 맞히지 못하면 다음 주 도전권도 상실되고, 영웅 도전은 종료됩니다.”

“애거사 크리스티의 작품 『오리엔트 특급 살인』의 주인공 푸아로는 ‘이 색色 뇌세포’라는 별명을 가진 사람이다.”
“답은 회색입니다.”
“정답입니다!”

“우리나라 국회의 원내대표에 해당하는 일본의 직책으로, 최근 사임한 오자와……”
“답은 간사장입니다.”
“정답입니다!”

“신라 경덕왕 때 축조한 다리로, 다리 위에 지붕을 만들어 비를 피할 수 있게…… 5초의 여유를 드리겠습니다. ……아쉽습니다!”

“이 자리에 부인께서 나와 계신데요. 마지막 도움말 퀴즈를 풀기 전에 부인께서 남편을 응원해주시겠습니다.”

성모씨의 부인은 동생 부부와 함께 남편을 응원하러 왔다. 부인은 마이크를 받자 뭔가 적힌 종이를 들고 읽기 시작했다.

"성모씨, 그동안 운전하면서 달려온 당신 인생. 퀴즈 영웅으로 마침표를 찍어주세요. 늘 당신을 자랑스럽게 생각하고 사랑합니다."

그 말을 듣고 있던 성모씨가 두 손으로 자기 얼굴을 벅벅 문질러댔다. 어쩔 줄을 몰라하는 손 사이로 드러난 얼굴이 붉었다.

"마지막 도움말 획득 문제입니다."

"티베트어로 동쪽에서 온 사람들이란 뜻을 가진 말로……"
"셀파 혹은 세르파입니다."
"정답입니다!"

"역대 출연자 중에 세 개의 도움말 문제를 맞혀, 세 개의 힌트를 열어볼 수 있는 자격을 얻은 사람은 임성모씨가 〈퀴즈 대한민국〉 사상 최초입니다."

380회. 8년차를 맞는 프로그램이지만 어떤 사람도 도움말 문제를 세 개 이상 풀진 못했었다. 시간이 흐를수록, 단계가 높아질수록, 문제가 어려울수록 성모씨의 진가는 주머니 속 송곳처럼 오롯이 드러났다.

성모씨의 집에서 녹화 테이프를 함께 본 적이 있다. 그런데 문제를 맞히거나 틀릴 때마다 기쁨과 아쉬움이 성모씨의 얼굴에 고스란히 드러났다. 이미 과거의 일인데도 그것이 마치 지금 벌어지고 있는 일인 양 몰입했다. 사회자의 질문에 답할 때마다 얼굴이 벌게졌고, 아내의 응원에는 고개를 숙이고 웃었다. 스스로 어색했는지 묻지도 않았는데 "저거 작가가 다 써준 거야. 보고 읽는 거 보이지?" 하고 큰 소리로 말했다.

영웅 결정 문제는 의병대장의 이름을 맞히는 것이었다. 성모씨는 사상 처음으로 세 개의 힌트를 열어볼 수 있는 도전자가 되었다.

1. 별시 문과에 급제했으나 답안지에 왕의 뜻을 거스르는 내용이 있어 급제가 취소된 뒤……

2. 올해(2010년) 제정된 국가기념일인 의병의 날은 6월 1일로, 임진왜란 당시 이 사람이 최초로 의병을 일으킨 날을 양력으로 정한 것……

3. 1592년 임진왜란 때 왕에게 올린 공문서, 편지 등이 수록된 『망우집忘憂集』은 이 사람의 시문집이다. 대구광역시에 있는 망우당공원은 조선시대 인물인 이 사람의 호를 따서……

녹화 테이프를 함께 보던 성모씨가 갑자기 문제를 설명했다. "4대 의병장이 있어. 곽재우, 고경명, 조헌, 김천일 이렇게 네 사람. 그중에 곽재우가 젤로 유명하지. 망우는 그 사람 호야. 이거 제작진이 나 영웅 주려고 좀 쉬운 문제를 낸 거 아닐까. 하하. 에휴…… 그런데 난 이렇게 쉬운 문제가 영웅 결정 문제일 리가 없다고 생각해버렸어. 뭔가 함정이 있다. 함정이 뭐지. 속임수가 뭘까. 함정을 찾아야 해. 이렇게 고민하다 완전히 꼬였어. 꼬이다보니 머리가 하얘지고 나중에 김천일이란 이름밖에 기억이 안 나는 거야. 나머지 세 사람 이름은 기억조차 나지 않았어. 어떻게 저럴 수가 있나 싶어. 지금 생각해보면."

성모씨는 '김천일'이라고 답했고 영웅 도전에 실패했다. 몇 달 전까지만 해도 한 번 실패하면 완전히 기회를 잃었다. 하지만 규칙이 바뀌었고, 성모씨는 그다음 주에 다시 도전할 기회를 얻었다.

'6월 27일 두번째 도전. 퀴즈대한민국 381회.'

전반전을 치르고 후반전에 올라온 두 사람은 가스공사의 엔지지어와 고용노동부의 행정사무관이었다. 사십 대 초반의 그들은 똑똑하고 건강해 보였다. 하지만 쉰여덟 살 트럭 기사를 넘어서지 못했다. 일반적인 예상을 깨는 이러한 의외성은 성모씨를 더욱 유명하게 만들었다. 지난주에 이어 주 1위에 올라 영웅에 도전하게 된 성모씨에게 사회자가 말했다.

"다시 임성모씨 혼자 남았습니다. 외로운 영웅 도전이 시작됩니다!"

성모씨는 담담한 표정이었다. 분위기를 띄울 요량으로 사회자가 물었다.

"미국 44대 대통령 이름을 다 외우신다고요?"

"중국 황제 이름도 다 외웁니다."

"아…… 그렇군요. 그럼 건륭제는 어느 시대입니까?"

"청나라 6대 황제입니다. 강희제의 손자입니다. 1735년부터 1795년까지 60년간 재위했습니다."

"오……!"

방청석이 술렁거렸고 사회자는 입을 다물지 못했다.

"아…… 이거 참, 제가 확인해볼 수도 없고요."

두번째 영웅 도전도 실패로 돌아갔다. 나중에 제작진에게 들은 얘기인데 건륭제는 이날 퀴즈 영웅 도전 문제로 준비된 세 문제 중 하나였다. 사회자는 퀴즈 영웅 도전자에게 세 가지 제시어 중 하나를 고르도록 한다. 이날은 역사, 이름, 장소 등 세 개의 제시어가 있었다. 성모씨는 '역사'를 골랐고, 그 제시어에 관련된 문제를 맞히지 못했다. 건륭제를 맞히는 문제는 '이름'이라는 제시어 뒤에 숨어 있었다. 만약 성모씨가 제시어 '이름'을 선택했다면 영웅 도전은 둘째 주에서 마무리되었을 것이다. 영웅 도전 문제의 절반은 맞힌다는 성모씨의 말은 거짓이 아니었다.

운명의
여신을
위로하다

두번째 도전에 실패한 뒤 작가에게서 전화가 왔다.

"따님 두 분은 응원 나오실 수 없나요? 무슨 사정이라도……"

"생업이 있어서요."

"이번 주엔 한번 같이 나오시는 게 어떨까요?"

첫째 딸은 잠시 식당 문을 닫고 사위와 함께 왔고, 직장인인 둘째 딸은 반차를 냈다. 성모씨의 세번째 도전. 이미 그는 퀴즈 바닥의 유명인이 되어 있었다. 시청자 게시판은 그에 대한 이야기로 도배되었다. 사람들은 그의 예상치 못한 실력과, 직설적이고 소탈한 화술과 질박한 생김새에 반해버렸다. 수백 명의 사람들이 일방적으로 성모씨를 찬양하고 있었고, 성모씨는 그게 신기했다.

세번째 녹화를 이틀 앞두고부터 성모씨는 공부를 하지 않았다. 6년간 쌓은 공력이 하루 만에 변하진 않을 것이다. 차라리 육체를 쉬게 해서 긴장을 푸는 게 낫겠다 싶었다.

목요일이 왔고 방송국으로 갔다. 성모씨가 대기실에 앉아 있는데, 어떤 남자가 말을 걸었다.

"형님께서 영웅이 되고 제가 올라가려고 했는데, 아직 남아 계시면 어떡합니까. 아이고, 큰일 났네."

철도 기관사 김영구. 잘 아는 얼굴이었다. 퀴즈 마니아들 중엔 이름깨나 있는 고수 중의 고수. 또 다른 퀴즈 프로그램 〈1대 100〉에서 '최후의 1인'(〈퀴즈 대한민국〉의 영웅에 해당하는 자리)에 올랐던 실력자.

'오늘 큰 상대를 만났구나.'

인사를 하고 돌아선 그의 등을 보는데…… 가슴이 뛰었다. 두근두근…… 알 수 없는 승부욕이 스멀스멀 올라왔다. 자기도 모르게 어금니를 악물었다.

성모씨는 출연자들의 전반전을 무대 뒤에서 지켜보고 있었다. 예상대로 영구씨가 전반전을 1위로 마쳤다. 영구씨와 함께 후반전에 오른 또다른 출연자는 연세대 대학원생이었다. 하지만 이날 후반전은 싱거웠다. 잠을 푹 자고 나온 성모씨는 상대를 완전히 압도해버렸다. 스피드 퀴즈 결과는 3(임성모) 대 1(김영구) 대 0(대학원생).

세번째 데자뷔. 성모씨는 다시 홀로 남아 영웅에 도전했다.

"이 동물은 무엇일까. 조선시대 장승업의 작품 〈송하노승도松下老僧圖〉에서 스님에게 불경을 바치고 있는 이 동물."

"양주별산대 신장수 놀이에서 신발 장수가 여자를 유혹하기 위해 이용한 이 동물."

3년 전 여름이었다. 트럭을 몰고 양주 근처를 지나고 있었다. 별산대놀이(탈놀이의 일종)를 한다는 대형 현수막이 나부꼈다.

'별산대놀이? 저게 뭐지? 저거 알아봐야겠다. 퀴즈에 나오면 어떡해.'

운전을 마치고 양주시청에 전화를 걸었다. 안내데스크 직원은 '양주 별산대 전담팀'에 연결해주었다. 담당 공무원은 별산대놀이의 유래부터 내용까지 친절하게 설명했다. 성모씨는 실무자의 설명을 모두 받아 적었다. 신발 장수가 여자를 유혹하기 위해 원숭이를 이용한다는 얘기에 웃기도 했었다.

긴장을 조성하는 음악이 스튜디오에 가득했다. 번쩍번쩍 조명이 어지럽게 돌아갔다. 사람들은 성모씨의 입만을 쳐다보았다. 그가 입을 열었다.

"정답은……"

"두두두두두두두두……"

"답은, ……원숭이라고 하겠습니다."

"다시 한 번 정확히 말씀해주십시오."

"원숭이입니다. 원숭이."

"두두두두두두두두……"

"정답입니다!"

화약 터지는 소리와 함께 천장에서 꽃가루가 뿌려졌다.

“4천만 원이 걸린 영웅 도전 문제! 문제를 맞힌 임성모씨가 영웅에 등극합니다!”

꽃가루 속에서 성모씨는 얼굴을 문지르며 울고 있었다. 아내는 고개를 숙이고 입을 틀어막고 울었고 딸은 아빠를 향해 고개를 끄덕이며 눈물을 흘리고 있었다.

“해내셨군요! 무려 10개월 만에 영웅이 탄생하는 순간입니다.”

“감사합니다.”

“이 기쁜 날 누구 얼굴이 떠오르세요?”

“……”

사회자의 질문에 성모씨는 답하지 못했다. 오랜 침묵이 이어졌다. 좌절의 연속이었던 젊은 날이 스쳐 지나갔다. 그렇게 긴 시간을 돌아와, 운명의 여신은 기어코 승리를 맛보게 되었다.

대답을 기다리던 사회자가 성모씨를 다시 불렀다.

“임성모씨?”

성모씨는 떠오르는 얼굴을 말하지 못하고, 짧게 다른 말을 했다.

“꿈만 같습니다.”

“석사들, 박사들, 많이 배운 사람들을 물리치신 기분이 어떠세요?”

“실감이 안 납니다.”

그러더니 묻지도 않은 말을 했다.

“딸들 대학을 못 보내서 미안하고, 양이 엄마 너무 고생만 시켜서 미안허고…… 네, 그렇습니다.”

“중졸의 화물차 기사. 퀴즈 영웅을 향한 5년의 노력. 오늘 그 결실을 맺었습니다.”

“정말 감사합니다. 다른 조건 이런 거 안 보고, 공정한 예심이라든가 절차를 통해서 저 같은 사람 여기에 서게 한 거 정말 감사합니다. 인사드리겠습니다.”

성모씨는 모두를 향해 90도로 허리 숙여 인사했다.

2010년 7월 4일 〈퀴즈 대한민국〉에서 퀴즈 영웅 도전 마지막 문제를 푼 순간(KBS 제공).

• • •

"아빠가 영웅이 되었을 때 텔레비전에 나온 제 얼굴 표정이요?
어땠는데요? 아…… 그랬나요?
안도감과 서러움이 한꺼번에 몰려든 그런 얼굴이었을 거예요.
생애 처음으로 시상대에 오른 늙은 무명배우의 딸이
객석에서 지을 수 있는 그런 표정……"

늙은
무명 배우의
딸

성모씨가 영웅에 오르자 세상은 호들갑이었다. 인터넷 포털 사이트의 검색어 1, 2위에 '트럭 기사', '퀴즈 영웅' 등이 올라왔다. 다큐멘터리 프로그램의 섭외가 줄을 이었고, 방송과 신문 등 언론들의 인터뷰 요청이 쇄도했다.

대학도 보내지 못해 미안해하는, 지독히 가난한 아빠를 둔 딸은 '퀴즈 영웅이 된 아빠'를 어떤 마음으로 바라보고 있을까. 그 딸에게도 한恨이 있을 것이고, 위로해야 할 운명의 여신이 있지 않을까. 딸의 마음이 궁금했지만 쉽게 만날 수가 없었다. 딸을 만난 건 성모씨가 퀴즈 영웅에 오르고 11개월이 지난 2011년 6월이었다. 성모씨가 과거 얘기를 툭 터놓고 하는 데 시간이 필요했고, 일에는 순서가 있었다. 그러다 보니 딸과의 대면도 늦어졌다. 성모씨 부부와 함께 살고 있는 둘째 딸 승리씨(당시 서른한 살)를 만났는데, 같이 살고 있기에 언니보다는 아버지의 최근 모습을 더 많이 보고 느꼈을 거라고 생각했다. 승리씨는 담담하게 아버지에 대해 이야기했다.

"공부 열심히 하는 모습은 계속 봐왔지만, 그렇다고 영웅이 될 거라곤 상상도 못 했어요. 막상 되고 나니까 어리둥절해요. 대단하죠, 진짜. 퀴즈 대회라고 모두 평등하진 않은 것 같아요. 아빠는 많이 배운 사람들과 줄줄이 상대했으니까. 퀴즈가 평등한 거 같은데, 사람들 조건을 보면 꼭 그렇지 않거든요. 오르지 못할 나무를 오르려고 한다고 생각했어요. 모두가 믿지 않았어요. 모르는 사람이 들으면, 피식, 웃음이 나올 얘기죠.

문제 범위가 정말 우주잖아요. 교과서가 지구라면 퀴즈의 범위는 우주니까. 아빠가 영웅에 오른 다음에 이런 생각도 했어요. 내가 지금 고등학생이라면 압박감이 대단했겠다. 다들 그럴 거 아니에요. '아빠는 영웅이 됐는데, 넌 성적이 이게 뭐냐?'

(살짝 웃은 뒤 짧은 침묵.)

자상하거나 하고 싶은 거 다 해주는 아빠는 아니었죠. 못 해준다는 자격지심이었는지 큰 소리 내고 화도 내고 그러는 아빠였어요. 제가 실은 대학을 가려고 했거든요. 재수해서라도 꼭 가고 싶었어요. 아빠가 막았죠. 서울대 아니면 다 소용없다고요. 집안 사정도 안됐으니까…… 거기에 대한 미움도 컸어요. 하지만 이제 괜찮아요. 공부 정말 하고 싶었으면 나중에라도 할 수 있었는데, 못 한 건 제 탓이죠. 전부 제 잘못이죠.

아빠에겐 이것이 인생 최초의 보상이에요. 잘하면 상 받고 못하면

벌 받는 게 정의잖아요. 그런데 아빠는 그렇지 못했잖아요. 이번에 정말 미뤄놓은 것에 대한 보상을 받은 거죠. 남들이 막 알아보는 거 보면서 참 대단하다고 생각했어요. 큰 걸 이루었구나……"

"아빠가 영웅에 올랐을 때 기분이 어땠냐고요? 음…… 음…… 기쁨보다는 안도감이 들었어요."

"무슨 말이냐고요? 오래된 무명 배우가 상을 받으면 전 안도감이 들어요. 평생 자기 일에 최선을 다했지만 아무도 주목하지 않던 배우가, 늦은 나이에 생애 처음으로 상을 받는 거예요. 아…… 저 사람은 이제 자기가 완전히 세상을 헛살았다고 생각하진 않겠구나. 늦었지만 지금이라도 인정받아서 자기 인생이 가치 있다고 생각할 테니 참 다행이다, 정말 다행이다…… 안도가 되는 거죠. 그러면서 그의 과거를 내 맘대로 상상해봐요. 힘들고 어렵고 가난하고 인정받지 못한 젊은 날들을요. 그러면 좀 서러워져요."

"아빠가 영웅이 되었을 때 텔레비전에 나온 제 얼굴 표정이요? 어땠는데요? 아…… 그랬나요? 안도감과 서러움이 한꺼번에 몰려든 그런 얼굴이었을 거예요. 생애 처음으로 시상대에 오른 늙은 무명 배우의 딸이 객석에서 지을 수 있는 그런 표정……"

진짜 이유

사실 이 이야기는 집필을 모두 마친 뒤 들었다. 어느 날 성모씨가 일하는 곳에 찾아가 커피 한잔 마시며 수다를 떨었다. 그런데 대화 도중 그가 그냥 웃자고 한 말을 나는 웃어넘길 수가 없었다. 이 또한 성모씨를 잘 보여주는 것이란 생각이 들었다.

“열쇠 수리공은 공식적인 멘트야. 그게 진짜는 아냐.”

뜬금없이 이건 또 무슨 소리? 퀴즈 영웅이 된 열쇠 수리공의 모습에 자극을 받아 공부를 시작한 게 아니란 말씀인가?

“그건 그러니까 공식적인 계기고. 창피하지 않기 위한 계기란 말이지. 방송에다 대고 본전 생각 때문에 그랬다고 할 순 없잖아.”

실은 딸 때문이었다. 성모씨는 둘째 딸 승리의 대학 진학을 반대했다. 서울대, 연고대 아니면 대학 나와서 무슨 소용이냐고 했다. 재수를 하려는 딸에게, 다 필요 없다고 했다. "네가 서울대 법대에 들어갈 실력이라면 피를 뽑고 간을 팔아서라도 보내준다. 아니면 공무원시험을 봐라. 돈 많이 드는 대학 가는 것보다 그게 훨씬 성공하는 길이다." 아버지는 '대학에 가고 싶은 열아홉 살 딸의 마음'을 이해하지 못했다.

고교 졸업 후 취업한 딸은 그저 그런 하루를 보냈다. 딸의 진학을 강경하게 막았지만 미안함은 늘 남아 있었다. 가난한 아버지는 딸에게 어떤 지원도 해주지 못했다. '그래, 딱 3년만. 3년 안에 못 하면 영영 안 되는 거라고 보고 공부를 접어야 한다.' 그러고는 딸을 불렀다.

"직장 생활 하려니 힘들지? 아빠가 매달 70만 원씩 3년 대줄 테니 공무원시험에 도전해봐라. 학원도 다니고 교재도 사봐."

딸은 제의를 받아들였다. 트럭을 모는 아버지의 순수입은 150만 원 정도였다. 그중 반을 딸에게 떼어주었다. 승리가 스물네 살 때였다. 이듬해 시험에서 떨어졌지만 아슬아슬했다. 한 해만 더 하면 될 것 같았다. 그러나 1년 후의 시험도 진짜 아슬아슬하게 떨어졌다. 그리고 약속했던 3년째가 되었다. 딸은 지쳐 보였다. 아슬아슬한 낙방의 아쉬움이 반복될수록 가까워지는 게 아니라 멀어지는 느낌이었다. 날고 긴다는 수많은 대학생들이 노량진 공시(공무원시험) 학원가에서 아슬아슬한 아쉬움의 끝을 부여잡고 있을 텐데…… '그만두고 싶어도 딸은 먼저 말을 꺼낼 수 없을 테고, 또 그만두려니 아깝고 분하겠지.' 아버지는 그 마음을 알 것 같았다. 딸을 불렀다.

"그만둬도 된다."

딸은 아버지의 말에 이유를 달지 않았고, 곧 다시 취업했다. 그 과정에서 딸은 또 얼마나 힘들었을까. 아버지는 딸의 불합격이 안타까웠지만 그렇다고 아쉽지는 않았다. 오히려 속이 다 시원했다. 딸이 어떻게 생각할지 물어보진 않았다. 솔직히 미안함은 조금 가셨다. 그것만으로 되었다.

“근데 돈은 엄청 아깝더라고. 70만 원씩 3년이면 얼마여? 원금만 2,500만 원이 넘어. 내가 어떻게 모은 돈인데. 쪼잔하게시리 돈이 아까워서 며칠 동안 잠을 못 잤어. 이게 완전 미치겠는데 환장하겠는거라. 낄낄.”

그러던 중 퀴즈 영웅에 등극한 열쇠 수리공을 봤다. 아빠 성모씨는 속으로 생각했다.

‘아빠가 증명해줄게. 노력하면 된다는 걸. 영웅 도전권만 받아도 공무원 합격한 걸로 치자. 영웅이 되면 공무원 된 것보다 더 대단한 거지. 어쨌거나 내가 실증해 보여줄게. 무엇보다 돈도 찾고. 영웅이 되면 4,000만 원 받으니까. 딸한테 쓴 돈을 생각해도 훨씬 남는 장사네.’

“이봐 기자 양반. 실제는 돈이 아까워서 시작한 거라니까. 그런데 여기까지 왔네. 아하하하.”

운명의 여신
두번째 이야기
_퇴직금 청구 소송

퀴즈 녹화 때문에 성모씨는 3일 결근을 했다. 7월 월급명세서를 받고 성모씨는 말문이 막혔다. 녹화 때문에 나오지 못한 3일을 결근 처리한 것이다. 회사는 원래 월급에서 30만 원 정도를 떼고 입금했다. 방송사에서는 매번 녹화 전에 '사정을 참작해달라'는 공문을 회사로 보냈다. 성모씨는 회사에 사정 얘기를 하며 미리 양해를 구했다. 퀴즈 영웅까지 되었는데, 사장은 눈 하나 깜빡하지 않고 모두 결근 처리를 했다. 그것도 무단결근. 현수막이나 격려금까지는 바라지도 않았다. 아무것도 기대하지 않는 회사였지만 섭섭했다.

퀴즈 영웅이 되고 난 뒤 여러 방송사에서 회사로 찾아왔다. 대표적인 휴먼 다큐멘터리 〈인간극장〉팀에서도 연락이 왔다. 하지만 사장은 "난 그런 거 싫다"며 촬영 협조를 거절했다.

작은, 아주 작은 성의만 보였어도 이렇게까지 하고 싶지는 않았다. 성모씨는 그동안 준비한 것을 실행에 옮기기로 마음먹었다. 성모씨는 사표를 낸 뒤 사장에게 퇴직금을 요구했다. 예상했던 대로 회사는 '고용 관계가 아닌 사업자 간 관계이기 때문에 퇴직금은 지급할 수 없다'고 했다.

그래, 불과 몇 년 전까지만 해도 그 말이 맞았겠지.

종이박스를 만드는 이 회사에서 15년 넘게 일했다. 처남 공장이 문을 닫으면서 성모씨는 일자리를 잃었다. 작은 종이박스 회사에서 트럭을 구한다는 얘기를 듣고 찾아갔다. 쓸모없어진 트럭을 그 회사에 넘기려 했다. 택시나 다른 일자리를 찾아봐야겠다고 생각했다. 트럭 흥정을 하려고 갔는데 이것저것 꼬치꼬치 캐물었다.

"사십 대 초반으로 보이는데 결혼은 하셨겠고, 자녀는 몇이나 두셨어요?"

"딸아이가 둘 있습니다. 그런데 왜요?"

"우리가 트럭 기사를 바꾸려고 합니다. 공장에서 일하지 않겠습니까?"

"그거 잘되었네요."

박스회사가 성모씨에게 내민 서류는 고용계약서가 아닌 용역계약서였다. 많은 회사들이 그런 식의 계약을 많이 했다. 4대보험(국민연금, 건강보험, 고용보험, 산재보험)을 부담하지 않아 비용 부담도 적고 법적인 책임도 피할 수 있었다. 무엇보다 오래 일을 해도 퇴직금 걱정을 하지 않아도 되었다. 고용한 게 아니라 '운수사업자(성모씨)와 운송에 관한 용역계약'을 맺었기 때문이다. 성모씨는 불합리하다고 생각했지만 그걸 가지고 따질 여유가 없었다. 다들 그렇게 한다고 해서 그렇게 했다. 회사는 뜨내기를 받고 싶지 않았다. 자식도 있는 가장이라 책임감 있게 일할 것 같다며 성모씨에게 일을 제안했다.

"그러니까 모찌꾸미를 하자 이거죠? 그럽시다."

1996년에 받은 첫 월급이 240만 원이었다. 하지만 기름값 빼곤 모두 다 성모씨가 부담해야 했다. 회사는 면장갑 하나 주지 않았다. 화장실 청소비라는 명목으로 월 1,000원씩 뗐다. 그렇게 이것저것 비용을 제하고 나면 월 150만 원 정도가 떨어졌다. 퀴즈 영웅이 되던 해인 2010년 성모씨의 월급은 270만 원이었다. 그동안 물가는 엄청나게 올랐다. 2,000~2,500원 하던 자장면이 4,000~5,000원까지 올랐다. 배가 뛰었다. 하지만 월급은 그간 8.3퍼센트 올랐을 뿐이었다. 지난해에는 월급을 받고 비용을 떼면 겨우 백만 원이 통장에 남았다. 생활을 할 수 없는 돈이었다. 차가 워낙 낡아서 다른 곳으로 일자리를 옮기기도 힘들었다. 그런 상황을 누구보다 잘 알고 있는 회사는 월급을 올려주지 않았다. 용역계약으로 위장한 '불공정 고용계약'은 그렇게 15년을 이어왔다. 성모씨는 회사로부터 받은 어떤 서류도 버리지 않았다. 1996년 회사와 작성한 계약서부터 매달 받는 월급명세서까지 꼼꼼히 모아놨다. 언젠가 필요한 날이 올 거라고 생각했다.

"돈이 궁하고 일자리가 급했으니까 그냥 일한 거야. 지나고 나니 노예계약과 다를 게 없는 거야. 하지만 사람이란 인정이란 게 있잖아. 일하면서 서로 정도 들고. 그런데 사장은 너무했어. 비뚤어진 것을 바로 잡고 싶었어. 아무리 늦었어도."

퀴즈 공부에 여념이 없던 2008년이었다. 두 가지 신문을 구독하는 성모씨의 주요 관심사 중의 하나가 법률 분야였다. 깊이는 못 들어가도 기초지식은 공부할 필요가 있었다. 살아가는 데 피가 되고 살이 되는 내용이 많았다.

2008년 10월 대법원은 고용관계에 관한 주목할 만한 판결을 내린다. '지입 형식의 용역계약이라고 하더라도 ①지입차주(성모씨와 같이 트럭을 소유하고 있는 운전기사)가 개인사업자로 등록한 사실이 없고 ② 지입차주가 실제로는 근로자와 같은 조건에서 일을 계속했다면 사업자가 퇴직금을 지급해야 한다'는 내용이었다. 형식적인 계약 관계와 상관없이 실제로 근로자로서 일한 부분을 인정해야 한다는 것이다. 퇴직금과 4대보험을 피하기 위해 편법적으로 작성했던 용역계약서의 불법성을 인정한 판결이었다. 대법원의 판례는 이후 판결에 결정적 영향을 미치기 마련이다.

2010년 여름은 퀴즈 영웅의 기쁨과 함께 뜨겁게 지나갔다. 젊은 사람들은 못 알아봤지만 텔레비전 앞에 오래 앉아 있는 나이 드신 분들은 성모씨를 많이 알아봤다. 지방에 내려가면 더 많이 알아봤다. PD와 기자 들의 연락을 받고 약속을 잡는 일도 계속 이어졌다. '스타의 여름'이 지나가고 찬 바람이 불자 성모씨는 준비했던 일을 시작했다.

우선 사장에게 면담을 신청했다. 퇴직을 하려고 하니 그간 일한 것에 대한 퇴직금을 정산해달라고 했다. 회사는 펄쩍 뛰었다. 그래서 사장과 직접 이야기하자고 제안했다. 사장과 약속을 한 뒤 사무실로 찾아갔지만 헛걸음이었다. 사장은 "담당 직원과 이야기하라"고만 했다. 구멍가게 같은 공장에서 직원과 이야기하라는 건 말이 안 되었다. 그래서 성모씨는 직원에게 선전포고하듯 말했다.

"소송을 준비할 테니, 그리 아시라고 전해주소."

그리고 며칠 뒤 사장이 성모씨를 불렀다. 사장은 불쾌한 얼굴이었다. 후배 중에 서울대 나와서 판사까지 한, 잘나가는 변호사가 있다고 했다. 당신이 이길 가능성이 없으니 이쯤에서 물러나란 이야기도 했다. 예상했던 말들이 술술 흘러나왔다. 사장의 말에 움찔하기도 했지만, 성모씨는 영웅이 되는 과정을 통해, 과거보다 용감한 사람이 돼 있었다.

"그 말씀 하려고 부르셨습니까? 이만 나가보겠습니다."

15년을 소처럼 일했다. "우리 사정이 힘들다. 석 달 치 월급을 줄 테니 성의로 봐달라"고 하면 못 이기는 척 넘어가려고 했다. 하지만 이날의 만남으로 성모씨는 완전히 강을 건너기로 결정했다.

집 주변에 있는 변호사 사무실부터 찾아갔다. 2 대 8 가르마를 깔끔하게 빗어 넘긴 장년의 변호사였다. 그는 최근 판례에 대해서 잘 모르는 눈치였다. 소송 비용도 500만 원을 불렀다. 신뢰가 가지 않았고 돈도 없었다.

이번에는 법률구조공단을 찾아갔다. 한참 검토해보더니 "민사소송으로 가야 할 문제여서 우리가 하기 힘들겠다"고 했다. 그러면서 고용노동부 산하 지방고용노동청에 가보라고 했다. 노동자들을 위한 정부 부처니까 힘이 될 거라고 했다. 그래서 한걸음에 그곳으로 달려갔다.

"이거 안 됩니다. 100퍼센트 지는 싸움입니다."

지방노동청 직원은 일언지하에 거절하듯 말했다. 용역계약서를 보더니 더이상 말을 들으려 하지 않았다. 최근 판례에 대해 말도 꺼내지 못했다.

'아니, 어떻게 이럴 수 있나. 자기 업무에 관해 이렇게 모를 수 있나.'

소송을 혼자 할 수는 없는 일이었다. 그렇다고 비싼 소송 비용을 감당하기도 힘들었다. 여기저기 알아보다 '노동자를 위해 적은 소송 비용으로 사건을 맡아주는 법률사무소'가 있다는 말을 전해 들었다. 지금은 구로디지털단지역으로 바뀐 구로공단역 인근에 위치한 사무실이었다. 지하철에서 내려 5분 거리에 있었다. 11월이었다. 어느새 낙엽이 모두 지고 겨울로 접어들고 있었다. 사무실로 들어갔다.

딸 같은 여자 한 명이 나와서 성모씨를 맞았다. 서류를 넘겨 보는 손, 아무것도 바르지 않고 바짝 깎은 손톱이 눈에 들어왔다. 뒤로 질끈 묶은 머리와 화장기 없는 얼굴, 무채색의 옷. '이 여자분 참말로 지식인 같다'고, 성모씨는 생각했다. 여자는 자신을 변호사라고 소개했다. 그녀는 성모씨의 말을 끝까지 들어준 첫 사람이었다.

"판례로 볼 때 승소 확률이 70퍼센트 이상입니다. 선생님, 소송을 시작하시죠."

"그렇지요? 제가 공부한 게 틀리지 않은 거죠. 감사합니다. 그…… 그런데…… 변호사 선생, 비용이 얼마나 되는지……?"

직원과 잠시 대화를 나누고 온 변호사가 말했다.

"150만 원으로 하시죠."

"가…… 감사합니다!"

성모씨는 자기도 모르게 꾸벅 절을 했다.

변호사는 성모씨에게 자주 연락하지 않았다. 근로조건 등에 관한 구체적 정황이 필요할 때 전화를 하곤 했다. 해를 넘겨 2011년 4월 초순이었다. 변호사로부터 전화가 걸려왔다.

"선생님, 4월 22일이 선고 기일이에요. 우리가 이길 겁니다. 변론일이 두 번 있었어요. 회사 측 변호사는 한 번밖에 나오지 않았어요. 그만큼 할 말이 많지 않은 거죠. 법원에 가보실래요?"

"네? 재판장 말씀이시죠?"

"네, 선생님. 가지 않으셔도 됩니다."

"물론 가봐야지요. 몇 시죠?"

"오전 열시입니다."

선고일을 앞두고 성모씨는 제대로 잠을 자지 못했다. 이길 거라고, 공부 많이 한 판사들이 양심 있는 판결을 내릴 거라고 믿었지만 떨리는 건 어쩔 수 없었다. 제도권으로부터 소외받은 젊은 시절의 경험 탓에 성모씨는 정부기관을 믿지 못했다. 퀴즈 영웅이 되었지만, 현실의 삶에선 이기는 것에 익숙하지 않았다. 새벽부터 집을 나섰다. 정장을 입으려다 어색해서 평소 입는 대로 운동화에 점퍼 차림으로 나섰다. 법원 앞에 도착하니 아침 여덟시였다. 아홉시에야 문을 열어준다고 해서 두말 않고 한 시간을 밖에서 기다렸다. 판결이 이뤄지는 방은 좁은 곳이었다. 초등학교 교실 절반 크기도 안 되었다.

성모씨의 소송 건은 서울동부지방법원의 단독 판사에게 배정되었다. 한 명의 판사가 다른 판사와 합의 없이 단독으로 결정하는 재판이었다. 큰 사건보다는 소소한 것들이 많았다. 흔히 영화나 텔레비전에 나오는 재판 장면과는 사뭇 다른 모습이었다. 사십 대 후반으로 보이는 여성 판사가 들어와 재판관 자리에 앉았다. 속기사와 법원 직원 한 명이 판사의 옆과 앞에 앉아 있을 뿐이었다. 이날 판사가 판결해야 할 사건은 꽤 많았다. 방청석에는 성모씨와는 전혀 관계없는 이들이 자기 소송 결과를 듣기 위해 앉아 있었다. 판사는 사건 순서대로 판결의 결론 부분인 주문主文만 죽 읽어나갔다. '1번 사건의 결과는 무엇, 2번의 결과는 이것, 3번은……' 이런 식으로 결론만 읽어주었다. 주문 낭독이 하나씩 끝날 때마다 사람들이 하나씩 자리를 떴다. 성모씨의 소송 건은 맨 마지막이었다. 어느 순간 방청석에는 성모씨 혼자 남았다.

마지막 판결문을 읽기 전에 여성 판사는 성모씨를 쳐다봤다. 뚫어지게 쳐다보더니 고개도 한 번 갸우뚱했다. 알아본 듯한 표정이었다. 〈퀴즈 대한민국〉을 보셨나. 성모씨는 최대한 공손한 자세와 표정으로 판사를 응시했다. 판사는 이내 엄중하게 주문을 읽어내려갔다.

원고의 청구를 인용認容한다.

1. 피고는 원고에게 3,800만 5,400원 및 이에 대하여 2010년 10월 21일(퇴직한 날)부터 갚는 날까지 연 20퍼센트의 비율로 계산한 돈을 지급하라.

2. 소송 비용은 피고가 부담한다.

3. 제1항은 가집행할 수 있다.

숨이 멎는 듯했다. 무엇을 말해야 할지, 어떻게 표현해야 할지 성모씨는 알 수 없었다. 마지막 소송 건에 대한 판결을 마친 판사는 서류를 정리하고 있었다. 그러다 성모씨를 다시 바라봤다.

"원고 맞으십니까?"

그 말에 정신이 번쩍 들었다. 앞에 여러 사건을 진행하면서 판사는 방청석의 누구에게도 말을 걸지 않았었다. 성모씨는 몸을 추스르고 말했다.

"네, 맞습니다."

판사는 고개를 끄덕였다. 성모씨가 갑자기 한 손을 번쩍 들었다. 물어볼 게 있다는 제스처였다.

"네, 말씀하셔도 됩니다."

"인용했다는 말씀이, 제가 이겼다는 말씀이시죠?"

"네, 물론입니다."

판사는 자리를 떴다. 재판장에는 성모씨만 남아 있었다. 운명의 여신이 준비한 두번째 이야기가 그렇게 대단원의 막을 내렸다.

법원을 나오면서 아내에게 전화를 했다. 가장 걱정하고 있을 사람이었다.

판결문은 우편으로 피고와 원고에게 보냈다. 판결문이 도착한 날로부터 14일 안에 소송에서 진 피고는 항소를 결정해야 한다. 14일을 며칠 앞둔 어느 날 사장 아들로부터 전화가 왔다. 삼십 대 중반의 아들은 회사의 실장이었다. 실제로는 아버지를 대신해 회사 일을 대부분 맡고 있었다.

"이 실장입니다. 그동안 안녕하셨습니까?"

"네, 말씀하세요."

"아이고, 좋게 해결할 수 있었는데요. 이렇게 되었습니다. 제가 선생님을 만나 뵙고 몇 가지 말씀드릴 게 있습니다. 요즘 회사 형편이 정말 어렵습니다."

사장 아들은 소송이 끝난 뒤 변호사를 통해 알아봤을 것이다. 항소를 해도 이기기 어렵고 이자만 기하급수적으로 늘어나리란 얘기를 들었을 것이다.

"나한테 더이상 전화하지 마세요. 항소하든지 말든지 알아서 하시고요. 그리고 이제 회사를 그만뒀고 이 실장이 아들뻘이니까 지금부터는 말을 놓겠네. 자네 아버지를 여러 번 찾아간 걸 알고 있지 않나? 내가 어떤 얘기를 들었는지도 다 알잖아. 원칙대로 하고 싶네. 빨리 입금해주게. 입금하지 않으면 법률대리인이 강제집행에 나설 거야. 판결문의 3번 알고 있지? 그만 끊겠네."

돈은 며칠 뒤에 들어왔다. 그동안 이자가 붙어 4,400만 원이 넘었다. 그 돈으로 성모씨는 집을 옮겼다. 오래된 11평짜리 3,400만 원 전셋집에서 20평짜리 7,400만 원 전세로 이사했다. 여전히 작고 낡은 집이었지만 두 배 늘어난 집을 집사람은 대궐 보듯 했다.

"내가 당신 만나고 이사 몇 번 했는지 알아?"

아내의 말에 성모씨는 멋쩍어서 대답을 못 했다.

"열일곱 번."

성모씨는 아내를 쳐다보지 못하고 종이박스로 만든 책상에 앉아 공부를 했다.

참, 트럭은 이미 연말에 처분했다. 백만 원에 넘겼다. 너무 낡아서 장거리 운행은 불가능했다. 건설 현장에서 짐을 나르는 데 쓰일 모양이었다. 오랜 친구와는 그렇게 이별했다.

2011년 3월에는 특임장관실에서 연락이 왔다. 이재오 특임장관. 신문에서나 보던 실세의 이름이 전화기 너머에서 들려왔다.

"장관님께서 뵙고 싶어하십니다. 자문위원으로 위촉하고 싶어하십니다."

그렇게 특임장관실의 자문위원이 되었다. 자문위원회의에 가보니 성모씨가 가장 가방끈이 짧았다. 연좌제로 인한 좌절 이후 철저한 야당 성향이 된 성모씨는 한나라당 정부가 마음에 들지 않았지만, 자기 같은 사람 말도 필요한 데가 있을 것 같아 회의에서 주눅 들지 않고 할 말을 다 했다.

대학에서 강의 요청도 몇 개 들어왔다. 성공한 인생을 사신 분을 불러야지 자기가 어떻게 거길 가느냐고 했지만 대학 강단에 한번 서보고 싶었다. 대학 문턱에도 가보지 못한 사람이 강단에 서는 게 스스로도 이상했다. 살아온 얘기도 했고 퀴즈 준비를 어떻게 했는지도 얘기했다. 며칠 뒤 딸이 성모씨에게 컴퓨터 화면을 보여주었다.

"인터넷에 보니 아빠 특강 들은 대학생들 감상문이 올라와 있네."

"자신이 할 수 있다는 믿음과 또 그 믿음을 실천으로 이끌 수 있는 끝없는 노력은 모든 사람들에게 감동을 주었고 나 또한 크게 느낀 게 많았다. 무슨 일이든 불가능한 것은 없고, 어떤 일이 불가능하다고 느끼는 것은 귀찮고 하기 싫어서 대는 핑계일 뿐이었다. 많은 걸 느끼게 해준 임성모씨께 감사드린다."

2011년 7월 7일, 자택에서 자신이 왜 퀴즈에 도전했는지를 말하고 있는 임성모씨.

• • •

"영웅이 되신 후 젊은 시절에 대한 회한도 많이 줄었죠?"
"그렇지. 피해의식은 많이 줄었어요.
하지만 부끄러움은 여전해."
"돈놀이하고 놀음한 거요?
이젠 시간이 많이 지났는데요."
"아니, 그대로 주저앉은 거.
일어서서 앞으로 나아가지 못한 거 말이요.
그때 그걸 알았더라면 완전히 다른 인생을 살게 되었겠지."

임성모가 말하는 꿈 _밑천

2011년 여름이었다. 성모씨는 연말에 있을지도 모를 〈퀴즈 대한민국〉 왕중왕전을 준비하고 있었다. 〈우리말 겨루기〉도 함께 준비했다. 왕중왕에 오르고 우리말 달인이 되는 것을 퀴즈 도전의 마침표라고 여기고 있었다.

성모씨는 얼마 전 지하철을 타고 가다 벽에 붙은 구인공고를 보았다.

보안원 채용 공고.

자격: 만 18세 이상 59세 미만(학력 제한 없음)
인원: 00명

서울메트로

'59세 미만. 자격이 되네. 학력 제한이 없단 말이지. 내가 근력이 좀 되는데……' 성모씨는 집에 돌아와서 정성스럽게 이력서를 작성했다. 마냥 퀴즈 준비만 할 순 없었다. 생활비도 필요하고 공부하는 데는 돈이 들었다. 트럭도 처분했으니 다른 방법이 없었다. 퀴즈 영웅 이력도 있으니 서울메트로에서 나의 도전정신을 높이 사주지 않을까.

하지만 성모씨는 서류심사에서 떨어졌다. 면접을 보러 갈 기회도 주어지지 않았다. 그러면 그렇지…… 공공기관에 대한 해묵은 불신이 울컥 올라왔다. 나쁜 놈들. 근거 없는 분노도 살짝 치밀었다. 내가 왜 이러나 싶어 다른 살길을 찾았다. 택시 면허도 갱신해놓고, 아파트 경비원에도 지원했다. 그래서 결국 잠실 대단지 아파트촌 경비원으로 취업했다. 서울에서도 꽤나 비싼 아파트촌. 20평대 가격이 성모씨가 살고 있는 집 전세의 열 배나 비싼 아파트. 그거야 어쨌든, 성모씨는 노트를 들고 열심히 공부했다. 짬을 내서 하나하나 외워가고 이해해갔다.

가을의 어느 일요일 성모씨를 찾았다.

"퀴즈 공부는 잘되가세요?"
"몇 년을 했는데. 이젠 이력이 붙었지."
"선생님 뵈면 영화 〈슬럼독 밀리어네어〉가 생각나요."
"아…… 인도 외교관이 쓴 원작을 영화로 만든 거?"
"맞습니다. 보셨어요?"
"아니. 난 극장에 가본 적이 없어."

성모씨는 웃으면서 얼굴을 쓱쓱 문질렀다.

“아, 그나저나 선생님께 꿈은 어떤 것인가요? 꿈은 선생님 인생에 어떤 의미지요?”

“말하기가 좀 어려운데. 이게 답이 될 수 있을까. 퀴즈 영웅이 되고 나서 나도 모르던 나 자신을 발견했어. 내가 뭔가 해낼 수 있을까 늘 반신반의했지. 그런데 목표를 이루면서 새로운 나를 발견한 거야. 조금 늦었지만, 사실 많이 늦었지. 많이 늦었지만 해낸 거야. 그래서 그 꿈이 다음 단계로 나갈 수 있는 밑천이 된 거야. 이제 이걸 바탕으로 왕중왕에도 올라야 하고 우리말 달인도 되어야 해. 그리고 자격증에도 도전할 거야. 인생을 실제로 변화시킬 수 있는 자격증 말야. 목표치를 높게 잡아야겠지. 그래서 감정평가사로 잡았어. 이거 되면 정말 여생을 떵떵거리고 살 텐데. 하하. 웃기지? 하지만 내가 처음 퀴즈 영웅에 도전한다고 할 때도 사람들은 다 웃기다고 했으니까. 괜찮아. 목표가 있고 그걸 향해서 조금씩 조금씩 전진하다보면 언젠가 되더라고. 가까이 가 있더라고. 절대 서두르면 안 돼. (성모씨는 말을 하며 팔을 크게 내저었다.) 그냥 가다보면 언젠가 되더라고. 그리고 생각보다 엄청 오래 걸리지도 않아.”

“영웅이 되신 후 젊은 시절에 대한 회한도 많이 줄었죠?”

“그렇지. 피해의식은 많이 줄었어요. 하지만 부끄러움은 여전해.”

“돈놀이하고 놀음한 거요? 이젠 시간이 많이 지났는데요.”

“아니, 그대로 주저앉은 거. 일어서서 앞으로 나아가지 못한 거 말이요. 그때 그걸 알았더라면 완전히 다른 인생을 살게 되었겠지.”

이 사람 퀴즈 왜 했는지 나.는. 이.해.해.요

장래형 고졸 이발사 '퀴즈 영웅 + 우리말 달인'

올해(2012년) 쉰하나인 장래형씨는 목욕탕 안에 있는 작은 이발소에서 사람들의 머리를 깎는다. 마흔여섯이던 2007년 〈퀴즈 대한민국〉에서 퀴즈 영웅에 올랐고, 2010년 〈우리말 겨루기〉에서는 달인에 등극했다. 한국에서 가장 어렵다는 두 개의 타이틀을 얻은 것이다. 그는 성모씨의 롤모델이고 전범이며 참고서다. 래형씨가 천안에 살기 때문에 두 사람은 자주 만나지 못하지만, 둘은 망설임 없이 "친한 사이"라고 말한다. 두 영웅의 정신적 유대감은 매우 커 보였다. 래형씨는 성모씨에게 '형님'이라고 했고, 성모씨는 래형씨가 간 길을 그대로 따라가고 싶다고 했다. 두 사람은 많이 닮았다. 연좌제의 피해자라는 점까지.

"두 분이 원래 알던 사이는 아니죠?"

"물론 아니죠. 2010년 여름 트럭 기사가 퀴즈 영웅에 오르더라고요. 대단하다고 생각했지만 어려운 사정을 일일이 알 순 없었죠. 저는 그때 〈우리말 겨루기〉를 준비하고 있었고요. 그땐 그냥 그렇게 넘어갔습니다. 언젠가 기회가 되면 연락을 해야겠다는 마음만 있었죠." (성모씨는 2007년 래형씨가 영웅에 오르는 모습을 눈여겨봤다. 직업에 귀천이 없다고 하지만, 트럭 기사나 이발사나 존경받는 직업은 아니고 공부를 많이 한 사람이 하는 일이 아니어서, 성모씨는 래형씨가 대단해 보였었다.)

"연락은 누가 먼저 하셨나요?"

"2010년 말에 제가 달인에 등극한 뒤, 트럭 기사 생각이 나는 거예요. 그래서 연락을 할까 말까 망설이는데, 그때 형님에게서 연락이 왔죠. 어찌나 힘차게 말씀하시는지. '나 임성몹니다' 딱, 이러시는 거예요. 그래서 제가 '아이고, 형님 제가 전화 드리려고 했습니다' 그랬죠. 그러면서 친해졌

2011년 10월 25일 자택에서, 장래형씨.

어요. 예전부터 알고 지내던 사이처럼 통화하곤 친해져버렸어요. 그런데 서로 먼 데 사니까 만나지는 못하고 전화 통화만 계속했죠."

"텔레비전 프로그램에서 만났다는 말씀은 들었습니다. 처음부터 통하는 게 많았다고요."

"KBS에서 저와 형님을 불러 토크쇼 같은 걸 했습니다. 〈여유만만〉이란 프로그램이었습니다. 그때 처음 뵈었죠. 그리고 소주 한잔 했습니다. 저는 내성적인데 형님은 화끈하시더라고요. 그때 우린 서로 많은 얘기를 나눴죠. 우린 참 기막히게 많이 닮았어요."

"기막히게 많이 닮았다…… 사연이 있는 것처럼 들리는 말이네요."

"제 부친께서 보안법에 걸려 감옥에서 4년을 사셨죠. 그게 저 초등학교 2학년 때였을 거예요. 1970년쯤으로 기억합니다. 그해에 간첩들이 국립묘지 현충문 폭파사건을 일으켜서 살벌할 때였죠. 그땐 참 삐라가 많았는데,

그걸 아버지가 몇 장 주워 오셨어요. 그걸 가지고 회사에 가서는 거기에 낙서를 하다 걸리신 거예요. 할머니가 '죽으려고 귀신이 씐 모양이라'고 울며 한탄을 하셨죠. 그걸로 집안이 쑥대밭이 되었어요. 아버지는 철도 공무원이었죠. 그래서 더 엄한 처벌을 받았어요. 지금 생각하면 어이가 없는 일이죠. 하지만 그땐 그게 가능했어요. 삼촌들도 모두 일자리를 잃었죠. 괜찮게 살던 집안도 푹 주저앉아버렸죠."

"어린 마음에 상처가 컸겠습니다."

"핑계라고 할지 모르겠지만, 집에 형사들이 들락거리는 상황에서 공부를 할 수 없었어요. 어린 나이에도, 공부해봐야 아무 소용이 없겠구나, 이런 생각이 들더군요. 어찌어찌해서 고등학교는 졸업했죠. 그러곤 공장과 가스회사, 호텔에서 닥치는 대로 일을 했어요. 그러다 이발사를 하게 된 거죠."

"연좌제에 대한 말은 누가 먼저 꺼내셨나요?"

"저는 그런 말 잘 못해요. 약점이라고 생각해서 숨겨왔어요. 그런데 형님은 소주 한잔 하시더니 거침없이 하시더군요. 그래서 저도 얘기했어요. 그렇게 말하다보니 '이 사람이 왜 퀴즈에 매달렸는지' 그냥 이해가 되는 거예요. 저는 정말…… 정말 이해가 돼요."

"선생님이 보시기에, 성모씨는 왜 퀴즈를 시작했을까요?"

"나와 비슷하죠. 공부를 못 한 미련, 아쉬움…… 한 같은 것 아니겠어요? 제도권에선 제대로 못 했지만, 그 밖에선 뭔가 보여주고 싶은 꿈틀대는 마음이 있었던 거죠. 그래서 미친 듯이 신문 보고 책 읽으며 실력을 쌓은 거예요. 그러면서 여기까지 온 거죠."

"선생님은 이해하시겠지만, 다른 사람들은 거기까지 이해하긴 힘들 거 같아요."

"그렇죠. 처음엔 사람들이 그래요. '이발사 주제에 놀고 있네.' 형님에 대한 시선도 처음엔 그랬겠죠. 누가 믿었겠어요. 무식한 사람이 신문이랑 사전 붙잡고 하루 종일 그런다고 뭐가 변하겠냐는 냉소가 있었겠죠."

"이루고 나니 성취감이 더 크겠습니다. 성모씨도 그렇고요."

"말로 다 할 수 없죠. 전 달인이 된 다음에 집사람 붙잡고 엉엉 울었습니다. 하지만 그런 게 다는 아니에요. '그 좋은 머리 가지고 젊었을 때 공부하지, 그땐 뭐 했어' 이런 말도 들린단 말이에요. 그렇게 가슴을 후벼 파는 사람이 있어요."

"성모씨가 선생님을 귀감으로 삼는다고 하던데요."

"무슨 말씀을요. 제가 먼저 했으니까 참고가 되는 거죠. 출제 경향이나 이런 거 같이 얘기하고 그런 거뿐이에요. 전 정말 형님 존경합니다. 일하는 틈틈이, 그것도 달리는 차 안에서, 그거 위험하지 않나 몰라, 그렇게 집념을 가지고 파고드는 사람을 전 보지 못했어요. 그러니까 해내는 거예요."

"그렇다고 살림살이가 많이 나아지는 건 아니죠. 사는 건 비슷한데, 그래도 달려든단 말이죠."

"자기만족이죠. 스스로 만족하기 때문에 버틸 수 있는 거예요. 미친 거죠. 하지만 그게 어떤 변화를 일으키기도 해요. 처음에 집사람은 많이 답답해했어요. 신문만 보면 달려들어가지고 오려 붙이고 그러면 이해를 못했어요. 그런데 어느 순간 집사람도 신문을 보기 시작하는 거예요. 왜 그러느냐 물으니 '당신이 한 말이 나중에 텔레비전 보면 다 맞더라'는 거예요. 인정을 받은 거죠. 하하. 그래서 우리 부부의 삶이 고품격이 됐어요. 사람들이 신기해해요. 우리 부부가 앉아서 지구온난화 얘기하고, 민주당은 어떻고 새누리당은 어떻고 하고 있으니까. 부부가 늙을수록 대화가 없어지죠? 우린 안 그래요. 아마 형님도 그럴 거예요. 뭔가 변화를 느끼니까 그걸 붙잡는 거겠죠. 형님은 많이 맺혀 있어요. 저보다 훨씬 많이요. 그래서 저보다 더 진지하죠. 저는 사람들이 '공부만 한다'고 하면, '예, 제가 학교 다닐 때 부모님 말씀 안 듣고 논 게 후회가 되어서 그럽니다' 하고 넘어가는데요. 형님은 그렇게 하지 않아요. 정색하고 진지하게 이야기하죠. '뭐를 하고 싶다, 목표가 뭐다' 이렇게요. 하지만 우리가 공부하는 이유는 궁극적으론 같아요. 퀴즈는 우리가 아주 형편없는 인간은 아니라는 걸 보여준 기적 같은 것이죠. 형님, 얼른 우리말 달인에도 오릅시다!"

| 인디계의 '이분좌' 가수 이장혁 |

꿈앞에 선 단독자

2011년 10월 29일 홍대 앞 클럽 '빵'에서 공연중인 이장혁.

• • •

노래를 만들 수 있는 재능은 보잘것없는 자신에게
남겨진 극소량의 희망이며, 그것을 높이 사지 않으면
살 이유가 없다고, 장혁은 말한다.
장혁은 자신의 재능과 그를 통해 가능해진 꿈을
운명으로 받아들이며 꿈이 곧
자신의 삶이 될 수 있도록 다그친다.

꿈은 자주 꾸십니까

2004년, 장혁은 1집 음반을 냈고 결혼도 했다. 태국으로 신혼여행을 다녀온 뒤 감기에 걸렸다. 차갑고 건조한 데다 탁한 비행기 안의 공기에 몸이 민감하게 반응했던 것이다.

동작도서관에서 책을 빌린 뒤 병원에 가기 위해 장승배기 쪽에 있는 성대시장에 갔다. 병원을 찾으려 오래된 재래시장의 골목을 기웃거렸다. 얼마나 오래되었는지 알 수 없는 건물에 작은 의원이 있었다. 어린 시절부터 상도동에서 커온 장혁에게도 병원의 이름은 낯설었다. 병원은 마치 60년대 드라마의 세트장 같았다. 모든 것이 낡았고, 다른 손님은 없었다.

'아차, 이 병원은 아닌데……' 하며 발길을 돌리려던 차에 억척스럽게 생긴 중년의 간호사가 장혁을 발견하고 인사해왔다.

"어디가 불편해서 오셨어요?"

"목이 붓고 열이 나서……"

"네, 네. 알겠습니다."

간호사는 퉁명스러웠다. 간호사는 더 들을 필요 없다는 듯 말을 끊고 들어왔다. 그러고는 환자의 이름과 주소를 물었다. 병원에는 컴퓨터가 없었다. 간호사는 두꺼운 종이로 된 파일에 장혁의 차트를 만들어 끼워넣었다.

"진찰실로 들어가시면 됩니다."

장혁은 낡은 나무 미닫이문을 열고 진찰실로 들어갔다. 문은 서너 번 덜컹덜컹 마찰음을 내며 겨우 열렸다. 진찰실에 의사는 없었다. 환자가 워낙 없어 다른 방에서 쉬고 있는 모양이었다. 잠시 후 문이 열리자, 장혁은 또 한 번 놀랐다.

'설마 저 할아버지가……?' 의사는 몹시 늙은 분이었다. 당장 지팡이를 들려드리지 않으면 쓰러질 것 같은 그는 손과 다리를 심하게 떨었다. 일본만화 『드래곤볼』의 '무천도사'나 『멋지다 마사루』의 '교장' 같은, 전형적으로 희화화된 늙은이 캐릭터 그대로였다.

"어디가 아파서……?"

마치 〈개그콘서트〉에서 할아버지 역을 맡은 젊은 개그맨이 성대모사하는 것 같은 목소리였다. 멍하니 할아버지 의사를 쳐다보는 장혁에게 그는 재차 물었다.

"어디가 아프냐니까?"

"콧물감기가 심해서요."

증상 얘기를 듣기나 했을까, 의사는 갑자기 뜬금없는 질문을 했다.

"꿈은 많이 꾸나?"

"네? 꿈이요?"

"그래, 꿈 말이야."

'이런 걸 물어보는 병원도 있나…… 한의원에서도 이런 건 안 물어보지 않나……'

"네…… 매일 꾸는데요."

"입 벌려봐."

"아……"

"그만 닫고."

"쩝……"

의사는 아무도 알아볼 수 없을 것 같은 필체로 처방전을 쓰고는 주사실로 가라고 했다. 손이 두꺼운 간호사는 장혁의 양쪽 엉덩이에 한 대씩 두 대의 주사를 놓았다.

감기는 쉽게 떨어지지 않았다. 며칠 뒤 다시 병원에 갔다. 그런데…… 그 병원이, 그 자리에 없었다. 사라져버렸다. "여기 있던 병원, 어디로 이사를 갔느냐"고 묻는 장혁을 사람들은 이상한 눈으로 쳐다봤다.

중년의 간호사는 노의사의 오래된 정부情婦였다고 했다. 둘은 이루어지지 못할 사랑을 하다가 세상을 저주하며 끝내 약을 먹고 동반 자살했다는 것이다. 그후 건물은 철거되었는데, 이미 10년도 훨씬 전의 일이란다. 여기 병원에 대해 묻는 사람이 예전에도 있었다고, 몇몇 상인들이 수군댔다. 주사 두 대를 맞았던 장혁의 엉덩이는 아직 얼얼하다. 장혁은 패닉에 빠졌다. 그후 장혁은 다시는 꿈을 꿀 수 없었다.

장혁은 자전거를 타고 병원에서 집으로 돌아오는 길에 이런 상상을 했다.

이 이야기는 2004년 10월 18일에 장혁이 쓴 일기의 내용을 재구성한 것으로, 후반부는 그의 상상력으로 만들어낸 이야기이다.

웃어넘기고 말 얘기를 굳이 끄집어낸 건, 이날의 일기가 흥미로운 방식으로 장혁이라는 인물의 특징을 보여주고 있기 때문이다. 장혁은 실제로 정말 많은 꿈을 꾼다. 꿈 없이 잠을 자본 적이 없다. 잠에서 깬 뒤에도 꿈의 내용을 잊은 적이 없다. 늘 생생하게 기억한다.

잠은 깊이에 따라 얕은 잠과 깊은 잠으로 나뉜다. 일반적으로 얕은 잠을 잘 때 꿈을 꾼다. 사람들은 얕은 잠과 깊은 잠을 오가며 밤마다 꿈을 꾼다. 하지만 대부분의 꿈은 망각 속으로 사라진다. 내가 만난 어떤 사람도, 장혁을 제외하면, 매일같이 꾸는 꿈을 기억하진 못한다.

장혁의 예민한 감각은 숙면을 허락한 적이 없다. 얕은 잠에서 장혁의 영혼은 꿈속을 헤매고, 깨어난 뒤에도 결코 잊지 못한다. 본인에겐 매우 지치는 일이겠지만, 이런 장혁의 모습을 보면 예술을 하는 사람답다는 생각이 들었다.

깡마른 몸이 드러내는 육체적 허약함, 긴 속눈썹이 암시하는 깊은 감수성, 다문 입술에서 느껴지는 내성적인 성격…… 이런 장혁의 특성을 노의사도 직감적으로 읽어낸 것일까. '꿈은 많이 꾸느냐'는 질문은 예민하고 몽상적인 장혁의 기질에 대한 물음이었을 것이다. 의사는 예민함을 누그러뜨리고 무뎌지는 것이야말로 육체의 피곤함에서 벗어날 수 있는 근본적인 치료법이라고 말하고 싶었을지도 모른다. 장혁이 의사의 처방에 따르긴 힘들겠지만……

자신이 꾼 꿈을 정확하게 기억하는 능력 때문인지 장혁은 항상 엉뚱한 상상을 해댄다. 노인 의사와 중년 간호사에 관한 즉흥적인 상상 같은 것들. 이날의 기록처럼 그의 일기에는 장혁의 상상들이 가득 차 있다. 그런데 그 상상의 원천은 단지 수면중에 꾸는 꿈만은 아니다. 그는 음악을 많이 듣는 것 이상으로 다양한 책을 읽는다. 장혁은 좋아하는 책을 공짜로 빌려주는 공립도서관, 특히 어린 시절부터 자주 드나들었던 동작도서관을 좋아한다. 장혁 노래의 가사를 탄탄히 받쳐주는 건 오랫동안 이어온 독서의 힘일 것이다.

매일매일 꾸는 밤꿈과 독서는 그대로 장혁의 꿈을 위한 비옥한 토양이 된다. 그의 몽상은 싱어송라이터로서 그가 만든 모든 곡들에 독특한 색깔과 울림을 입히고 있다.

장혁은 이루고자 하는 자신의 꿈에 집중하는 삶을 살고 있다. 노래 잘하는 싱어송라이터로 지속적으로 사는 것. 그것이 장혁의 단순하고 선명한 꿈이다. 장혁은 자신의 재능을 저버리는 것은 죄라고 여긴다. 노래를 만들 수 있는 재능은 보잘것없는 자신에게 남겨진 극소량의 희망이며, 그것을 높이 사지 않으면 살 이유가 없다고, 장혁은 말한다. 그로 인해 장혁은 스스로를 다독이며 채찍질할 수 있었다. 장혁은 자신의 재능과 그를 통해 가능해진 꿈을 운명으로 받아들이며 꿈이 곧 자신의 삶이 될 수 있도록 다그친다.

장혁은 공식적인 기관에서 음악을 배운 적이 단 한 번도 없다. 자신의 재능과 취향을 정직하게, 그리고 꾸준히 따라왔을 뿐이다. 이 글에는 그 과정이 담겨 있다. 꿈을 많이 꾸느냐고 물었던 노의사를 만난 그곳, 성대시장에서 꿈을 꾸기 시작한 어린 장혁을 만날 수 있다.

재능을 발견한 그날 밤 교회 옥탑방

1986년 9월 추석을 하루 앞둔 수요일 밤이었다. 낮에 짧게 비가 내렸다. 추분을 며칠 앞두고 있는, 그래서 아직 열기가 식지 않은 축축한 대지는 밤이 되자 옅은 안개를 뿜어냈다. 달이 떴다. 보름 직전의 달빛은 안개에 부딪혀 여러 갈래로 눈부신 빛을 산란했다.

서울 상도동 언덕바지에는 판잣집이 다닥다닥 절하듯 줄지어 있었다. 판잣집들을 따라 언덕을 내려오면 평지엔 성대시장이 길게 펼쳐져 있었다. 노점과 상가 들은 촘촘했고 사람과 차는 언제나 붐볐다. 2000년대에 들어서 상도동 언덕에 아파트가 대거 들어섰지만 성대시장의 모습은 지금도 크게 변하지 않았다.

시장 한복판에 위치한 2층짜리 상가엔 교회가 세 들어 있었다. 서울의 밤을 장식하는 붉은 십자가 중 하나, 흔하디흔한 작은 개척교회였다.

구름이 간간이 달빛을 가리던 그날 밤은 어디론가 잠입하기에 좋았다. 중학교 2학년 장혁은 노래를 만들고 싶었다. 그러려면 기타가 필요했다. 기타는 2층 교회에 있었다. 장혁은 달빛을 등지고 2층 교회에 올랐다. 수요 예배가 끝난 뒤여서 어디에 기타가 놓여 있는지 정확히 기억할 수 있었다. 기타는 케이스에 담겨 벽 한쪽에 기대인 채 놓여 있었다. 불을 켤 수 없었으므로, 장혁은 기타를 들고 달빛이 비치는 창문 앞에 앉았다.

장혁은 며칠간 50센티미터 자로 코드 연습을 해왔다. 자의 두툼한 두께와 적당한 넓이는 기타의 기다란 목과 비슷했다. 매직으로 자에 여섯 개의 줄을 긋고는 그것을 기타줄이라고 상상하며 코드를 연습했다. 태권도를 배울 때 다리를 찢듯, 손가락 사이를 억지로 벌려 코드를 짚었다.

그해 7월 수련회에서 경험한 교회 형들의 기타 연주는 중학생 장혁의 일상을 바꿔놓았다. 한적한 시골로 수련회를 떠난 교회 중등부는 큰비를 만났다. 교사와 학생 들은 텐트를 걷고 동네로 내려가 민박을 했다. 모든 일정이 취소된 그날 저녁, 중학교 3학년 선배들은 기타를 잡고 노래를 불렀다. 형들은 가스펠 대신 가요를 불렀다. 〈찻잔〉이란 노래와 그 곡을 담아내는 기타에 어린 장혁은 빠져들었다. 산울림의 김창완이 곡을 만들고 노고지리가 부른 〈찻잔〉. 지금도 포크송의 명곡으로 7080세대들이 즐겨 듣는 노래. 장혁은 처음으로 기타를 연주하고 싶다고 생각했다. 〈찻잔〉의 가사대로 "너(기타)를 만지면 손끝이 따뜻해 온몸에 너의 열기가 퍼져"갈 것 같았다.

기타 줄은 보통 위에서부터 '미-라-레-솔-시-미'로 조율을 한다. 기타의 기다란 목은 여러 개의 칸으로 나뉘어 있는 걸 볼 수 있다. 그 한 칸이 반음이다. 손가락이 그 칸 위를 움직일 때마다 음이 변한다. 그런 음의 변화 속에 수없이 많은 명곡이 탄생하는 것이다. 장혁은 그것이 경이로웠다.

기타의 기본 코드는 C. 도-미-솔 화음. 초등학교 때부터 배운 으뜸화음이 바로 C코드……

장혁은 무작정 코드를 외우지 않았다. 코드에 담긴 의미를 파악하고 '내가 짚는 코드가 어떤 음들을 담고 있는지' 생각했다. 형들이 〈로망스〉를 칠 때, 장혁은 자기도 저런 걸 만들 수 있을 거라고 생각했다.

'누군가 음을 잘 배열해 곡을 만들었다면 나도 그렇게 할 수 있지 않을까……'

80~90년대에 청소년기를 거친 남자라면 한 번쯤 기타에 빠져봤을 것이다. 하지만 대부분 장혁처럼 적극적으로 코드를 이해하려 하진 않았을 것이다. 정해진 코드를 외우는 것. 그건 음의 조합이라기보다는 손가락의 특정한 배열 같은 것이었다. 장혁에게는 남들과 다른 심미안이 있었다. 누가 가르쳐주지 않아도 손가락의 배열을 음의 조합으로 받아들일 수 있는, 코드라는 형식의 한 꺼풀을 벗기고 들어가 음악의 원리로 나아갈 수 있는 그 무엇, 그 어떤 힘.

교회로 몰래 들어가 기타 획득에 성공한 장혁은 머릿속에 떠오른 코드의 흐름을 기타로 쳐내려갔다. 그리고 생각나는 멜로디를 내뱉었다. 코드와 어울리는 음들. 산재해 있는 음이 아니라 어떤 음악으로 완성되어가는 음들. 일정한 리듬까지 부여된. 그렇게 어린 장혁은 놀라운 속도로 곡을 만들고 있었다.

라, 미–레, 도–시, 도–솔, 미–라, 미–레, 도–시, 도– –, 시–라
미–레, 도–시, 도–솔, 미–도, 미–레, 도–시, 라– –, – –라
라– –, 라 솔 파, 미–레, 도–라, 라–라, 솔–파, 미– –, – –라
라– –, 라 솔 파, 미–레, 도–라, 라–라, 솔# 라 시, 시– –, – –라
미–레, 도–시, 도–솔, 미–라, 미–레, 도–시, 도– –, 시–라
미–레, 도–시, 도–솔, 미–도, 미–레, 도–시, 라– –

달빛 아래에서 하나의 곡이 완성되었다. 4분의 3박자. 왈츠처럼 소년의 음악은 달빛과 꽤나 잘 어울렸다. 한번 꼬리를 물기 시작한 악상은 쉽게 끊어지지 않았다. 방금 창조해낸 음악을 잊지 않기 위해 장혁은 교회를 뒤져 찾은 종이에 악보를 그렸다. 자신의 입을 통해 나온 멜로디가 정확히 어떤 음인지 기타를 통해 확인한 뒤 옮겨 적었다. 사람들은 대부분 추석에 뜨는 보름달이 더 밝을 거라고 생각하지만, 실은 보름 직전의 달이 더 밝다. 추석이 아니라, 그 전날 밤의 달이 진짜 절정이다. 절정의 달빛에 비친, 기타를 잡고 있는 장혁의 실루엣은 선명했다. 음악을 연주하는 장혁의 모습은 마치 그림자극 같았다.

인디 음악계를 대표하는 싱어송라이터 장혁의 첫 곡은 그렇게 만들

어졌다. 이 첫 곡에는 가사가 붙지 않았다. 제목도 없다. 지금 다시 들으면 유치하게 느껴지기만 하는 그 곡. 옮겨 적은 악보는 잃어버렸다. 하지만 장혁은 단 한 번도 그 멜로디를 잊은 적이 없다.

그러나 이렇게 첫 곡을 작곡한 어린 장혁이 가지고 있던 것은 '50센티미터짜리 플라스틱 자'뿐이었다. 플라스틱 자에 여섯 개의 줄을 긋는 순간, 그것은 더이상 자가 아니었다. 매직으로 그은 줄은 저마다의 음을 가지고 있었고 장혁은 그것을 통해 멜로디를 상상할 수 있었다. 음에 대한 상상, 그것은 기어코 장혁을 진짜 기타가 있는 곳으로 이끌었다. 그날은 장혁이 재능을 발견한 밤이었다.

1994년 7월 교회에서 기타를 치고 있는 모습.

• • •

어린 장혁이 가지고 있던 것은,
'50센티미터짜리 플라스틱 자'뿐이었다.
플라스틱 자에 여섯 개의 줄을 긋는 순간,
그것은 더이상 자가 아니었다.
매직으로 그은 줄은 저마다의 음을 가지고 있었고
장혁은 그것을 통해 멜로디를 상상할 수 있었다.

고교생 장혁의 문예반

1988년 장혁은 고등학생이 되었다. 학기 초만 되면 동아리들 사이에 신입생 쟁탈전이 벌어지는 것이 당시 고등학교의 흔한 풍경이었다. 막 2학년에 올라간 선배들은 1학년 후배가 필요했다. 선배들은 팀을 만들어 1학년 교실을 돌았다. 문예반 선배들도 장혁의 교실에 들어와 동아리 홍보를 했다. 교탁 앞에 선 선배 한 명이 문예반을 설명했다.

"우리 동아리는 시를 쓴다. 위대한 작가에 대해 얘기하고……"

반 전체가 봄처럼 나른했다.

"주말마다 여고와 연합해서 시를 쓰는데, 우리 학교는……"

'여고'라는 말에, 열여섯 살 사내 녀석들의 춘기春氣는 간질간질했다.

"가을엔 시를 모아 연극을 하는데……"

연극! 장혁은 이 말에 꿈틀했다. 장혁은 늘 언젠가 무대에 서고 싶다고 생각해왔다. 그가 진학한 고등학교에는 연극반이 없었다. 연극을 한다는 문예반 선배의 말에 장혁은 그 동아리를 선택했다.

동아리 활동은 고달팠다. 매일 밤 아홉시까지 남아 시를 써야 했다. 의무적으로 쓴 시는 선배들에 의해 분해된 뒤 재조립되곤 했다. 선배들의 감독이 엄해 이른바 땡땡이는 상상하기 힘들었다. 장혁은 동아리에서 1년 차이의 무서움을 알게 되었다. 예술에 있어서도 강압적 교육은 어느 정도 효과가 있었다. 장혁은 고교 시절 시작詩作을 통해 압축과 리듬을 배웠다. 단어와 단어가 부딪쳤을 때 만들어지는 이미지는 묘하고 신기했다. 고등학교 2학년 가을 시화전에 출품한 〈기도〉라는 시는 인근 학교에까지 알려졌다. 예수에 관한 시였다. 신으로서의 예수가 아닌 인간으로서의 예수. 전지전능하여 군림하는 신이 아닌, 낮은 곳으로 내려온 행동가로서의 예수. 장혁의 시는 약한 자들과 함께하는 예수의 모습을 구체적인 장면으로 보여줬다. 문예반에서 배운 것은 결국 작사의 기본이 되었다.

음악을 만드는 건 시를 짓는 것과 같다. 언제나 출발은 머릿속 관념이다. 관념으로 있던 것을 글로 옮기고, 생각으로만 존재하던 멜로디를 글에 입힌다. 장혁은 이것을 '구체화'라고 표현한다. 구체화 과정은 결코 단번에 이뤄지지 않는다. 인간의 기억력은 완벽하지 않고, 정직하지도 않다. 시간이 지나면 잊히고 변질된다. 그래서 장혁은 생각나는 것을 '즉각 메모'한다. 장혁은 문예반을 거치며 메모하는 습관을 들였다. 사소한 것까지 뭐든 적고 봤다. 그건 창작의 중요한 원재료가 되었다.

1989년 고교 문예반 시절.

• • •

음악을 만드는 건 시를 짓는 것과 같다.
언제나 출발은 머릿속 관념이다.
관념으로 있던 것을 글로 옮기고,
생각으로만 존재하던 멜로디를 글에 입힌다.
장혁은 이것을 '구체화'라고 표현한다.
구체화 과정은 결코 단번에 이뤄지지 않는다.
그래서 장혁은 생각나는 것을 '즉각 메모'한다.

문예반 장혁은 시를 쓰며 몇 가지 원칙을 세웠다.

1. 비슷한 의미를 담은 두 가지 단어가 있을 때, 어떤 것이 입에 잘 붙고 의미 전달에 용이한지 고민한다.
2. 어감語感을 중요시한다.
3. 너무 생소하거나 어려운 단어에 집착하지 않는다.
4. 문어체 표현은 가급적 피한다.
5. 영어를 섞어 쓰지 않는다.

이는 곡을 만드는 그의 원칙과 비슷하다. 2집의 〈청춘〉이라는 곡을 만드는 과정에는 이런 원칙이 잘 녹아 있다.

"끝도 없이 달리고만 싶었어. (…) 망설임도 없이 벼랑으로 내달리는 들소떼처럼."

장혁은 가슴이 터지도록 달리는 모습을 표현하고 싶었다. '말의 맛'을 살리고 싶었다. 문득 거침없이 달리는 들소떼가 떠올랐다. 그래서 '돌진하는 들소떼'라고 가사를 적었다. '돌진하는'이라는 표현이 만들어내는 이미지가 거칠고 강해서 정말 마음에 들었다. 버리고 싶지 않았다. 그런데 그 표현에 집착하면서 작업이 정체되었다. 뭔가 탁탁 걸리는 느낌이랄까, 흐름이 자연스럽지 않았다. 가사가 멜로디에도 잘 묻어나지 않았다. 몇 날을 고민하다 장혁은 가장 애착을 가진 '돌진'이라는 단어를 버렸다. 그리고 '달리는'이라는 쉬운 단어를 택했다. 박자에 맞추고 어감을 살리기 위해 '내'라는 접두어를 붙여 '내달리는'이라고 표현했다. 버리는 순간, 가사는 자연스러워졌고 노래 전체에 생기가 돌았다.

창작에서는 버리는 게 중요하다는 것을, 버리는 것이 곧 창작이 될 수 있다는 것을, 장혁은 그렇게 터득했다.

이창동 감독도 이와 비슷한 경험을 얘기한 적이 있다. 그는 영화 〈밀양〉을 찍으면서 어떤 신scene에 집착한다. 이신애(전도연 분)가 자살하기 위해 물에 뛰어드는 모습을 담은 신. 전도연은 이 연기를 위해 속옷만 입은 채 차가운 물속에서 절규한다. 한계를 넘은 추위와 격한 감정으로 전도연의 입술은 새파래지고, 결국엔 거의 실신하기에 이른다. 당연히 배우는 그 장면을 이 영화의 클라이맥스라고 생각했다. 그런데 편집 과정에서 이 감독은 고민 끝에 이 신을 삭제한다. 그 장면을 버리는 것이 영화의 대부분을 버리는 것이라고 생각한 적도 있었지만, 감독은 용기를 냈다. 전도연은 감독의 결정을 한동안 받아들이기 힘들었다고 한다. 하지만 버리는 순간 영화는 자연스러워지고 막힌 것이 뚫리기 시작했다.

집착하지 않는다. 이것은 누구에게나 필요한 덕목일 것이다. 하지만 모두가 그것을 자신의 덕목으로 만들지는 못하는 것 같다. 그 차이는 어디서 오는 걸까.

전염

장혁의 동생 정훈도 인디 뮤지션으로 유명하다. 그룹 한음파의 보컬이고 대부분의 곡을 직접 쓴다. 마두금이라는 몽골 악기의 연주자로도 널리 알려져 있다. 마두금은 우리의 해금과 비슷하다.

고교 시절에 장혁은 노래로 유명했다. 전인권과 김종서의 모창을 기가 막히게 해냈고, 로커들이 부르는 높은 음역대의 노래를 어렵지 않게 소화했다. 어린 장혁은 아침 장닭처럼 거침없이 높은 음을 뽑아냈다. 장혁이 록을 부르면 교실은 늘 조용해졌다. 포크송에 어울리는 현재 장혁의 목소리와는 많이 다른 음색이었다.

90년대, 십 대를 대변하는 음악은 록과 헤비메탈이었다. 그룹 메탈리카의 쇳소리와 일렉트릭 기타 연주, 잉베이 맘스틴의 광기 어린 기타

속주…… 빠르게 친다는 것, 그건 십 대 사내아이들의 로망이었다. 당시 어리고 젊은 밴드의 메인은 언제나 기타리스트였다. 그 나이 또래의 연주 실력은 싸움 실력만큼이나 많은 신화를 생산했다. 그렇기에 밴드의 빈곤은 언제나 보컬에서 비롯되었다. 고교 밴드들은 '연주 실력을 충분히 자랑할 수 있는 곡'을 소화해줄 보컬에 목말라 있었고, 장혁은 적임자였다.

당시 중학생이던 정훈은 형이 보컬로 활동하는 밴드의 공연을 보러 갔다. 이때 정훈을 단번에 사로잡은 것은 역시 기타였다. 손가락이 보이지 않을 정도로 빠르게 연주하는 기타리스트의 모습에 정훈은 큰 충격을 받았다.

장혁 음악의 모태가 〈찻잔〉이란 포크송이라면, 정훈에게는 록이 음악의 고향인 듯하다. 20년이 지난 지금 형은 포크송에 가까운 음악을 하고 있고, 동생은 록에 가까운 음악을 하고 있다.

고교 시절까지 형과 동생은 같은 방을 썼다. 형의 책상에는 레드 제플린, 딥 퍼플 같은 레전드의 음반이 있었고, 동생은 그걸 열심히 따라 들었다. 어깨너머로 수없이 반복해 들으면서 동생도 음악에 다가가기 시작했다. 문예반 형의 책상에는 늘 시가 있었다. 동생은 형의 노트를 들고 시를 읽곤 했다. 책상에는 복싱 선수들이 주먹을 테이핑하는 붕대도 있었다.

장혁은 중학교까지 공부를 잘했다. 동생 정훈도 '공부 잘하는 학생'으로 형을 기억한다. 하지만 중학교 2학년 때 아버지가 돌연사한 뒤 장혁의 삶은 크게 바뀌었다. 일을 마치고 집에 돌아와 어린 장혁을 높이 들어 올리던 아버지의 강한 팔…… 그런 견고한 구심점이 사라진 뒤 장혁은 겉돌기 시작했다. 공부와 멀리 떨어진 것들에 관심을 가지면서 성적은 뒤로뒤로 밀려났다. 대학 진학은 돈 낭비일 뿐이라고 스스로 규정해버렸다. 복싱은 아버지의 부재를 채우기 위한 자기방어, 몸부림이었을 것이고.

장혁이 처음으로 음악을 작곡한 중학교 2학년 어느 초가을 날은 아버지가 세상을 뜬 직후였다. 아버지가 세상에 존재하지 않게 되자, 어린 장혁은 자신의 재능을 밖으로 표출하기 시작했다. 묘하게 겹치는 시점. 그렇게 '결핍과 자유'가 한 덩어리로 장혁의 인생에 스며들기 시작했다.

졸업을 하고 스무 살이 된 어느 날 장혁은 기타를 메고 라이브 카페가 있던 신촌을 돌아다녔다. 그곳에서 노래를 부르기 위해서였다. 하지만 몇 시간 동안 거리를 돌아다니기만 했을 뿐 어떤 카페에도 들어가지 못했다. 음악을 좋아했지만 그것으로 무엇을 해야 할지 알지 못했다. 그저 자기 방에서 언제 어떻게 쓰일지 모를 곡을 만들었다. 대학도 가지 않은 장혁은 어머니에게 더이상 손 벌리기 싫어, 여기저기 파트타임 일거리를 찾아다녔다. 함께 음악을 하고 시 쓰던 형들과 친구들은 시와 음악과는 상관없는 학과로 진학했다.

어떤 것도 선택하지 못한 장혁은 어정쩡하게 이십 대를 시작했다.

> 내가 알던 형들은 하나둘 날개를 접고
> 아니라던 곳으로 조금씩 스며들었지
> 난 아직 고갤 흔들며
> 형들이 찾으려 했던 그 무언가를 찾아

낯선 길로 나섰어

—〈스무살〉 중에서(이장혁 1집 수록)

1992년 영등포역 화장실은 더러웠다.

장혁의 아르바이트는 화장실을 청소하는 일이었다. 청소는 저녁 여섯시에 시작해서 다음 날 새벽 다섯시에 끝났다. 화장실에 대해 책임질 게 없는 이들이 거쳐 가는 영등포역의 그곳은 늘 역겨운 것으로 가득했다. 열심히 리필해주는 카페의 커피 잔처럼, 변기는 금세 무엇인가로 가득 찼다. 일은 더러웠지만 돈은 조금 더 되었다.

장혁의 파트너들은 쉰에서 예순 살 정도의 아줌마들이었다. 아줌마들은 역겨운 것을 아무렇지도 않아했다. 시커먼 남자들이 소변을 보고 있을 때도 거리낌 없이 그들의 발밑을 닦아대는 아줌마들은 유쾌해 보이기까지 했다.

새벽 교대시간이 가까워지면 대합실의 한쪽 셔터를 완전히 내리고 대청소를 했다. 밤교대 아르바이트생에겐 마무리 일이지만, 그 청소는 하루의 시작을 위한 것이었다. 지방에서 올라오는 기차들이 운집하는 영등포역엔 많은 사람이 모였다 흩어지기를 반복했다. 그날은, 아마 새벽 네시쯤이었을 것이다. 지방에서 올라온 밤기차가 영등포역에 닿았다. 사람들이 물밀듯 대합실 쪽으로 밀려왔다. 대합실 한쪽은 셔터가 내려져 있었고 화장실은 청소중이었다. 막 상경한 어떤 이들은 그 이른 시간에 갈 데가 없었다. 그래서 대합실에 눌러앉아 몇 시간 동안 졸다가 날이 밝으면 움직였다.

대합실의 절반을 가로질러 내려진 셔터에는 안내문이 적혀 있었다.

'불편을 드려 제송합니다. 조금만 차마주세요.'

열차에서 막 내린 삼십 대 후반의 남자가 셔터 쪽으로 걸어와 문구를 보더니 한쪽 입꼬리를 올리며 피식 웃었다. 그는 셔터 밑으로 기어들어왔다. 그러고는 긴 의자에 누워버렸다. 그대로 잘 태세였다.

바른말 잘하기로 영등포역에서 알아주는 정림 아줌마가 나섰다.

“저기…… 여그 들어오면 안 되는디요. 청소중이라……”

“여기가 아줌마 거야? 아줌마 거냐고?”

“아따, 청소하는 거 안 보이요.”

“에이 씨…… 어쩌라고!”

자기보다 스무 살은 어릴 것 같은 사내의 반말에, 아줌마의 이마엔 핏대가 섰다.

“이런 잡것이. 너 몇 살이여? 에미 애비도 없냐!”

그 광경을 지켜보던 아줌마들 너덧 명이 싸움에 동참했다.

“니들 마음대로 하라”며, 사내는 벌러덩 누워버렸다.

정림 아줌마는 씩씩거리며 화장실로 들어가버렸다. 그런데 들어가나 싶더니 대걸레를 들고 나와 누워 있는 사내의 얼굴을 문질러버렸다. 사내는 벌떡 일어나 아줌마를 잡고 내동댕이쳤다. 자신의 얼굴을 문지른 게 화장실 대걸레라는 걸 알고는 침과 욕설을 내뱉었다.

“어어……” 이러며 지켜보던 장혁이 뛰어들어 사내의 멱살을 움켜잡았다. 사내들 간의 격한 드잡이가 이어졌다. 곧 경찰이 출동했다. 눈치 빠른 길녀 아줌마가 신고를 한 모양이었다. 영등포엔 험한 사내들이 많아 경찰이 자주 필요했다.

파출소에 가서도 아줌마들과 사내는 계속 싸웠다. 장혁도 욕을 하며 삿대질을 했다. 영등포 근처의 파출소는 시끄러웠다. 조용히 하라는 나이 지긋한 경찰의 고함도 소용이 없었다. 그렇게 날이 밝았다. 그날 아침 파출소를 나오며 아줌마들은 장혁에게, 국밥이나 같이 먹고 가자고 했다.

영등포역은 노숙자들 천지였다. 당시 노숙자들은 요즘과 많이 달랐다. 앵벌이를 하는 어린애들이 노숙자의 상당수를 차지했다. 열 살이 안 된 애들부터 열댓 살 정도의 아이들로 구성된 앵벌이, 그 아이들을 등쳐 먹는 노숙자, 소매치기를 하는 노숙자, 시골에서 갓 올라온 여성을 노리는 인신매매범들까지, 그 구성은 참 다양하기도 했다. 1997년 외환위기를 거치면서 중년층 남성이 노숙자의 절대 다수를 차지하게 된다. 이후 노숙자가 가장 많이 몰리는 곳도 서울역이 되었다.

화장실 청소 아줌마들은 영등포역 네트워크의 중심이었다. 중년의 아줌마들은 천하무적이었다. 험한 인생을 살아온 그녀들의 입은 걸었지만, 마음은 그렇지 않았다. 앵벌이들은 벌어온 돈으로 봉지만두를 사서 아줌마들과 자주 나눠 먹었다. 아줌마들은 작은 휴게실에 앵벌이들을 들여 재우기도 했다. 지난밤 아줌마들과 진한 동지애를 나눈 장혁도 자연스레 앵벌이들과 가까워졌다.

지복이는 장혁을 잘 따르는 앵벌이였다. 열 살쯤 먹은 아이였다.

"형 뭐 해줄까. 만두 사줄까?"

"어? 그, 그러든가."

"잠깐만 기다려, 휙 돌고 올게."

지복이는 개찰구를 기어 들어가 전철에 올랐다. 전철에 오르면 지복이는 완전히 다른 사람이 된다. 눈은 촉촉해지고 다리도 절룩거린다. 두 시간쯤 지났을까. 지복이는 1,000원짜리와 100원짜리를 잔뜩 들고 나타났다. 2만 원이 넘었다. 장혁의 일당보다 많은 돈.

지복이에게선 늘 본드 냄새가 났다. 녀석은 본드 부는 걸 지독히 즐겼다. 지복이의 눈은 늘 초점이 없었다. 지복이란 제 이름도 제대로 발음하지 못해 '기, 기복이'라고 하곤 했다.

지복이가 만두를 먹다 갑자기 소리쳤다.

"누나다. 천사 누나!"

천사? 장혁은 지복이가 가리키는 쪽을 바라봤다.

노란색으로 물들인 머리. 물들인 지 한참 됐는지 두피부터 절반은 까맣고 나머지만 노란 머리. 올이 듬성듬성 풀린 붉은색 스웨터. 마른 다리에 달라붙은 오래된 청바지.

"지복이 얼굴 더러운 거 봐라. 누나가 좀 씻겨줘야겠다."

그녀는 주머니에서 휴지를 꺼내 지복이의 코에 갖다 대더니 "흥" 하고 코를 풀라고 했다. "흥" 하고 코를 풀어낸 지복이는 뒷머리를 긁으며 쑥스러워했다. 그녀는 지복이를 쑥스러워할 줄 아는, 낯선 아이로 만들어버렸다.

스무서너 살 정도 되어 보이는 그녀는 앵벌이들의 보호자 같은 존재였다. 앵벌이들은 그녀를 천사 누나라고 불렀다. 어디서 왔는지 아무도 정확히 몰랐다. 누구도 그녀의 이름을 알지 못했다. 어렸을 때 부자 노인에게 시집갔다 도망 나와 전국을 전전하다 노숙자가 된 여자라고, 사람들은 이야기했다. 죄도 없는데 감옥에 온 영화 속 주인공 같은 존재. 천사 누나가 이쪽으로 걸어왔다. 큰 눈. 쌍꺼풀 진 깊고 큰 눈. 착해 보이는 큰 눈을 가진 젊은 여자. 그녀의 등장은 영등포역이 숨겨놓은 반전이었다.

영등포역에서 신길동 쪽으로 철길을 넘는 육교가 있었다. 그곳은 앵벌이들과 천사 누나의 무대였다. 겨울이 지나가고 봄이 다가오고 있었다. 장혁의 등장은 천사 누나에게도 영등포역의 반전이었을지 모른다. 두 사람은 서로에게 끌렸고, 끌리는 대로 만났다.

1992년 봄 프랑스 영화 〈퐁네프의 연인들〉이 개봉했다. 센 강의 아홉번째 다리인 퐁네프에서 만난 노숙자 연인의 사랑 이야기. 장혁은 그 영화 속으로 들어가버렸다. 1호선 철로를 가로지르는, 인적인 뜸한 육교는 장혁과 천사 누나의 퐁네프였다. 장혁의 첫사랑이었다.

어둡고 축축한 그 방 안 그녀는 옷을 벗었고
차가운 달빛 아래 그녀는 하얗게 빛났어
나는 그녀 속으로 빠져들고 있었고
창밖이 밝아왔을 때 난 모든 걸 알았지
그녀가 예뻤냐고, 그녀의 이름이 뭐냐고
가끔 넌 내게 묻지만……
—〈스무살〉 중에서

도피

여느 때처럼 장혁은 저녁 여섯시에 출근해 화장실 청소를 하고 있었다. 긴 머리를 대충 묶고 해진 티셔츠와 검은색 긴 치마를 입은 어린 여학생이 대합실로 들어왔다. 큰 가방을 두 손으로 꼭 안고 있었다. 시골에서 방금 올라온 학생이 분명했다. 학생은 갈 데가 없는지 한동안 대합실 의자에 앉아 있었다. 가죽잠바를 입은 사십 대 사내가 학생을 지켜보고 있었다. 낯익은 얼굴. 이 바닥에서 힘깨나 쓰는 노숙자 무리 중 한 명이었다.

인신매매를 해 먹고사는 질 나쁜 놈이라고, 아줌마들은 손가락질했다.

사내는 학생에게 다가가 말을 걸었다. 그러고는 대합실에 있는 식당에서 국수를 사 먹였다. 김밥 한 줄을 집어 여학생에게 알루미늄포일을 까주기도 했다. 여학생이 국수를 먹는 동안 사내는 껌을 씹으며 무언가 계속 이야기하고 있었다. 여학생은 음식을 남기지 않고 모두 먹었다. 여학생이 국수를 다 먹자, 이번에는 커피를 뽑아줬다. 사내는 여학생을 끌고 이리저리 다녔다.

"불쌍하네. 또 걸린 거 아녀. 하긴 갈 데도 없는 모양이구만. 도망쳐도 언젠가 누구한테 또 걸릴 테지."

정림 아줌마가 말했다.

씨×. 장혁의 입에서 욕이 튀어나왔다.

"아줌마, 아줌마. 우리 보고만 있지 말고 재 빼줘요. 응?"

아줌마들의 반응은 뜨뜻미지근했다.

"아이 씨, 인신매매를 어떻게 보고만 있어요. 저대로 끌려가면 성폭행당하고 몸 파는 거 아냐."

"그려, 그려. 그럼 어떻게 하면 쓰는디?"

장혁은 같이 일하는 아르바이트생 두 명과 아줌마 세 명을 불러 모았다. 그러고는 사태의 심각성에 대해 매우 진중하게 설명했다.

"그래서, 뭐 어쩌자고? 칼 맞고 싶어?"

"힘쓰는 건 내가 할 테니까, 옆에만 있어줘."

아줌마들은 장혁과 아르바이트생들이 여학생을 빼 오면 휴게실에 숨겨주는 역할을 맡았다. 장혁은 사내를 막아서기로 했다. 다른 아르바이트생들은 장혁을 돕기로 했다. 사내는 여유롭게 행동하며 잠시 여학생과 멀찍이 떨어져 있었다. 기회였다. 장혁은 여학생의 손을 잡아끌었다.

"저 아저씨 따라가면 너 끝나는 거야. 인신매매 알아?"

어안이 벙벙한 표정의 여학생은 재빨리 아줌마들에게 넘겨졌다. 가죽잠바를 입은 사내 앞에 남은 건 장혁뿐이었다.

“너 뭐야? 이 새끼야.”

“뭐? 그래서? 어쩌라고?”

장혁은 더 크게 소리치며 대걸레를 들고 가죽잠바에게 달려들었다. 아르바이트생 두 명이 뛰어와 장혁의 뒤에 섰다.

“저리 안 비켜! 어디다 빼돌렸어? 다 만들어놨는데!”

“만들긴 뭘 만들어. 쓰레기 같은 놈아!”

“죽으려고 환장했구만.”

가죽잠바는 주먹을 쥐었다. 하지만 그날따라 같이 몰려다니던 패거리가 곁에 없었다. 수에서 밀린 가죽잠바는 물러났다. 멀리서 지켜보던 앵벌이들이 엄지손가락을 세워 보였다.

무용담을 늘어놓을 만한 일이지만, 장혁은 그날의 기억이 유쾌하지 않다. 가죽잠바는 영등포 노숙자 세계의 현실이었다. 온갖 추잡한 범죄와 착취가 적나라하게 이뤄지는 그곳. 그런 것까지 퐁네프로 받아들일 수는 없었다. 영등포역은 장혁의 ‘부랑자 로망’을 충족시키면서 동시에 그 로망을 깨고 있었다.

어느 날 아줌마들이 지복이를 보며 깔깔댔다.

“지복이 이제 보니까, 사탕이 없네. 깔깔.”

사탕이 없다니, 그게 무슨 말일까. 아줌마들은 웃는 이유를 말해주지 않았다.

“지복아, 너 사탕이 없냐? 사탕 먹고 싶냐?”

“따라와.”

지복이는 진지하게 말하곤 장혁을 휴게실로 데려갔다. 지복이는 망설임 없이 바지를 내렸다. 지복이에겐 있어야 할 것이 없었다. 그것은 사내애의 것도 계집애의 것도 아니었다. 지복이의 얼굴엔 표정이 없었다. 지복이만 남고 그 외의 배경은 페이드아웃fade-out되어버린 느낌. 그로테스크, 기괴함. 장혁은 심한 이물감을 느꼈다. 약을 삼켰는데 약이 분해되지 않고 배 속을 맴도는 느낌. 꿈에서 깨어나기 직전의 그런 느낌.

영등포역 쪽방촌은 서울에서도 그 규모가 가장 큰 축에 속했다. 노숙자들은 돈을 모으면 몇 달씩 쪽방촌에 기거하기도 했다. 노숙자의 세계는 정글 같아서, 힘 있는 남자들은 여자를 원했고, 여자와 어린 앵벌이들은 지켜줄 남자가 필요했다. 그곳에선 이상한 동거가 판쳤다. 어린 여자 앵벌이들은 쪽방촌을 자주 드나들었다. 힘 있는 남자들이 잡아놓은 방. 성적 노리개…… 알면 알수록 견디기 힘들었다. 메스꺼웠다. 구역질이 났다. 영등포역 화장실도 더이상은 못 들어갈 정도로, 갑자기 비위가 약해진 것 같았다.

천사 누나도 영등포의 일부일 뿐이라고…… 영등포의 반전이 아니라 일부라고…… 장혁의 생각이 거기에 이르자 그곳은 더이상 퐁네프가 아니었다. 장혁은 영등포역 청소일을 접기로 했다. 처음부터 잘못 끼워진 단추라고. 내 사랑의 첫 단추가 이래선 안 된다고!

방 안에 칩거하다시피 하며 며칠을 보냈다. 집으로 전화가 한 통 걸려왔다. 낯선 남자의 목소리.

“잠시만요. 바꿔줄게요.”

남자의 목소리 뒤로 천사 누나가 등장했다. 그녀가 장혁의 집에 전화하는 방식.

“우리 만나자. 나와라, 응?”

“……”

“여보세요. 장혁아?”

“난 다신 나가고 싶지 않아.”

“……”

짧은 침묵 뒤에 더 짧은 욕 한마디가 날카롭게 들렸다. 전화는 거칠게 끊겼다. 다시는 전화가 걸려오지 않았다. 장혁은 그렇게 영등포에서 도망쳤다.

그때까지만 해도 장혁의 노래에는 가사가 제대로 달려 있지 않았다. 모두가 미완성이었다. 천사 누나를 떠난 뒤 장혁은 처음으로 자신의 위치를 돌아봤다. 방향성 없는 생활을 끝내기 위해 장혁은 노래를 완성해야 했다. 1986년의 가을처럼, 장혁은 밤에 교회 건물로 들어갔다.

교회 문은 잠겨 있었지만 옥탑방은 열려 있었다. 옥탑방은 교회의 식당으로 쓰였다. 장혁은 더블데크 카세트와 교회 기타를 들고 옥탑방으로 들어갔다. 주머니에서 수첩을 꺼냈다.

‘인생은 마치 거대한 악마의 식도를 지나……’

메모는 염세적이었다. 그건 회색빛인 이십 대에 만들어진 그에 관한 기록이었을 것이다. 그걸 바탕으로 가사를 써내려갔다. ‘추락’이라고 제목을 붙였다. 그리고 가사에 멜로디를 입혔다. 멜로디를 입힌 곡을 더블데크에 녹음했다.

'나 이제 떨어지네……'

반어反語였을지 모른다. 이젠 올라가고 싶다는. 〈추락〉은 그가 가사를 붙여 완성한 첫 곡이었다.

밤새 노래를 만들고 내려오는데 새벽기도에 참석하기 위해 교회로 오는 신도들을 만났다. 그들은 교회에 오래 다닌 장혁을 알아봤다. 파트타임 알바나 하며 어머니에게 빌붙어 사는, 정신 못 차린 철부지라고, 자신을 손가락질하는 것 같았다. 장혁은 인사를 하는 대신 고개를 푹 숙였다. 긴 앞머리에 장혁의 눈이 가려졌다. 하지만 사람들은 이십대 남자가 머리를 기른다는 사실로만 장혁의 됨됨이를 파악했다. 교인들 역시 장혁을 아는 척하지 않았다.

장혁은 자신의 곡이 녹음된 테이프를 워크맨에 넣고 다니며 들었다. 그리고 조금씩 수정해갔다. 편곡 같은 것이었다. 녹음하고 끊임없이 듣고 수없이 수정하고 다시 녹음하면서 자신이 원하는 곡으로 완성해가는 것. 상상 속에만 있던 음악이 실제로 모습을 드러내는 순간을 만나는 것. 그건 누구도 가르쳐주지 않은, 장혁이 스스로 깨친 창작법이다. 그렇게 곡이 하나씩 정리되었다. 책상에 널브러진 책처럼 산만했던 곡들이 정리되면서, 장혁의 생활도 조금씩 정리되어갔다. 그는 어떤 가능성을 자각하기 시작했다.

장혁은 청량리에 있는 정신병원에서 자원봉사를 시작했다. 할 줄 아는 게 노래니까, 장혁은 레크리에이션 비슷한 걸 맡았다. 노래를 틀어주거나 그들이 노래를 부를 수 있도록 노래방 기계를 작동하는 단순한 일이었다. 정신병원에 수용된 이들은 대부분 행려자였다. 정부는 넘쳐나는 행려자를 재활시키기 위해 프로그램을 진행했다. 6~8개월간 정신과 육체를 치료한 뒤 내보내는 방식이었다. 완치된 뒤 내보내는 게 아니라, 정해진 시간이 지나면 내보내는 방식이었다. 행려자는 그렇게 거리와 병원을 순환하고 있었다.

병원 맨 위층 식당에 노래방 기계가 있었다. 기계는 작은 DJ박스 같은 공간에 들어 있었다. 기계 앞에는 의자가 있었다. 환자들이 부르고 싶은 노래를 쪽지에 적어 의자에 앉은 장혁에게 건넸다. 장혁은 음악을 틀어주고 기타도 쳤다.

유독 노래 부르기에 열심인 행려자가 있었다. 노래방 기계 옆에서 살다시피 했다. 여자였다. 나이를 가늠하기 힘들었다. 마르다 못해 뼈만 앙상하게 남아 있었다. 머리가 길어 얼굴을 많이 가렸다.

여자는 트로트곡 〈애모〉를 불렀다. 간드러진 목소리, 선명한 바이브레이션…… 그리고 비음이 섞인 애교 있는 음색…… 비음? 비음이 섞인 〈애모〉?

몇 년 전 영등포 육교에서 〈애모〉를 들은 적이 있었다. 노래를 불렀던 사람의 목소리엔 귀여운 비음이 섞여 있었다. 바이브레이션도 선명했었고.

'……!'

DJ박스 밖으로 눈을 돌려 그 여자의 얼굴을 봤다. 그 순간 그 여자도 장혁을 봤다. 시선이 마주쳤다. 저 눈…… 큰 눈.

처…… 천사 누나……

장혁은 급히 몸을 숨겼다. 비겁했던 그날의 전화 통화가 미친 듯이 떠올랐다. 그들의 세계에 혐오감을 느껴 떠났지만, 떠나면서도 장혁은 그녀가 뭘 잘못했는지 스스로에게 명확히 해명하지 못했었다. 장혁은 두 손으로 입을 틀어막았다. 터져나오는 울음을 막을 수 없었다. 여자의 노래는 절정으로 치닫고 있었다. 장혁은 DJ박스 밖으로 나가지 못했다. 장혁은 그 속으로 숨어버렸다. 숨었으면서도 더 숨으려 했다. 입을 막고 바닥에 엎드려 몸을 움츠렸다.

여자는 기어코 노래를 끝까지 부른 뒤 그곳을 떠났다. 그날의 울음은, 그리고 또다른 도망은 회색빛 이십 대와의 완전한 결별이었다.

그 일이 있은 후 장혁은 지하철에서 푸시맨 아르바이트를 했다. 러시아워가 시작되는 아침 일곱시에 일을 시작해 승객이 줄어드는 오전 열한시에 끝났다.

전쟁 같은 아침 두 시간이 지나고 난 뒤 아홉시쯤 됐을까, 플랫폼 구석 의자에 앉아 있는 한 여자가 눈에 들어왔다. 그녀는 신발을 벗어 놓고 걸어가더니 망설임 없이 철로로 뛰어내렸다. 전철이 막 도착하고 있었다.

“빠아아앙~”

경적 소리와 함께 여자의 몸은 열차에 부딪혔다. 잠깐의 소란이 지나고, 푸시맨 장혁은 몇 사람과 함께 여자의 시체를 철로에서 들어내야 했다. 머리가 깨져 얼굴을 알아볼 수 없다. 경찰은 “행려자로 보인다”는 말만 남겼다.

이제 그만 나를 놔줘 영등포
나는 너무 지쳐버렸어
너의 곁을 스쳐 지날 때마다
지친 나는 무너져내려
이젠 나를 떠나가줘 영등포
난 충분히 힘들어했어

변명처럼 들릴 수 있겠지만
그때 나는 너무 어렸어
너의 바닥에 붙은 까만 껌처럼
넌 내 맘 한구석에 단단히 붙어
그 묘하고 슬픈 노래와 얘기들을
내 꿈속에 가득 풀어놓지
—〈영등포〉 중에서(이장혁 1집 수록)

장혁의 대표곡은 '스무살'이다. 그 곡에서 옷을 벗은 여자는 누구일까. 많은 팬과 평론가와 주변사람 들은 궁금해했다. 젊은 시절 사창가의 경험일 거라고 사람들은 장난처럼 말했다. 성장통을 담은 노래에 대한 사람들의 쉬운 상상이었다.

하지만 이십 대 장혁의 기억 가운데 사창가의 기억은 '찹쌀떡 아르바이트' 이외에는 없다. "찹쌀떡, 메밀묵", 10여 년 전만 해도 긴 겨울밤엔 언제나 들을 수 있던 소리였다. 그 사람들을 업계에선 '떡맨'이라고 불렀다. 장혁은 안 해본 일이 없었고 떡맨 생활도 오래했다. 서울 시내 떡맨들에게 청량리 사창가는 따뜻한 곳이었다. 장사가 안 될 때 그곳을 찾으면 누군가는 떡을 사줬고, 사주지 않더라도 "미안해요. 다음엔 꼭 사줄게"라고 따뜻한 말을 건넸다.

장혁은 〈스무살〉에 등장하는 여자에 대해 해명하고 싶었다. 사랑한 사람과 그에 대한 이야기를 사람들이 제대로 알아주길 바라는 마음인지, 첫 경험이 사창가는 아니라고 항변하고 싶은 건지, 정확히 모르겠다.

글을 쓰기 위해 장혁의 이야기를 듣던 나는, 그의 영등포에서 어떤 젊은이를 발견했다. 곧잘 객기를 부리는 결벽증이 있고 예술 감각도 있는 어떤 청년. 그는 어지러웠던 젊은 날을 음악으로 정리하려 했다.

무언가 정리되지 않은 어정쩡한 이십 대. 그것은 우리 시대 젊은이들의 흔한 모습일 것이다. 결국 어느 지점에 이르면 젊은이는 철이 들고 자기 살 궁리를 하게 된다. 이것은 본인에게나 가족에게나 다행스러운 일이지만, 실은 매우 심각한 괴리인지 모른다. 자신의 꿈과 재능을 지나쳐버린 젊은이는 대부분 다시는 그곳으로 돌아오지 못한다. 〈스무살〉의 가사처럼.

인디신에 날아든 이글Eagle _1996년, 인디신과 이장혁의 시작

곡과 가사가 갖춰진 노래를 완성했다고 해서, 사는 게 변하지는 않았다. 아무도 그의 노래를 몰랐고, 스물여섯 살 장혁은 여전히 아르바이트를 하고 있었다. 장혁은 아르바이트를 하는 비디오가게에 붙은 오래된 집에서 셋방살이를 했다. 자립을 한 것처럼 보였지만, 사회가 용인하는 이십 대 후반의 번듯한 자립은 아니었다.

집주인은 작은 체구의 할머니였다. 할머니는 조용했다. 밤이면 방에서 텔레비전 소리만 새 나올 뿐이었다. 큰방과 마주한 작은방에 틀어박혀 장혁은 곡을 썼다. 목소리와 기타 소리가 커져도 할머니는 뭐라 하는 법이 없었다. 마당엔 잡초가 듬성듬성했고, 할머니가 주워 온 박스만 쌓였다 치워졌다를 반복했다. 마중물을 부어도 물을 끌어올리지 못하는 녹슨 펌프와 언제 목욕을 했는지 알 수 없는 더러운 개가 묶여 있었다. 툇마루 디딤돌엔 할머니의 고무신과 장혁의 운동화가 놓여 있었다. 그 위로 비가 내렸고 낙엽이 떨어졌고 눈이 쌓였다. 그러는 동안 어느새 40곡 정도의 곡이 쌓였다.

곡을 만들었으니 들어줄 사람이 필요했다. 어떤 형태든 소비 없는 지속적 생산이란 이 세상에 존재하지 않는다. 들려주기 위해서는, 들려주기에 적절한 형태로 곡을 다듬어야 했다. 장혁은 고교 시절 함께 밴드를 했던 1년 후배 이상훈에게 연락했다. 상훈은 대학생이었고 여전히 밴드를 하고 있었다. 장혁은 상훈을 자기 방으로 불러 더블데크 카세트에 담긴 노래들을 들려줬다.

“오…… 죽이는데. 이거 색다르다. 진짜 형이 만든 거야?”

“이거 가지고 되겠냐?”

“형, 어디 숨어 있었나 했더니…… 잘됐다. 이 노래 가지고 밴드 하자.”

밴드, 무대…… 장혁이 정말 하고 싶었던 말이었다. 상훈의 가세로 노래는 모양새를 갖춰갔다. 리듬 파트의 편곡은 대부분 상훈이 맡았다.

1996년 홍대와 신촌에서 인디 문화가 태동했다. 공연하고 즐기는 사람이 모이면서 자연스레 클럽들이 늘어났다. 클럽은 음악을 하려는 이들에겐 기댈 곳이었고, 그것을 즐기는 이들에겐 문화공간이 되었다. 전국에서 음악 좀 한다는 사람들은 모두 몰려들었다. 80년대 민중가요도 아니고, 그렇다고 매스미디어에 기반을 둔 대중가요도 아닌, 자본과 거리를 둔 음악. 인디라는 독특한 문화의 싹은 그렇게 피어나고 있었다. 장혁이 음악을 들고 세상에 나온 그때가 바로 이 시점과 겹친다.

때마침 장혁은 철거(건물 해체) 막노동을 시작했다. 지금까지 한 아르바이트 중 가장 돈이 되는 일이었다. 한 달 힘들게 일하면 180만 원이 들어왔다.

크레인이 포크레인을 매달아 낡은 건물 위로 올렸다. 거대한 집게를 단 포크레인은 건물을 위에서부터 부수며 내려왔다. 먼지가 많이 나는 작업이었다. 장혁은 포크레인 옆에서 물을 뿌리는 일을 했다. 먼지가 날리면 민원이 빗발치기 때문에 장혁의 역할은 중요했다. 기계가 돌아가는 동안 장혁의 몸은 쉴 틈이 없었다. 기계가 멈추면 장혁도 휴식을 취할 수 있었다. 눈앞에 갈색 막대기 같은 게 보였다. 햇빛에 반사된 그것은 반짝였다. 케이스 없이 건물의 잔해 속에 묻혀 있는 전기기타였다. 거의 상한 데가 없었다. 누군가 가만히 놔두고 간 듯했다. 전기기타가 없던 장혁은 얼른 주워 왔다. 제대로 된 물건일 리 없겠지만 잘 손보면 연습 땐 쓸 수 있을 것 같았다. 악기상에 기타를 들고 갔다.

"이거 이글Eagle이네. 좋은 물건이네요."

"정말 좋은 거예요?"

"좋지. 물 건너온 거야. 미국에서 만든 거네. 비싼 거예요."

'이글. 이글이라…… 괜찮네.'

장혁은 낮엔 일하고 밤엔 연습실로 달려갔다. 조금씩 곡이 다듬어졌고, 무대에 설 수 있는 기회도 생겼다. 그런데 밴드 이름이 없었다. 어느 날 밴드 멤버들과 홍대 앞 공연을 보러 갔다가, 꽤 연주를 잘하는 팀을 봤다. 어린 친구들이었다. 그걸 보고 있던 누군가가 "저건 아무나 하는 거야" 하며 웃었다. '아무나…… ? 아무나 즐겨 듣는 음악, 이글도 아무렇게나 버려져 주워 온 건데…… 아무나, 아무나…… 그래! 아무밴드! 그거 좋네.'

간혹 사람들이 '암흑밴드'라고 잘못 알아듣기도 하는 '아무밴드'란 이름은 그렇게 즉흥적으로 만들어졌다. 이글은 아무밴드의 마스코트가 되었다. 아무밴드는 첫 공연에서 〈도마뱀〉을 불렀다. 장혁이 작사, 작곡한 곡이었다. 자기 꼬리를 자르고 도망가는 도마뱀처럼, 잘린 꼬리가 금세 자라나 잘려간 흔적조차 감춰버리는 도마뱀처럼, 한 사랑을 버리고 다른 사람에게 가서 아무렇지도 않게 사랑을 시작하는 사람에 관한 이야기였다.

다른 유명 가수의 곡을 카피하지 않고, 순수 창작곡만을 고집스럽게 무대에 올리는 아무밴드는 조금씩 입소문을 탔다. 그들의 음악은 다르다는 이야기가 돌았다. 당시 이화여대 앞에는 작은 공연장 '빵'이 있었다(지금은 홍대 근처로 자리를 옮겼다). 빵의 사장인 영등이 형(장혁은 사장을 그렇게 부른다)은 1996년의 장혁을 이렇게 회상한다.

"당시 무대에 오르던 밴드들은 대부분 어린 친구들이었어요. 장혁씨는 가장 나이가 많은 축에 들었죠. 자작곡을 무대에 올리는 흔치 않은 밴드였고 나이도 있어서 굉장히 안정돼 보였어요. 깊이가 있었죠. 신뢰 같은 게 느껴졌달까요. 장혁씨를 찾는 이들이 빠르게 늘어났죠."

1997년 '인디Indie'라는 이름의 레이블(기획사)이 야심찬 프로젝트를 내걸었다.

"인디 밴드들이 음악으로 먹고살게 해주겠다. 앨범을 내주고 그걸 우리가 팔아주겠다. 열 개 팀을 우선 선발한다."

레이블 인디의 프로젝트는 엄청난 호응을 얻었다. 뭔가 돌파구가 필요했던 돈 없는 딴따라들, 젊지만 똑 부러지는 미래가 없던 이들이 얼마나 널려 있었던가. 밴드들은 마치 신인문학상에 응모하듯, 〈슈퍼스타K〉에 도전하듯 달려들었다. 장혁도 마찬가지였다.

레이블 인디는 원래 민중가요 테이프를 녹음해 팔던 작은 회사였다. 80년대의 대학은 민중가요의 주요 소비처였다. 그러나 90년대에 들어서며 투쟁의 시대는 저물었고 민중가요를 소비하던 대학생들은 사라졌다. 민중가요를 팔던 회사가 홍대에서 인디 음악으로 새 사업을 시작한 것이다. 자본에서 독립한 이들에게도 장사꾼은 필요했다.

곧 오디션이 진행되었다. 평론가와 작곡가 등 전문가들이 심사위원을 맡았다. 장혁의 아무밴드는 〈판토마임〉과 〈화산〉이란 곡을 불렀다. 모두 자작곡. 사이키델릭 록과 포크송을 섞은 듯한 장혁의 음악은 독특하고 이색적이었는데, 어떤 이는 70년대 올드록을 듣는 것 같다고 했다. 심사위원들은 서로 다른 색을 가진 팀들을 골고루 선발하고자 했고, 그들을 감동시킨 아무밴드는 어려움 없이 오디션을 통과했다.

앨범을 낼 수 있게 된 아무밴드는 쌈짓돈을 털어 연습실을 빌리기로 했다. 제대로 된 곳은 어림없었다. 수소문해 연습실을 만들 수 있는 지하실을 구했다. 월 30만 원짜리. 1층은 식당과 공장이었다. 지하실은, 그러니까 영화에서 인질이 나무 의자에 묶여 있을 법한 곳이었다. 철재 계단을 걸어 내려오면 회색빛 벽만 있는 지하실.

멤버들은 벽돌과 시멘트를 구입해 지하실 한쪽을 막아 연습실을 만들었다. 벽을 세워 한쪽은 연습실, 한쪽은 휴게실로 쓰기로 한 것이다. 계란판을 붙이고 소음제를 발라 방음이 되도록 했다. 한쪽엔 주워온 탁자와 의자를 놓았다. 드럼과 기타와 앰프를 놓고 연습을 했다.

연습실이 생겼어도 연습은 여전히 밤에만 진행해야 했다. 낮에는 일을 해야 했기 때문이다. 다른 멤버들도 사정은 비슷했다. 그해 겨울에 외환위기가 한국을 덮쳤고(IMF 구제금융이 한국을 지원했고), 공사 일

1997년, 자신의 기타이자 '아무밴드' 마스코트 '이글'을 연주하며
노래 부르는 모습.

• • •

장혁은 이글에 몸을 기대어 곡을 연주하고 노래를 불렀다.
낮에 모두 타버려 재가 된 듯한 몸은
밤이 되자 마른 장작처럼 타올랐다.
목표가 생긴 사람은 고갈되지 않는다.

도 많이 줄었다. 그런 가운데도 건물을 헐고 새 빌딩을 세우는 사람은 있었다. 일감을 겨우 물어 온 회사는 최소한의 인력과 장비로 철거에 나설 수밖에 없었다. 포크레인 하나에 물 뿌리는 사람은 장혁 혼자였다. 유난히 추운 겨울이었다. 혼자 들기에 버거운 대형 호스를 든 장혁의 손은 곱아갔다. 그렇게 여덟 시간 넘게 물을 뿌리면 장혁은 고갈되었다. 망치로 쳐도 느낌이 없을 듯 손가락 끝은 무뎠다. 그 상태로 연습실로 돌아왔다. 컵라면 하나를 먹고 이글을 들었다. 이글은 스스로 공중에 떠서 장혁을 받쳐주는 것 같았다. 장혁은 이글에 몸을 기대어 곡을 연주하고 노래를 불렀다. 낮에 모두 타버려 재가 된 듯한 몸은 밤이 되자 마른 장작처럼 타올랐다. 목표가 생긴 사람은 고갈되지 않는다.

맹훈猛訓의 1997년 겨울이 지나고, 1998년에 아무밴드의 첫 앨범이자 마지막 앨범인 〈이판을사〉가 발매되었다. 많은 팬들이 기억하는 〈사막의 왕〉이란 장혁의 자작곡도 이 앨범에 들어 있다.

그해 홍대 축제 때였다. 대학 학생회에서 몇몇 밴드를 초청했는데, 아무밴드도 그중 포함되었다.

"내가 창작해낸 걸 누군가 인정해주고, 그 곡을 불러달라고 요청하고 있었어요. 책임감이 느껴졌어요."

홍대 축제 무대는 장혁에게 특별했다. 1992년이었다. 장혁은 들국화와 해바라기가 온다는 말을 듣고 홍대 축제에 달려간 적이 있었다. 하지만 전인권도 해바라기도 나오지 않았다. 대신 신형원만 무대에 섰다. 〈개똥벌레〉와 〈터〉를, 왜소한 여자가 다부지게 불렀다. 운동장에 모인 젊은이들은 껑충껑충 뛰며 즐거워했다. 그 작은 여자는 그들의 큰 열기를 견뎌내더니 결국엔 완전히 압도해버렸다. 무대 위 그녀는 강력했다. 젊음의 인파가 작은 여자의 손짓 하나에 까무러치고 울고 웃었다.

'무대란 저런 것이구나.'

장혁은 언젠가 나의 노래를 저들이 듣고 저렇게 뛰었으면 좋겠다는 꿈을 꾸었다. 바로 그곳에 장혁은 자기 노래를 가지고 무대에 섰다. 그건 또 하나의 실현이었다. 무대에서 튜닝을 할 때, 운동장을 채운 젊은 이들이 눈에 들어왔다. 해가 지고 어둠이 내리자, 강렬한 조명이 아무밴드를 내리쳤다. 모든 눈이 아무밴드를 향하고 있었다. 아무밴드가 연주를 시작하자 젊은이들은 두 손을 번쩍 들어올렸다. 〈사막의 왕〉에 열광하는 젊은이들에겐 적어도 그 시간만큼은 아무밴드가 왕이었다.

"내 안에 샘 같은 게 있어서 무언가 계속 솟아나고 있어요. 계속 나오는 걸 막을 수 없어요. 나는 절대 막을 수 없죠. 곡이 나오면 곡을 써야 합니다. 그게 나라는 놈인데, 아무리 힘들어도 그걸 계속할 수밖에 없는 거예요."

이런 장혁의 말을 이해할 수 있는 단초를, 나는 그의 일기에서 찾아낼 수 있었다. 일기에는 책 『로베르네 집』의 한 부분이 발췌되어 있었다. 파리 리볼리가 59번지에 위치한 로베르네 집은 정부가 폐쇄한 빈 건물이었다. 그런데 언제부턴가 작업실이 없는 젊고 가난한 예술가들이 이 집에 몰려들어 작업을 하기 시작했다. 불법 점거였다(이후 이 집은 유명해졌고 합법화 절차를 밟게 된다). 파리에서 미술 공부를 하던 비디오 아티스트 장은아씨는 이 건물에서 작업하는 예술인 열네 명을 인터뷰해 책을 냈다. 장혁이 일기에 인용한 부분은 젊은 예술가 파베스코와의 인터뷰였다.

“예술가에게 가장 중요한 건 뭘까?”

“진실함이라고 생각해. 작업하고 싶은 진실한 마음이야말로 예술가의 전제 조건이라고 생각해. 예술은 누가 등 떠민다고 할 수 있는 게 아니야. (…) 예술은 운명적이라고 느낄 만큼 자기도 모르게 선택하는 일이란 생각이 들어. 난 어렸을 때부터 그림을 그렸어. 그때 난 이미 그림에 대한 어떤 강렬한 욕구를 느꼈거든. …… 나는 테크닉 같은 건 혼자서도 터득할 수 있다고 생각해. 혼자 그리면 자기만의 독특한 스타일도 발견할 수 있잖아.”

누가 등 떠민다고 할 수 없는 일, 운명 같은 재능의 발견, 그것에 매혹된 영혼, 강렬한 욕구를 거부할 수 없는 젊고 가난한 예술가. 프랑스의 예술가들이 버려진 곳을 불법 점거해 누추한 생활을 했을지라도, 그것이 진실한 마음과 진짜 재능을 담고 있기에 많은 이들이 그들을 주목했다. 그들이 예술을 다른 사람에게 배우지 않은 것처럼, 장혁도 자신의 음악을 스스로 구축하여 창의성을 보여주었고, 사람들은 그것에 반응하기 시작했다. 터닝포인트는 그렇게 만들어졌다.

척박함을 이겨낸 극소량의 희망

인디의 토양은 척박했다. 레이블 인디의 야심 찬 프로젝트로 총 여덟 개의 앨범이 나왔지만, 장사는 잘되지 않았다. 소수의 팬으로 인디의 배를 채울 순 없었다. 레이블 인디는 그렇게 망했다.

아무밴드도 해체 수순을 밟았다. 표면적으로는 경제적 이유였지만, 본질적인 이유는 따로 있었다. 멤버들이 서로 지향하는 바가 달랐고 그로 인한 갈등도 있었다. 장혁은 타협하는 음악을 하고 싶지 않았다. 음악을 함에 있어서, 장혁에게 가장 중요한 원칙은 자기만족이었다. 무대 위에 서는 사람은 반드시 나르시시스트여야 했다. 자신에게 매혹되지 않고서는 음악으로 무대에 설 수 없다. 팬은, 미안하지만 그다음이다.

"사람들을 향해 노래하는 게 아니라 나는 나를 향해 노래한다. (…) 팬들에겐 고맙게 생각하고 있지만, 그와 별개의 문제다. 내가 만족할 수 있는 공연이었다면 그걸로 장땡이다."

— 장혁의 일기 중에서

장혁은 아무밴드라는 틀 안에서 자신의 음악을 대충 얼버무리고 싶지 않았다. 아무밴드를 통해 구현한 음악은 '온전히 내 것'이라고 말할 수 있는 게 아니었다. 멤버 네 명의 취향이 섞여 어떤 타협 지점을 찾은 것뿐이었다. 내 것이라고 할 만한 것을 가지고 무대에 서고 싶었다.

팀 유지가 힘들어졌을 때쯤, 대학을 졸업한 상훈이 용산역에 있는 통신사 대리점에 취업했다. 장혁은 상훈에게 팀을 해체하자고 이메일로 알렸다. 형식은 일방적 통보였지만 이미 팀은 거의 해체되어 있었다. 이런 방식의 해체는 당시 거의 모든 인디 밴드의 운명 같은 것이었다. 그때가 21세기의 첫해, 2000년이었다.

장혁은 기타 이글을 아는 후배에게 주었다. 이글은 어느샌가 팬들에게도 아무밴드를 상징하는 악기가 되어 있었다. 장혁은 홀로 서기 위해 이글을 버려야 했다. 아무밴드가 아무리 장혁에게 큰 걸 주었다고 해도 그것들을 가지고 갈 순 없었다. 시인 박노해의 말처럼 과거를 팔아 미래를 살 수 없었고, 과거가 현실을 잡아먹도록 놔둘 수 없었다. 아무 조건 없이 손에 쥐였던 기타는 또다시 조건 없이 누군가의 손으로 흘러갔다. 그 후 이글이 어떻게 되었는지 장혁은 알지 못한다.

장혁은 아무밴드와 결별했지만 음악은 사라지지 않고 스스로 생존했다. 레이블이 망하면서 음반 판권도 공중에 떠버렸고, 그로 인해 판을 찍어낼 주체도 없어졌지만, 판을 원하는 이들은 계속 늘어났다.

"도대체 어딜 가면 〈사막의 왕〉을 구할 수 있는 거야?"

신촌의 '향뮤직'을 중심으로 형성된 중고 레코드판 경매시장에 아무밴드의 〈이판을사〉를 찾는 이들이 늘어갔다. 판이 희귀하니 경매에 붙일 수밖에 없었고, 판의 가격은 한때 8~10만원까지 올랐다. '이 판을 사buy this album'라는 단순 무식한 이름의 의미는 시간이 흐르면서 증폭되었다.

당시 서울대학교 학보사 대학신문의 기자로 일하던 내 후배는 아무밴드의 열렬한 팬이었다. 후배는 〈이판을사〉의 직설적인 작명作名에 '필'이 꽂혔다. 때마침 대학신문은 고정 칼럼의 타이틀을 고민하고 있었다. 후배는 이렇게 작명했다. '이글을봐'.

곡을 쓰면서 시간은 또 흘렀다. 장혁은 역시나 자립을 위해 파트타임 일을 했고, 클럽에서 노래를 불렀다. 발표하지 않은 장혁의 노래가 인터넷을 돌아다녔다. 사람들은 좋으니까 들었고, 듣고 싶어도 찾을 수 없으니 장혁이 클럽에서 노래를 부를 때 녹음하여 이를 디지털 파일로 만들어 나눠 들었다. 이렇게 만든 디지털 파일은 인터넷에서 제한 없이 돌아다녔고, 장혁은 그것에 신경 쓰지 않았다.

장혁은 그림을 잘 그린다. 소년 장혁은 또래에게 만화로도 꽤 유명했다. 장혁이 로봇 건담을 그리면 동네 애들은 줄을 섰다. 중학교 1학년 때는 구청장배 사생대회에 나가 1등을 하기도 했다.

2000년 초의 어느 날, 어린 시절 한동네에 살며 장혁이 그림을 그려주기도 했던 후배가 정부 지원의 실업자 교육을 받아보라고 권했다.

"형 그림 잘 그리지? 구청에서 컴퓨터를 이용한 일러스트레이션을 가르쳐준다던데. 형이 하면 잘하겠다."

그렇게 배운 것이 파트타임 일과 연결되었다. 장혁은 출판사에서 일러스트레이트션 작업을 시작했다. 그 일을 시작으로 지역 정보지 회사에서도 일했고, 작은 신문사에서 프리랜서로 편집 일을 하기도 했다. 돈벌이를 위한 아르바이트와 싱어송라이터로서의 이중생활은 장혁에게 익숙한 일이 되어가고 있었다.

음악과 전혀 관계없어 보이지만 장혁의 이런 면이 '인디 가수'에겐 매우 중요한 능력인지 모른다. 음악으로 밥 벌어먹고 살기 힘든 상황에서 대부분의 인디 가수는 아르바이트를 전전한다. 배달을 하거나 새벽 인력시장에 나서기도 한다. 이런 일들로는 지속적으로 삶을 지탱할 수 없으며, 결국엔 음악까지 포기하게 된다. 하지만 장혁은 어떤 방식으로든 안정적인(상대적으로) 돈벌이를 찾았고, 그로 인해 음악을 놓지 않을 수 있었다. 이런 모습은 장혁의 동생 정훈에게서도 발견된다. 마두금이라는 독특한 악기를 연주하는 정훈은 한국에서 보기 드문 뮤지션이다. 그 악기를 배우려는 사람을 통해, 그 악기의 특별한 소리를 공연에 넣고 싶어하는 이들을 통해 정훈은 풍족하지는 않지만 음악을 계속할 수 있는 물적 토대를 유지할 수 있다.

한국에서 월드컵이 열린 2002년 여름의 어느 날. 한국의 사상 첫 16강 진출을 결정한 포르투갈전이 열린 뜨거웠던 그날 밤부터 장혁은 많이 아팠다. 목이 심하게 부어 물을 삼킬 수도 없었다. 약을 먹어도 나아지지 않았다. 미련하게 버티다 문득 정신까지 망가질까 두려워 병원에 갔더니, 급성 A형 간염이라고 했다.

간염 초기 증상이 목이 붓는 것이라는데, 도대체 얼마나 오래 그곳에 염증이 자리 잡고 있었는지 모를 정도였다. 몸이 나으면서 연습을 시작했지만 목은 회복되지 않았다. 20~30분 만 노래를 불러도 목이 완전히 가버렸다. 가버린 목은 좀체 돌아오지 않았다. 일주일이 지나도, 한 달이 지나도 돌아오지 않았다. 음악을 시작한 뒤 처음으로 절망에 빠졌다. 모든 감정이 바닥을 기었다. 쉬어도 쉬는 게 아니었고 쫓기듯 조급하기만 했다. 절대 연습을 그만둘 수 없다는 마음으로 목소리를 냈다가 이내 우울해졌다. 오직 자신이 부르기 위해 노래를 만드는 장혁에게, 목소리를 잃어버리는 상황은 상상할 수 없는 일이었다. 이 목소리에 맞춰 노래를 만들었고, 이 목소리를 위해 기다리는 곡이 아직 이렇게 많은데……

공연을 못 하는 날이 길어지면서 주변의 걱정도 커졌다. 어느 날 음악을 하면서 알게 된 누나, 한 살 많아서 그렇게 부르는 아는 누나가 장혁에게 연습실을 내주었다.

"난곡에 있어. 주변에 산도 있고 공기도 좋아. 당분간 거기 써."

거대한 달동네는 재개발을 기다리고 있었다. 연습실로 가기 위해서는 그곳을 통과해야 했는데, 어린 시절부터 살던 성대시장 인근 상도동과 비슷한 풍경이었다. 연습실은 2층 건물 지하였다. 연습실 근처엔 야산이 있었다. 연습 전엔 의식ritual을 치르듯 산에 올랐다. 인적이 드문 곳을 정해놓고 그곳에서 책을 읽고 스트레칭을 하고 심호흡을 했다. 그렇게 몸과 마음을 추슬러갔다. 요양 온 것처럼 시간은 염두에 두지 않았다.

2011년 11월 자기 방에서 신문사 편집 작업을 하고 있는 이장혁.

• • •

"가능성을 높이 사는 힘.
극소량의 희망을 발견하는 심미안.
그것이 얼마나 소중한지,
나는 1집 앨범으로 나 자신에게 겨우 증명해 보였다."

시간이 걸려도 된다고 마음먹은 뒤 이전엔 몰랐던 여러 가지 문제점이 눈에 띄었다. 그중 가장 심각한 것은 목이 아닌 귀였다. 오랫동안 이어폰을 꼽고 다녀서 그런지, 자신도 모르는 사이, 청력에 문제가 생겼다. 모니터가 잘되지 않으면서 필요 이상으로 소리를 지르고 있었다. 언제부턴가 무대에 설 때 악기 소리와 목소리가 분리되어 있다는 느낌을 받았다. 그 이격감은 음악성에 대한 의심으로 번지곤 했다. 치료를 받으면서 작은 소리로 연습하기 시작했다. 세밀한 부분까지 반주를 들으려 했고, 목에 힘을 주지 않고 소리를 내려고 했다. 조용한 어쿠스틱 기타 반주에만 의지해, 정교한 시계 부품을 다루듯, 장혁은 자기 목소리의 진짜 모습을 찾아 집요하게 파고들었다. 반주를 듣는 훈련(그제야!)을 제대로 시작한 건 그때가 처음이었다. 감정의 미세한 조절에 신경을 쓰면서 장혁은 자기가 '힘을 줘야 할지 빼야 할지 알지 못하는 허접한 가수'였음을 스스로 인정할 수밖에 없었다.

산에 오르고 책을 읽고 스트레칭을 하고 심호흡을 하는 과정을 반복했다. 축구도 했고 달리기도 했고 자전거도 탔다. 다리가 튼튼해졌고 배에 힘이 들어가기 시작했다. 그러자 더 많은 음악이 장혁 안에 있는 샘 속에서 흘러나왔다. 어느 순간, 아무밴드 때와는 다른 소리, 자기가 만들고 있는 음악과 어울리는 어떤 목소리가 귀에 들리기 시작했다. 장혁은 다시 나르시시스트가 될 수 있을 것 같았다. 발전하는 음악과 발전하는 목소리로 인해 장혁은 자기 안의 뚜렷한 가능성을 다시 확인할 수 있었다.

때마침 영등이 형이 무대에 서달라는 요청을 해왔다. 무대에 다시 서는 것은 진정한 의미의 회복이었다. 공연을 하면서 장혁은 자라고 있다는 느낌을 받았다. 자란다는 건, 장혁의 표현을 빌리자면, 젊은 시절 박찬호의 제구력이 그레그 매덕스(통산 355승의 전설적인 메이저리거)의 제구력으로 차츰 옮겨 가는 것이다.

그렇게 겨울이 지나가고 2003년 봄이 찾아왔다. 문화콘텐츠진흥원은 대중문화의 다양성을 고양한다는 목표를 세우고, 인디 음악 활성화를 위한 정책을 도입했다. 전체 사업 규모는 3~4억 원 정도였다. 문화콘텐츠진흥원은 30개 팀을 선발해 팀당 약 1,000만 원을 지원하기로 했다. 모든 곡을 스스로 쓰는 장혁에겐 음반을 내기에 충분한 돈이었다. 정부가 정책을 발표할 때쯤 장혁은 새 기획사에 둥지를 틀었다. '트웰브 몽키스'라는 레이블이었다. 레이블에 소속된 모든 뮤지션들이 사업에 지원했다. 선발된 건 장혁뿐이었다.

"언제나 부족함을 느끼고 때론 욕도 많이 먹으면서도 꾸역꾸역 이렇게 활동할 수 있는 것은 바로 가능성에 대한 믿음 때문이다. 더 잘할 수 있다고 스스로 다독이며 채찍질해나가는 힘. 세상과 삶에 대해 늘 부정적인 내게도 이런 긍정의 태도가 존재한다는 데에 나도 가끔 놀라곤 하지만 (…) 가능성을 높이 사는 힘. 극소량의 희망을 발견하는 심미안. 그것이 얼마나 소중한지, 나는 1집 앨범으로 나 자신에게 겨우 증명해 보였다."

—장혁의 일기 중에서

2004년 7월, 첫 솔로 앨범이 발매되었다. 1,500장을 찍었다. 날개 돋친 듯 팔리는 일은 벌어지지 않았다. 하지만 시간이 흐를수록 더 많이 팔렸고, 시나브로 품절되었다. 이 음반도 〈이판을사〉와 마찬가지로 중고시장에서 고가로 거래되었다. 1집을 낸 뒤 장혁은 단번에 인디계의 '이본좌'라 불리게 되었다.

당신
너무
이기적이야

ㅇㅇ치과, ㅇㅇ학원, ㅇㅇ마트, ㅇㅇ세탁, ㅇㅇ왕갈비 …… 수많은 간판이 숨 쉴 틈도 없이 건물의 한쪽 면을 덮어버린 아파트 단지 인근 상가. 그곳에 세 들어 있는 작은 지역신문사. 신문사라고 하기에도 민망한, 구멍가게 같은 곳에서 장혁은 프리랜서로 편집 일을 하고 있다. 일하는 곳이 간혹 바뀌긴 하지만, 어쨌든 월수입의 70퍼센트는 이 일로 벌어들인다.

1집이 나오고 몇 달 뒤 장혁은 결혼했다. 고양시 행신동에 신방을 차리면서 7,000만 원 넘게 대출을 받았다. 결혼 전까지만 해도 장혁이 책임져야 할 것은 음악이 거의 전부였다. 공연을 보러 온 팬들에게 실망스런 모습을 보여주진 말아야 한다는 것이 장혁이 공적으로 받아들이는 의무의 전부였다. 돈을 버는 이유도 음악에 집중해 있었다. 가정을 꾸린 장혁은 생활인이 되어가고 있었다.

주어진 시간을 음악이 아닌 다른 것과 나눠 쓰는 것을 장혁은 억지로 참고 있는 것처럼 보였다. 돈 걱정하지 않고 음악만 할 수 있으면 좋겠다고 푸념하다 마루야마 겐지가 말한 '예술의 혼'을 떠올렸다. "감히 비교할 수 없지만 불현듯 그것과 비슷한 그 무엇이 내 몸 밖으로 증발되어 공기 중으로 사라지는 느낌이 찾아들었다. 온몸을 랩으로 감고서라도 그걸 막아내야 하는 절박함이 지금의 내게 필요한지도 모른다"라고 장혁은 되뇌었다. 그러다 스스로를 위로했다.

"나같이 어눌한 뮤지션이 할 수 있는 일은 더디더라도 그저 묵묵히 전진하는 것뿐이라고. 어차피 순수하게 음악만으로 먹고살기 힘들다는 건 이미 오래전에 확실히 깨달았으니 절망하거나 좌절할 필요도 없다. 그러니까 어느 날 갑자기 죄다 포기하거나 하는 일도 없을 것이다. 전진, 전진, 전진…… '거북이는 의외로 빨리 헤엄친다'는 영화 제목처럼, 꾸준히 전진하다보면 물을 만날 때도 있고…… 뭐 그런 거다. 전진하지 않으면 헤엄칠 기회도 없다. 막상 물을 만나도 빨리 헤엄칠 수 있을지 모르겠지만…… 비인기 종목의 운동선수를 생각한다. 나나 그들이나 별반 다르지 않다. 알아주지도 않는데 뭘 그리 열심히 하냐고 질문하는 술친구가 있다는 것도 같을 것이고, 알아주는 사람이 없어도 자기가 좋아하니까 한다는 대답도 같을 것이다."

몇 명 안 되는 직원의 임금 떼먹기를 밥 먹듯이 하는 악덕 고용주와 대판 싸우기를 주저하지 않는 장혁의 객기(혹은 용기)는 그런 데서 나오는 게 아닐까. 그러다 이제 막 걸음마를 시작한 아들 라온을 떠올렸다. 좀더 시간이 지나, 월 100만 원이 넘는 영어 유치원이 평균인 사회가 된다면, 그때 라온이가 아빠에게 섭섭해하면 어떻게 해야 하나. 그리고 남편으로서 장혁은, 시간이 흘러도 아내를 섭섭하게 해줄 수밖에 없는 자신의 분명한 위치를 돌아본다. 가진 것 없어도 마누라 앞에선 큰소리치는 남자의 허장성세를, 장혁은 모른다. 큰소리 대신 “아마 난 아내에게 더 부족할 겁니다. 아내는 나로 인해 더 섭섭할 거고요”라고 인정해버린다. 지나치게 솔직한 게 아내에겐 더욱 상처가 되리라. 가끔 아내는 장혁에게 이렇게 얘기한다.

“당신…… 너무 이기적이야.”

뜬금없는 얘기지만, 장혁의 말을 듣고 있는데 갑자기 그의 얼굴에 이상묵 서울대 교수의 모습이 오버랩되었다. ‘한국의 스티븐 호킹’이라 불리는 이상묵 교수는 2006년 7월 미국 캘리포니아에서 지질 연구를 하는 도중 교통사고로 목뼈(4번 척추)를 심하게 다쳤다. 중추신경이 손상되면서 목 아래 신체의 감각과 운동신경을 모두 잃었다. 오직 목 위만 살아 있고 나머지 신체는 죽은 것이나 마찬가지다.

그는 서울대 해양학과를 졸업하고 미국 MIT에서 박사학위를 받았다. 태어나 44년간 완전한 정상인으로 살아오던 그는 사고로 인해 휠체어에 갇힌 삶을 살게 되었지만 좌절하지 않았다. 사고 6개월 만에 기적적으로 강단에 복귀했으며, 정상인을 압도하는 놀라운 에너지로 일하기 시작했다.

이 교수 슬하에는 아들 둘과 딸 하나가 있다. 나는 이 교수와 『0.1그램의 희망』이라는 책을 공동 집필한 인연이 있는데, 언젠가 그와 이런 얘기를 나누었다.

“연구에 관련된 얘기를 할 때면 그 어느 때보다 신이 나 보입니다.”

“위대한 장애인이나 따뜻한 아버지가 아니라 ‘뛰어난 과학자’로 기억

되고 싶습니다. 장애라는 단어를 소거해도 기억할 가치가 있는 연구자."

"연구는 교수님께 어떤 의미입니까?"

"나를 일으키고 살게 하는 건 잡job입니다. 60억의 지구인이 동의할 수 있는 과학 이론을 발견해나가는 과정, 그것을 위해 인생을 건 내기를 하는 거죠."

"그것이 가족보다 중요한가요?"

"다친 후, 그러니까 내 육체의 대부분을 잃은 후 사회 통념상의 아버지와 남편 역할을 거의 포기했습니다. 주말에 아이들과 놀고, 따뜻한 가장이 되는 것. 남편으로서도…… 모든 것을 다 할 수 없다는 사실을 가족 모두가 받아들여야 합니다."

과학자 이상묵. 그는 자신의 정체성을 그렇게 규정했다. 나는 그것이 정체성이라기보다 꿈이라고 생각했다. 본원적인 꿈. 그것은 우선순위를 매기는 차원을 넘어서는, '살아가는 이유'라고 봐야 할 것이다. 삶의 엔진 같은 것. 갑자기 찾아온 엄청난 장애도 침범할 수 없는 자신만의 본질적 가치.

서늘하기까지 한 꿈에 대한 비장함. 나는 이상묵 교수뿐만 아니라 장혁과의 대화에서도 그것을 느꼈다. 그리고 그들의 그런 태도가 가족에겐 얼마나 서운하게 여겨질지 생각했다. 이상묵 교수의 중추신경이 손상되었을 때, 그의 아내는 남편의 재활을 위해 모든 걸 바치려 했다. 아내에게 재활은 이 교수가 다시 손을 쓸 수 있고 일어설 수 있는 것을 의미했다. 하지만 과학자인 이 교수는 그럴 가능성이 거의 제로에 가깝다는 걸 알고 있었다. 한번 기능을 잃은 중추신경은 재생되지 않는다. 하지만 가족이기 때문에, 아내는 그 이상의 기적을 기대하고 꿈꾸었다. 하지만 이 교수는 그런 아내의 꿈을 받아들이지 않았다. 대신 이 교수는 IT기술의 도움을 받아 직업으로 다시 돌아오는 길을 택했다. 손을 쓸 수 없고 걸을 수 없어도 연구할 수 있고 수업할 수 있는 방법을 찾았다. 그것이 합리적인 결정이라고 생각했다. 남편은 아내의 소망을 깡그리 무너뜨렸다.

"가망 없는 치료를 계속하면 나는 연구를 계속할 수 없었을 겁니다. 한의학이든 줄기세포 치료든 그게 무엇이든 아내와 어머니는 치료 방법을 찾아 계속 돌아다녔겠지요. 하지만 의학적으로 내 몸이 다시 움직일 가능성은 없습니다. 그렇다면 나의 선택은 당연한 것이었지요. 하루라도 빨리 나의 직업으로 돌아가는 겁니다. 그것이 장기적으로 모두를 행복하게 하는 길일 거예요. 포기할 건 포기하고 가야죠."

아내는 그 말을 '당신을 포기한다'는 의미로 받아들였을지도 모른다. 하지만 나는 이 교수의 마음을 이해할 수 있을 것 같았다. '사회통념상의 아버지와 남편'을 버렸다고 했지만, 언젠가 이 교수를 만났을 때 그의 책상에 놓여 있던 플레이스테이션을 나는 기억한다. 아이와 함께 공을 찰 수 없으니까 게임을 연습해야 한다는 그의 말을 기억한다. 그의 집을 방문했을 때 어린 막내가 아빠에게 와 입맞춤하던 모습을 기억한다. 나는 한동안 이 교수에게 "죽기 전에 한 번이라도 아이들을 만지고, 안아보고 싶지 않으냐"고 질문하고 싶을 때가 있었다. 하지만 그날 대화 이후 그 질문은 하지 않기로 했다. 그의 이기적 태도가 실은 그에게도 큰 슬픔일 것이다. 하지만 포기할 건 포기할 수밖에 없었다. 꿈에 집중하기 위해.

『해리 포터』 시리즈의 작가 조앤 롤링이 2008년 미국 하버드대 명예박사학위 수락 연설에서 "나의 성공 비결은 실패"라고 말했다. 실패가 삶에서 불필요한 것들을 제거해주었다는 것이다. 우리는 꿈을 꾸면서 막연히 그것이 이뤄지기를 기대한다. 꿈을 위해 필요한 것이 무엇인지 거기에는 골몰하지만, 불필요한 것이 무엇인지에 대해서는 고민하지 못한다. 때론 운명이 불필요한 것들을 제거해준다. 그래서 기적같이 꿈에 집중하게 된다. 꿈이란 그런 것인지 모른다.

타협하지 못하는 진지함

장혁이 가장 존경하고 좋아하는 뮤지션을 한 명 꼽으라면, 윤명운이다. 한영애가 불러 유명해진 〈누구없소?〉는 윤명운이 작사, 작곡한 곡이다. 그를 빼고는 대한민국의 블루스 음악을 이야기하기 힘들다. 장혁은 〈명운이의 Blues〉란 곡을 가사와 멜로디가 환상적으로 조합된 명곡으로 꼽는다.

(투박한 하모니카와 경쾌한 기타가 이어지며)

검은 옷에 허연 머리 학교 가던 그 시절에/아아 난 몰라, 알 수 없을/책을 덮고 길을 나섰었네

사랑 잃은 남녀들과 자유 위한 그 함성들/내 머리는 조금씩 자라 바람에 자유로이 흩날렸어

푸른 옷에 허연 머리 군인 가던 그 시절에/난 괜찮아. 나에게는 떠나갈 청춘이도 없으니까

하. 나의 지난 시절 아픈 기억 많았어도/내 발자국들로 내 인생을 채워갈래

잊었었던 내 노래들 잃어버린 그 시간들/내 머리도 또다시 자라 끝없이 자유로이 흩날리네/내 머리는 끝없이 자라 바람에 자유롭게 휘날릴래

대한민국에서 중고등학교를 나온 이들이라면 '두발 규제'와 관련된 추억 하나쯤은 갖고 있을 것이다. 학창 시절 우리는 머리가 조금 더 길기를 얼마나 바랐던가. 두발을 규제하는 교사도 어린 시절엔 그랬을 것이다. 고교 시절 장혁이 교사에게 가장 혹독하게 매를 맞은 일도 머리 길이 때문이었다. 곡을 들으면서 그 모든 것을 상상할 수 있었다. 검은 교복을 입은 까까머리 중고생, 대학에 들어간 그가 장발을 한 모습, 때마침 도래한 민주화의 물결까지.

윤명운의 노래는 결코 무겁지 않았다. 바람에 휘날릴 정도로 경쾌했다. 그 누구의 노래와도 구별되는 독특함이 살아 있었다.

이장혁 1집이 나오고 얼마 지나지 않은 시점이었다. 장혁은 새 전기기타를 사려고 벼르다 중고 악기 사이트에 들어가 기타를 찾았다. 그런데 특이한 판매자가 하나 있었다.

"블루스 음악가 윤명운이 직접 쓰던 기타를 팝니다."

두 개의 기타가 매물로 나와 있었다. 하나는 150만 원, 다른 하나는

340만 원. '판매자는 이걸 어디서 구한 거지……' 장혁은 판매자에게 전화를 걸었다.

"이거 진짜 윤명운씨가 쓰던 거 맞나요?"

"네, 맞습니다."

중년 남자의 툭툭 던지는 말투는 물건을 팔려는 이의 나긋나긋함과는 거리가 멀었다. 하지만 윤명운이 쓰던 기타를 살 수만 있다면야 그런 건 상관없었다.

"제가 윤명운 선생님의 오랜 팬입니다."

"아…… 네……"

"제가 그분 노래 덕에 음악을 해요."

남자는 대답이 없었다. 멋쩍음이 느껴졌다. 불현듯 수화기 너머의 그가 윤명운일 거란 느낌이 들었다.

"저 혹시…… 선생님이신가요?"

"그게…… 선생님은 아니고…… 윤명운 맞습니다."

'음악을 하다보니 이런 날도 오는구나' 싶었다. 무조건 만나자고 했다.

"만나고 싶습니다. 물건도 봐야 하고요."

"사려면 그래야죠."

"어디서 뵐까요?"

"마포 홀리데이인 아시죠?"

홀리데이인 호텔 커피숍에는 배가 약간 나온 중년의 아저씨가 앉아 있었다. 음반 재킷의 샤프한 이미지는 보이지 않았다. 장혁은 90도로 허리를 숙여 인사했다. 윤명운은 장혁에게 손을 내밀었다.

"윤명운입니다."

"네, 선생님."

"선생님 아니라니까……"

어색했는지 윤명운은 기타 얘기를 먼저 꺼냈다. 그는 말을 놨다.

"어떤 걸 사려고? 둘 다 가지고 나왔는데."

"돈이 없어요. 150만 원짜리 살게요."

그 말을 듣고도 윤명운은 340만 원짜리를 가리켰다.

"이거 사. 돈은 천천히 나눠 줘도 되니까."

그 메시지가 무엇인지 장혁은 알 것 같았다. 기타 거래는 그쯤 하고, 두 사람은 음악에 대한 이야기를 시작했다. 장혁은 오래전부터 궁금한 게 하나 있었다. 〈명운이의 Blues〉의 하모니카 소리. 도대체 어떤 브랜드의 하모니카를 쓰기에 그런 음이 나오는 걸까. 손에 잡힐 듯 생생하며 그 끝을 알 수 없는 깊이.

"하모니카, 어디 제품이었어요?"

"아, 그거. 호너Hohner인데."

'호너? 학생들이나 쓰는 그 싸구려 하모니카? 호너에서도 그런 소리가 나는구나…… 나도 하나 가지고 있는데……' 장혁은 고풍스러우면서도 낯선, 장인의 이름을 단 오래된 브랜드를 상상했었다. 윤명운과 헤어지며 장혁은 음악에 대해 생각했다. 음악의 본질은 사람에게 있다는, 당연하지만 묵직한 주제에 대해 고민했다. 그것은 오래된 우화를 읽은 뒤 얻은 깨달음 같은 것이었다.

이렇게 형성된 음악에 대한 장혁의 태도는 엄중하다. 그는 방송에 자주 등장하는 인디 밴드들에 대해 곧잘 분노와 냉소를 드러낸다. 방송에서 라이브로 음악을 하는 그들을 자세히 보면, 대개 연주음악인 엠알mr에 맞춰 보컬만 열심히 노래한다. 나머지 멤버들은 기타에 잭도

꽂지 않고 몸싱크(악기를 연주하는 척 몸만 움직이는 것. 립싱크에서 나온 표현)를 해댄다. 방송 출연해서 앨범 판매고나 인지도를 높이려는 밴드들은 흔하다. 장혁은 '밴드'의 의미를 이들이 훼손하고 있다고 생각한다. "사운드가 제대로 나오지 않아서", "기획사의 주문 때문에"라고 핑계를 댈 때마다 "그들은 무엇 때문에 음악을 하는가"라고 묻는다.

"인디에게 음악을 대하는 애티튜드attitude를 빼면 아무것도 남지 않아. 쓰레기들!"

장혁은 애티튜드에 관한 두 가지 이야기를 들려주었다. '뮤즈'라는 영국 밴드가 있다. 2012년 런던 올림픽의 주제가를 부를 정도로 영국이 사랑하는 밴드다. 유럽의 한 방송국에서 뮤즈에게 "직접 연주하지 말고 엠알 반주에 맞춰 무대에 서달라"고 요구했다. 방송사는 사운드를 잘 갖추지 않아서라고 이유를 설명했다. 뮤즈 멤버들은 허락했다. 그런데 방송이 나간 후 난리가 났다. 실제 방송에서 멤버들은 포지션을 바꿨다. 기타리스트가 드럼에 앉고, 드러머는 기타를 쳤다. 그리고 엉터리로 연주하는 시늉을 했다. 거대 미디어에 대한 조롱이었다. 전설적 그룹 '너바나'도 비슷한 일화를 가지고 있다. 방송에서 몸싱크를 요구하자, 기타리스트 커트 코베인은 손바닥을 펴서 기타줄에 닿지 않게 허공에서 휘휘 저었다. 드러머는 스틱을 장난처럼 돌려댔다. 노래는 정말이지 개판으로 불렀다. 그들의 장난은 그들의 애티튜드가 예술혼의 일부임을 보여준다. 음악은 곡과 가사와 편곡만으로 이뤄지지 않는다. 음악을 완성하는 것은 태도다.

수많은 기대로부터 등을 돌리다

하지만 장혁의 이런 태도를 단순히 '저항'으로만 해석하면 곤란하다. 그에게 음악은 여러 사람들의 수많은 기대와 취향으로부터 등을 돌리는 것이다. 장혁에게 사람들이 기대하는 것은 무엇일까. 삶도 음악처럼 이방인스럽기를, 반골 기질과 저항의 피가 흐르고 있길, 그래서 보편적 가치와 윤리의 틀에서 벗어나 있길, 처절한 쓸쓸함과 절망을 경험한 사람이길 기대하고 있는 걸까. 포털 사이트에서 이장혁을 검색하면 '그에 대한 일반적인 기대'와 '그에 반하는 이장혁의 실제' 사이에서 혼란과 배신감을 느끼는 글들이 적지 않다.

장혁은 자신의 음악이 절망을 노래한다고 말한다. "세상엔, 인간에겐 거의 희망이 없다"고, "나는 밝은 노래보다 어두운 노래에 더 재능이 있다"고 얘기한다. 그래서 팬들은 장혁이 결혼을 해서 아이까지 있는, 정상적인 가정의 가장이며, 매주 일요일 교회에 나가는 독실한 기독교 신자라는 사실에 놀라곤 한다. 어떤 이는 “지독한 배신감을 느끼면서도 묘하게 위로가 된다”고 하고, 어떤 이는 “비관주의자이기 때문에 신앙인이 된 것일까”라고 말한다.

그들은 왜 지독한 배신감을 느끼는 걸까? 결혼을 해 아이를 갖고, 일요일마다 교회에 나가는 장혁이 우리가 상상해온 인디 뮤지션 장혁의 모습과는 거리가 멀어서일까? 그의 삶마저 음악처럼 절망적이어야 우리는 ‘그와 그의 음악’을 이질감 없이 받아들일 수 있는 걸까? 그것이 장혁과 장혁의 음악에 대한 팬들의 기대일까?

장혁에 대한 배신감을 클럽 빵의 사장 영등이 형에게서도 엿볼 수 있었다. 장혁에게 빵은 사실상 데뷔 무대였고, 가장 어려운 시절 비빌 언덕이었으며, 지금도 정기적으로 공연을 하는 고향 같은 곳이다. 영등이 형은 장혁을 신뢰하고 그의 음악을 사랑한다. 그런데 가끔 장혁에게 배신감을 느낀다.

발단은 이장혁 2집(2008년)에 있는 〈아우슈비츠 오케스트라〉라는 곡이었다. 유대인이 잔인하게 학살당한 아우슈비츠 수용소의 슬픔을 이야기한 노래다. 영등이 형은 유대인을 옹호하는 듯한 장혁의 태도를 이해하기 힘들다고 말했다. 그것은 아마도 영등이 형의 이념적, 정치적 취향 때문일 것이다. 홍대 앞은 기득권과 보수에 대한 반감으로 가득하다. 유대인에 대한 연민조차 비집고 들어가기 힘든 이념적 취향이 홍대를 가득 채우고 있다. 자본에서 독립해 잡티가 섞이지 않은 순수한 열정을 이어가는 그들에게 ‘가진 자’와 ‘가진 자를 수호하는 보수주의’는 심정적으로 받아들이기 힘든 존재일 것이다.

하지만 장혁은 홍대가 모태이면서도 그곳의 취향과 꽤나 거리를 두고 있다. 그는 크리스천으로서 자기 재능에 따라 자기 소명을 지키며 사는 것을 중요한 가치로 여긴다. 또한 어린이 성폭행 같은 흉악범죄에 대응하기 위해 반드시 사형제를 유지해야 한다고 생각한다. 그곳에서 장혁은 특이한 사람이다.

배신감을 느끼는 영등이 형에게 이렇게 묻고 싶어졌다. 장혁에게 어울리는 곡은 반드시 〈조〉(이장혁 2집 수록)여야 하는 건가(〈조〉는 2007년 미국 버지니아 주립 공과대학에서 32명의 학생과 교수를 총으로 난사해 살해한 뒤 스스로 목숨을 끊은 한국계 조승희를 의미한다. 미국 역사상 최악의 총기 난사 사건을 저지른 조승희. 하지만 이 곡에는 미국 사회에서 상처를 받은 조승희에 대한 깊은 연민이 담겨 있다). 조승희에게 연민을 느끼면서 동시에 유대인에게 연민을 느낄 수는 없는 건가. 〈조〉와 〈아우슈비츠 오케스트라〉, 같은 가수의 두 곡에 대한 취향은 같을 수 없고, 그러한 이질감이 또다른 기대와 실망과 감동과 배신감으로 갈라진다.

뮤지션 장혁에 대한 감정과 기대는 복잡하고 미묘하다. 다시 말하지만 장혁에게 예술이란 수많은 취향에 등을 돌리는 것이며, 그리하여 자신을 사랑해준 사람을 언젠가는 적으로 만드는 것이다. 나는 갑자기 어떤 문장이 떠올랐다.

"고독의 밑바닥을 치지 않고는 결코 좋은 글을 쓸 수 없다. 그건 슬픈 일이다."(소설가 고 박완서)

장혁에 대해 날카로운 감정을 드러내던 영등이 형이 전혀 다른 말을 하기 시작했다.

"장혁씨 나이가 올해 마흔이죠. 애가 크고 있고 새로운 상황을 맞이

2011년 7월 30일, 홍대 앞 클럽 빵에서 공연중인 이장혁.

• • •

작은 성공을 이루더라도 일이 끝나는 건 아니다.
성취의 지점에선 수많은 개별적 기대가 자라난다.
꿈을 지켜가기 위한 진짜 싸움은 바로 그 지점에서
시작되는지 모른다. 수많은 취향과 기대에 맞서,
지금까지 음악을 해온 기간보다 더 긴 시간 동안
자신의 음악을 구축해가야 하기 때문이다.

하고 있죠. 인디의 초창기를 만들었던 이들이 이제 막 마흔 줄에 접어들고 있어요. 10년 뒤, 쉰 살 먹은 장혁씨가 이런 곳에서 공연을 한다는 거 자체가 하나의 역사가 될 겁니다. 이제 음악이 자신의 개인사에 머무르는 게 아니라, 새로운 시대를 만들어가는 역할을 하게 되는 거죠. 보통 사람들은 아마 이런 생활이 위태위태해 보일 겁니다."

"먹고사는 현실적인 문제가 있으니까요."

나는 별생각 없이 그의 말에 호응했다. 그러나 영등이 형은 단호하게 고개를 저었다.

"아니요. 음악으로 살겠다며 도전장을 냈던 수많은 젊은이들이 왜 마흔까지 음악을 못 하는 줄 아십니까? 그건 경제적인 어려움 때문이 아니에요. 실은 보다 본질적인 문제가 있는 거죠. 음악을 그만두는 가장 큰 이유는 '역량의 한계' 때문입니다. 한순간 꽃을 피우는 건 많은 이들이 할 수 있는 일인지 모릅니다. 하지만 그것을 지속적으로 유지하고, 과거에 만든 것을 뛰어넘는 건 아무나 할 수 있는 게 아니죠. 그건 굉장히 다른 차원의 얘기거든요. 과거의 것을 넘어 새로운 것을 구축하는 능력 말이에요. 본질적인 어려움은 돈이 아니라 역량에 있는 겁니다. 내가 장혁씨에게 기대하는 건 바로 그런 거죠. 쉰에도 자기 노래로 무대에 설 수 있는, 우리를 감동시킬 수 있는 뮤지션 말이죠."

누구나 젊은 시절 어정쩡한 순간을 맞이한다. 어떤 식으로 그 어정쩡한 상황을 정리하고 다음 단계로 나아갈 것인가를 결정하는 건 자신에게 달려 있다. 작은 성공을 이루더라도 일이 끝나는 건 아니다. 성취의 지점에선 수많은 개별적 기대가 자라난다. 꿈을 지켜가기 위한 진짜 싸움은 바로 그 지점에서 시작되는지 모른다. 수많은 취향과 기대에 맞서, 지금까지 음악을 해온 기간보다 더 긴 시간 동안 자신의 음악을 구축해가야 하기 때문이다. 장혁은 그와 생각이 다른 영등이 형의 배신감까지도 덮어버릴 수 있는 감동적인 음악을 오랫동안 지속시켜야 한다. 그것이 결국 그의 꿈이다.

이장혁이 말하는 꿈 _고독

장혁은 비주류다. 가방끈 짧은 것부터 시작해서 음악적 취향도 그렇고, 인디라는 점에서 더욱 그렇다. 그에게는 대중이 열광할 만한 코드가 별로 없어 보인다. 언젠가 지상파 방송에서 장기하와 루시드폴, 이적을 모아 토크쇼를 하는 것을 본 적이 있다. 그들에게 있어서(적어도 그 프로그램에서는), 진품의 아우라를 완성하는 마지막 요소는 분명 음악이 아니었다. 서울대를 나온 엘리트지만 그것에 안주하지 않고 정말 자기가 원하는 것을 향해 모험을 하고 있는 이들에 대한 사회의 관심은 늘 그런 식이다. 미디어가 뮤지션을 그렇게 유형화하는 것은 이 사회가 무엇을 지향하는가를 너무나 적나라하게(혹은 순진하게) 보여준다.

얼마 전 〈무릎팍도사〉에 히트곡 제조기로 유명한 '용감한 형제'(강동철씨)가 출연했다. 이 프로그램의 진행자인 강호동이 동철에게 이런 질문을 했다.

"작곡가분들 보면 학벌 좋은 분들이 많잖아요. 그런 분들 보면 주눅 들거나 그러진 않으세요?"

용감한 형제는 대학물을 먹지 못한 작곡가다. 고교 시절 문제아였던 그는 한때 조폭(조직폭력배)이 되는 게 꿈이었다. 하지만 그는 지금 최정상에 있다. 잘나가는 아이돌 스타치고 그가 작곡한 노래를 부르지 않은 이들이 없을 정도다. 오직 주먹만 믿고 변방에서 사고나 치던 청소년이 주류 중의 주류가 되어 대중문화를 호령하고 있다. 그거야 어쨌든, 난 강호동의 직설적인 질문이 재미있다고 생각했다. 그의 질문은 이 사회가 사고하는 방식을 잘 보여준다. 동시에 우리 사회의 통념을 벗어난 '예외적 인물이 상당히 드물다'는 것도 보여준다. '의외성'은 감동과 함께 우리에게 많은 질문을 던진다. 무엇이 옳은가. 어떤 것이 좋은 삶인가. 어떻게 살아야 하는가. 어떻게 꿈을 이룰 것인가. 어떻게 꿈을 지켜갈 것인가. 후회 없는 삶을 산 사람은 누구인가.

이장혁. 자기 재능이 음악임을 깨닫고, 정직하게 그것을 꿈으로 삼았다. 그가 만들어낸 음악은 높은 평가를 받았다. 하지만 그의 음악은 돈이 되지 않았다. 그의 음악은 참 독특해서 어떤 사람은 깊게 빠져든다. 하지만 대중적이지 않은 그의 음악을 찾는 대중은 많지 않았다. 그는 억지로 돈이 되는 음악을 하는 대신 곤궁함을 택했다. 그에겐 넉살도 주변머리도 연예인의 필수품이 되어버린 예능감도 없다.

"형은 꿈을 이룬 건가요?"(만나는 횟수가 늘어나면서 나보다 세 살 많은 그를 형이라 부르기 시작했다. 하지만 그는 말을 놓는 법이 없다)

"난 1차적인 꿈(싱어송라이터가 되는 것)을 이뤘어요. 하지만 이 꿈을 계속 꾸기 위해 노력중이죠. 지속적으로 의미 있는 작품을 내놓는 뮤지션이 되는 것이 나의 본질적 꿈이라고 보면 되겠네요. 적절한 비유가 될는지 모르겠지만…… 저는 지금의 제가 '해협을 횡단하는 스위머swimmer'라는 생각이 들어요. 나는 헤엄을 치는 사람이고, 이 땅에서 다음 목표인 저 땅까지 건너기 위해 바다를 헤엄쳐 가죠. 차가운 바다를 헤엄쳐 가는 동안 온 힘을 다해 거친 파도와 싸워야 할 때도 있고, 지쳐 더 나아가지 못해 숨 고르기를 해야 할 때도 있고, 가라앉지 않으려고 바둥댈 때도 있고, 때론 방향을 잃고 힘들게 헤맬 때도 있고, 또 때론 내가 마치 물고기인 양 쉬 전진할 때도 있죠. 간혹 누군가는 응원을 해주기도 하고, 누군가는 왜 쓸데없는 짓을 하냐고 혀를 차기도 하지만, 가장 중요한 건, 나는 헤엄을 쳐서 바다를 건너야 하는 사람이니까, 그러라고 태어난 사람이라고 굳게 믿고 있으니까, 그 믿음대로 나는 지금도 바다를 건너고 있다는 사실이죠. 바다를 건너 저 땅에 다다르면, 나는 또다른 바다를 건너는 꿈을 꾸겠죠. 그리고 그때는 새로운 수영법이나 다른 호흡법이 필요할지도 모른다고, 저 땅에 닿기도 전인데 헤엄치는 지금 이 순간에도 생각합니다. 현재 내가 꾸는 꿈은 이런 것이라고 비유하고 싶어요."

"형은 이기적인 사람인가요?"

"누구에게요?"

"가족에게."

"흠…… 하하, 참 어려운 질문이네."

"그만할까요?"

"아뇨, 아니요. 괜찮아요. 나만 해피할 생각으로 이기적인 꿈을 꿨

2011년 11월 3일, 선유도 공원에서 기타를 치고 있는 이장혁.

• • •

이장혁. 자기 재능이 음악임을 깨닫고,
정직하게 그것을 꿈으로 삼았다. 그가 만들어낸 음악은
높은 평가를 받았다. 하지만 그의 음악은 돈이 되지 않았다.
그는 억지로 돈이 되는 음악을 하는 대신 곤궁함을 택했다.
그에겐 넉살도 주변머리도
연예인의 필수품이 되어버린 예능감도 없다.

다면 이렇게 힘들지 않을 거예요. 정신적으로 힘들다는 게, 이기적인 놈이 되지 않기 위해서 그런 거니까. 나는 노래도 하고 다른 일도 하잖아요. 노래보다 다른 일(신문 편집 등)로 더 많은 돈을 벌죠. 그런데 나는 이 두 가지를 감당하는 게 너무 힘들어요. 한 가지가 한 가지를 잡아먹는 느낌이 들 때가 있어요. 내 생각만 했다면 그럴 필요 없었을 거예요. 나에겐 아들도 있고 아내도 있으니까. 나만 바라보고 그냥 쭉 갔다면 지금과는 다른 얘기가 됐을 거 같은데…… 현실적으로 내가 힘들어하는 부분은 나만 바라보지 않아서 생기는 거 같아요. 하지만 이 일을 하면서도 가정을 꾸리겠다는 선택을 한 것은 나 자신이니까 나만 해피하지 않게끔 노력해야 하는 의무가 있는 거죠. 하지만 나만 해피한 것보다 지금 상황이 더 나쁘다거나 그런 건 아니에요."

절망의 노래로 위로와 희망을 주는 이.장.혁

오소영 유재하 음악경연대회 출신 싱어송라이터

오소영은 1994년 제6회 '유재하 음악경연대회'에서 동상을 받으며 데뷔했다. 조규찬, 유희열, 김현철, 김연우, 방시혁, 이한철, 스윗소로우, 메이트, 노리플라이 등이 이 대회 출신이다. 소영은 데뷔 7년 만인 2001년, 정규 1집 앨범 〈기억상실〉을 발표했다. 이후 또다시 긴 공백기를 거친 뒤 2009년 2집 앨범 〈a Tempo〉를 내놨다. 2010년엔 여섯 곡이 담긴 EP앨범을 냈다. 성인이 되기 전 청소년의 음성 같은, 요즘 노래에선 들을 수 없는 정직한 목소리를 가지고 있다. 유희열은 "목소리는 슬프지만 눈을 뜨고 꿈꾸게 한다. 너무나도 기다렸던 목소리"라고 했고, 루시드폴은 "그녀의 기타 줄엔 슬픔을 견뎌내는 듯한 울림이 있다"고 했으며, 평론가 서정민갑은 "차분한 응시와 사적인 고백이, 순수한 여백과 자연스러운 성찰의 아름다움을 전해주는 노래다. 오소영의 노래는 가수가 바로 이런 노래를 하는 사람이라는 잊힌 통념을 새삼 확인시켜준다"고 했다. 초등학교 6학년 때 기타를 치기 시작해 중학교 시절 처음으로 멜로디를 만들었다. 1974년생으로 장혁보다 두 살 어리다. 장혁처럼 '포크송 가수'로 분류된다.

"놀랐어요. 왜 나한테 그런 부탁을 했을까…… 내가 오빠에 대해 뭘 그렇게 많이 안다고. 장혁이 오빠랑 친하긴 하지만, 나보다 친한 동생들도 많은데요. 친하게 지낸 시간이 꽤 됐는데도 나한테 아직 '소영씨'라고 해요. 말 낮추라고 해도 그러지 않아요."

"그렇다니까요. 형은 나한테도 말을 안 놔요. 하하. 형을 잘 아는 사람을 추천해달라고 했더니, 하루 정도 지난 뒤 오소영씨로 하자는 휴대폰 문자를 보내왔어요. 친절하게 이유를 설명해주는 스타일이 아니잖아요. 더 묻진 않았죠. 몇 년 전 소영씨 인터뷰를 찾아보고선, 조금 알 거 같았어요."

공연 전 분장실에서 오소영과 함께한 이장혁.

"아주 사소한 것부터 서로 통하는 게 많은 편이죠. 좋아하는 영화나 미드(미국 드라마)가 같다든가 하는, 아주 사소한…… 그래서 가끔 만나면 엄청 수다를 떨죠. 그래서 날 추천한 건 아닐 테고. 같은 길을 가고 있는 사람이 오빠를 봤을 때, 자기가 설명하지 못하는 부분을 설명해줄 수 있다고 느낀 거 같아요."

"포크송을 하고, 인디계에 있고, 싱어송라이터고, 나이도 엇비슷하고…… 정식으로 음악을 배운 적 없이 홀로 자기 음악을 구축해나가고, 경제적으로 여유가 없어 앨범 하나를 내는 데 긴 시간과 노력이 필요하고…… 정말 비슷한데요. 긴 공백기에는 주로 뭘 하셨어요?"

"돈벌이를 했죠. 친구랑 핸드메이드 액세서리를 만들어 팔다 쫄딱 망하기도 하고. 이것저것 했어요. 여기가 다 그래요. 엄마는 지금도 늦지 않았으니 정신 차리고 다른 일을 찾으라고 해요. 호호. 장혁이 오빠도 음악을 하려면 다른 일을 해야 하죠. 오빠는 더 힘들 거예요. 가족이 있으니까. 음악만 하고 사는 거, 그게 우리 모두의 꿈이죠. 음악과 일을 같이 한다는 건 참 힘든 일이에요. 그러다보니 공백기가 길어지는 거죠. 중간에 음악을 그만두게 되는 거고."

"영등이 형은 '음악을 지속하지 못하는 건 결국 역량의 차이 때문'이라고 말하더군요."

"음…… 역량의 한계라기보다 체력의 한계라고 봐야 하지 않나. 저 같은 경우엔 몸이 건강한 편이 아니라 밤샘 작업을 하면 다음 날 아무것도 못 해요. 그러다보니 다른 일을 같이 하기 힘들고, 작업이 계속 늦어지죠. 몸이 지치면 마음도 같이 따라 지쳐요."

"장혁이 형도 일 때문에 많이 힘들어하죠. '감히 나에게도 그런 게 있다고 말할 수 있다면, 예술의 혼을 붙잡기 위해 온몸을 랩으로 감싸고 싶다'는 글을 일기에서 봤어요. 음악에만 집중할 수 있는 삶을 많이 바라죠."

"저도 맨날 그런 생각해요. 마치 복권 당첨 꿈꾸듯이. 음악만 하면서 음반도 1년에 한 번씩 내고 단독 공연도 하고 그러면 얼마나 좋을까…… 오빠가 그런 글을 쓴 건 아마도 자기 스스로 다짐을 하기 위해서일 거예요. 힘든 순간은 계속 오거든요. 버티는 힘은 나 자신에게서 나온다고 생각해요. 오빠는 나보다 더 힘든 일이 많을 테니, 나보다 더 다짐하고 다짐해야 할 거예요. 포기하지 않기 위해."

"언젠가 인터뷰에서 소영씨 자신을 '불굴의 뮤지션'이라고 표현했더군요. 그것도 그런 건가요."

"그런 다짐 없으면 어떻게 버텨내겠어요."

"아까 어머니에 대해 말씀하셨는데, 꿈을 꾼다는 것이 사랑하는 사람, 특히 가족에게 상처가 되는 경우가 있는 거 같아요. 장혁이 형은 아내에게 상처를 주는 것 같다고……"

"꿈을 지키자면 가족이나 사랑하는 사람에게 상처를 주기도 하죠. 하지만 꿈을 포기하면 자기 자신에게 큰 상처가 돼요. 그러면 삶이 통째로 흔들려버려요. 그러니까 꿈을 포기할 수 없는 거예요. 우리도 어쩔 수 없어요. 나도 생계가 안 되니까 가족이 정말 걱정 많이 하죠. 음악 하는 사람이 다 그럴지는 모르겠지만, 음악을 안 하면 죽을 거 같아서, 음악을 쉬는 동안은 정신이 많이 망가졌어요. 점점 망가져서 어쩔 수 없이 음악을 할 수밖에 없더라고요. 나 자신이 살기 위해 어쩔 수 없이 그 길을 가는 거예요. 이기적인가…… 그래도 오빠는 양해를 구했고 미안해하기도 하고, 힘든데도 지킬 건 지키고 있어요."

"형에겐 남자의 허장성세가 없어요. 그냥 담백하고 직설적이죠."

"오빠는 숨기지 못하는 사람이에요. 아이 같은 사람이죠. 처음에 만났을 때 굉장히 냉소적으로 보이지 않았어요? 까칠해 보이고, 좀 예의 없어 보일 때도 있고. 그래서 친해지기 어려울 거 같고."

"딱 그래요. 어찌나 까칠하던지."

"사람들은 말을 할 때 여지를 두죠. 그걸 계산이라고 해야 하나, 자기방어라고 해야 하나, 매너라고 해야 하나 잘 모르겠어요. 오빠에겐 그런 게 없어요. 상대방이 어떻게 생각할까, 나쁘게 생각하지 않을까, 그런 걸 오빠는 생각하지 않아요. 자기 생각을 있는 그대로 얘기하죠. 그리고 워낙 만사에 확고해서 돌려 말하지도 않죠. 그 때문에 오해를 사기도 하죠. 상처를 주기도 하고. 하지만 친한 사람은 알죠. 밖으로 보이는 이미지와 실제 오빠는 많이 달라요."

"맞아요. 약간 어리바리한 면도 있죠. 좀 부족해 보이기도 하고."

"맞아요. 귀엽죠? 호호."

"장혁이 형은 세상에 희망이 없다고 하죠. 그래서 그 희망 없는 세상을 노래한다고, 어두운 노래를 만드는 재능만 타고났다고 말하기도 하죠."

"오빠 말에 어느 정도는 동의해요. 세상은 그리 희망이 넘치는 곳은 아니죠. 그런데 그게 중요한 건 아니에요. 어둡다는 건, 뭐랄까, 오빠나 내가 가지고 있는 음악의 색깔일 뿐이에요. 절망적일 때 절망적인 노래를 들으면 나만 이토록 처절한 절망을 느끼는 건 아니구나, 이런 생각이 들어서 위로가 되고, 노래를 부르는 가수와 연대감 같은 걸 느껴요. 그래서 전 절망적인 오빠의 노래가 실은 가장 희망적인 노래일 수 있다고 봐요. 어두운 노래라고 하지만, 무대에서 노래하는 오빠를 보면 충만해 보여요. 정말 행복해 보여요. 저 사람이 자기가 있을 곳에 있구나, 하는 안도감이 들어요."

"형 아들 이름이 라온이죠. '즐겁다'는 뜻인데요. 아들은 형처럼 어두운 색을 타고나지 않았으면 하는 바람일까요."

"오빠의 음악은 깜깜하지 않아요. 색의 계통이 어두운 것뿐이죠. 빛에도 여러 가지 색이 있잖아요. 빨간빛, 파란빛, 노란빛…… 어두움도 마찬가지예요. 오빠의 노래는 어둡지만 그 가운데 반짝반짝 빛나는 여러 가지 빛이 숨어 있어요. 그게 뭔지는 모르지만 느껴져요. 빛나는 무엇."

"대중의 취향을 따라가는 일도 중요하지만, 뮤지션으로서 대중의 취향에 반하는 음악을 해야 할 때도 있죠. 형처럼요."

"정성 들여 어떤 곡의 가사를 썼을 때, 그 의미를 제대로 알아듣는 사람은 굉장히 적어요. 오빠나 저나 직설적으로 가사를 쓰는 사람이 아니잖아요. 은유적이죠. 그러다보니 그에 대한 갖가지 해석이 나오죠. 곡을 어떻게 받아들이냐는 전적으로 팬의 몫이에요. 그로 인한 공격은 뮤지션이 감당해야 할 일이죠. 하지만 일일이 다 신경 쓸 순 없어요. 모든 사람의 입맛에 맞추는 건 불가능한 일이에요. 오해받는 건 슬픈 일이지만, 오빠는 해명하는 걸 굉장히 싫어해요. 그냥 대놓고 욕을 하는 한이 있어도 구구절절 말을 늘어놓진 않죠."

"아주 보수적인 면도 있어요. 일요일마다 교회에 가는 것도 그렇고요. 흉악범에 대한 사형제도도 찬성하죠. 군중의 집단행동을 경멸할 때도 많구요."

"오빠를 그냥 있는 그대로 받아들이면 되는 거죠. 생각은 다를 수 있는 거니까."

"형과 같은 무대에서 공연한 적이 있죠?"

"물론이에요. 오빠랑 아하(A-Ha)의 〈Take On Me〉를 듀엣으로 부른 적이 있어요. 밝고 빠른 노래잖아요. 우리가 잘 못 부르는. 호호. 그런데 듣던 분들이 '〈Take On Me〉가 이렇게 어두울 수도 있다는 걸 처음 알았다'고 하는 거예요. 그래서 나중에 녹음된 곡을 들어보니 정말 구슬프더라고요."

"형과 비슷한 음악을 하고 있잖아요. 그건 소영씨에게 어떤 의미가 있나요?"

"안도감이요. 같은 길을 가는 사람이 또 있다는."

"형에게 한마디 하고 싶은 게 있다면?"

"오빠 건강하시고, 우리 잘 버텨봅시다!"

| 외국인 출신 1호 국회의원 자스민 |

꿈으로부터 도망치지 않는다

2011년 11월 21일 서울 여의도의 한 카페에서 자신의 이야기를 하고 있는 자스민.

자스민은 배우와 정치인이 되고 싶다고 했다.
외국인 며느리도 못 할 일이 없다는 걸 보여주고 싶다고 했다.
그래서 결국엔 자기 손으로 '다문화 가정'이란 말을
없애고 싶다고 했다. 자신도, 자신의 아들과 딸도
완전한 한국인으로 살았으면 좋겠다고 했다.

이야기를 시작하기 전에

책이 출판된 시점에는 이미 19대 국회의원으로 활동하고 있을 이자스민에 대해서는 별도의 서문이 필요할 것 같다.

2012년 자스민은 논란의 한가운데로 걸어 들어갔다. 그녀는 국민적 혐오도로 치자면 그 무엇도 대적할 수 없는 국회의원을 직업으로 선택했다.

4·11 총선을 20일 정도 앞둔 3월 20일 새누리당은 비례대표 명단을 발표했다. 가장 주목받은 이는 자스민. 처음엔 17번을 받았지만, 15번에 배정받았던 후보가 사퇴하면서 열다섯번째에 이름을 올렸다. 새누리당의 지지도를 감안하면 당선 안정권이었다. '헌정 사상 첫 외국인 출신 정치인 탄생'이 초읽기에 들어간 것이다.

"정치인이 되면 적어도 세 번은 완전히 발가벗겨진다"는 말이 있다.

검증은 정치인에게 운명 같은 것이다. 자스민도 예외는 아니었다. 비례대표 발표를 기다렸다는 듯이 허위 학력 논란이 터져나왔다.

자스민은 지금까지 '필리핀 명문 의대 중퇴'로 알려져 있었다. 그런데 비례대표 후보로 중앙선거관리위원회에 등록하면서 자스민은 자신의 학력을 '아테네오 데 다바오 대학Ateneo de Davao University 생물학과 중퇴'로 기입했다. 인터넷을 중심으로 자스민의 학력 위조 논란이 급속히 퍼지기 시작했다. 언론도 앞다퉈 이를 보도했다.

자스민이 거짓말을 했다는 주장에 따르면 ①자스민은 의과대학medical school에 들어갈 자격을 얻기 위해 생물학과를 다녔을 뿐이고 ②아테네오 데 다바오 대학은 명문 사립대가 아니라, 마닐라에 있는 아테네오 대학의 지방 캠퍼스일 뿐인데 ③그럼에도 자스민은 언론에서 '고교 학력 상위 1퍼센트로, 의대에 진학했다'는 거짓말을 해왔다.

학력 논란이 불거지면서 내 얼굴도 붉어졌다. 고백건대 자스민 학력 논란의 진원지는 내 기사였다. 2010년 자스민의 스토리를 본격적으로 다룬 '내러티브 저널리즘 리포트—자스민은 한국인이다'를 작성하면서 나는 "자스민이 필리핀에서 의대를 다니다 중퇴하고 한국으로 시집왔다"고 밝혔다. 그 기사는 자스민의 구체적인 경력과 스토리를 담은 첫 보도였다.

어디서부터 잘못된 것일까. 우선 2년 전 취재 기록을 찾아봤다. 기록을 찾아 기억을 더듬어 복기한 내용은 다음과 같다.

"고등학교 때 내신 성적도 좋고 대입 시험도 모든 영역에서 상위 1퍼센트였단 말이죠?"(자스민은 한국에 온 뒤에도 공부를 계속할 수 있을까

싶어 고교 성적표 사본을 챙겨 왔었다. 이와 관련된 얘기는 이 책에 자세히 나온다)

"네 그랬어요. 공부 잘하는 학생이 선택하는 길은 필리핀도 비슷해요. 변호사가 되려는 학생은 정치학 같은 사회과학을 선택하죠. 의사가 되려는 이들은 자연과학을 선택하고요. 저는 당시 마닐라 필리핀 국립대 컴퓨터공학과와 아테네오(다바오) 생물학과에 동시에 합격했어요. 부모님이 멀리 보낼 수 없다고 해서 아테네오 생물학과를 택했죠. 저는 동물학도 좋아했어요."

"의대를 다닌 게 아니었네요."

"그렇죠. 자연대를 졸업하면 NMAT이라고 해서 '메디컬 스쿨 입학 자격 국가 시험national medical admission test'을 치러야 해요."

"생물학과를 나온 학생들의 메디컬 스쿨 합격률이 얼마나 되나요?"

"친구들은 지금 다 의사가 됐어요. 비율까진 생각해보지 못했지만 주변에서 의사가 안 된 사람은 못 봤어요. 의사가 되려고 들어온 과이기 때문에 모두 우등생들이었죠."(아테네오 대학 홈페이지 '자주 묻는 질문FAQ' 게시판에는 '생물학과는 일반적으로 의과대학을 준비하는 학생들이 듣는 과정으로 졸업생 전원이 의과대학에 진학해왔다'고 안내돼 있다)

"그러니까 한국의 의예과를 다닌 셈이네요."

"흠…… 그렇다고 볼 수 있나요?"

"그럼 뭐 그냥 의대 중퇴라고 하면 되겠네."

책도 아니고 길지 않은 기사에 복잡하게 시시콜콜 다 쓰기도 힘들었고, 사실에 부합하는 선에서 처리하고 넘어갔다. 게다가 '의대 중퇴 + 미녀대회 입상'이라는 이미지가 만들어내는 주목도는 매우 컸다.

그것에만 집중한 나는 중간 과정을 어떻게 설명해야 할지 진지하게 고민하지 못했다. 나는 아주 단순한 방식으로 자스민의 캐릭터를 정의했다. 이후 자스민이 방송에 나와서 한 말들도 그렇게 편집됐을 수 있다.

학력 논란이 불거진 뒤 그녀에게 전화를 걸었다.
"적극적으로 해명을 하시죠."
"해명을 하면 사람들이 믿어주나요? 그러고 싶지 않아요."
"왜요?"
"서울시 공무원이 될 때도 생물학과 중퇴로 분명히 밝혔고, 심지어 강사 이력서를 쓰면서도 거짓을 기입한 적이 없어요. 지금까지 공식적인 경력을 속인 적이 없었어요."

자스민과의 전화 통화는 그렇게 끝났다. 하지만 자스민에 대한 공격은 점점 거세졌고, '외국인 혐오Xenophobia'로까지 확대되는 양상을 보였다. 때마침 조선족 남성이 한국 여성을 무참히 살해한 사건이 터지면서 이주민에 대한 공격은 더욱 거칠어졌다.
하지만 시간이 흘러 총선이 마무리됐고, 자스민은 대한민국 사상 첫 외국인 출신 국회의원이 됐다.

그즈음이었던 같다. 어떤 신문사가 '이자스민 당선인에 대한 인종차별 보도가 지나치게 과장됐다'는 내용의 기사를 실었다. 내용은 아래와 같다.

이자스민 당선자가 언급된 트위트의 노출도를 분석한 결과, (약 보름간) 전체 544만 3,704점 가운데 인종차별적 내용이 담긴 트위트의 노출도는 1만 3,955점, 가짜 공약을 확산시킨 트위트 노출도는 5만 4,032점으로 전체의 1.2% 수준이다. 허위 학력 논란 트위트 노출(4만 3,680점)을 합할 경우 2%다. 노출도를 높인 트위트는 3건 정도(20회 이상 리트위트)에 불과했다. (반면에) 인종차별을 반대하거나 언론의 부풀리기 보도 의혹을 지적하는 트위트의 노출도는 461만8,357점으로 84.8%에 이르렀다.

공격하는 사람보다 이해해주는 사람이 많았다는 얘기였다. 안심이 됐다.

당선되고 며칠 후 국회 앞에서 점심식사를 함께 할 수 있었다. 새내기 국회의원은 밝아 보였다. 자신의 팔, 다리, 머리가 되어줄 보좌진을 어떻게 구성해야 할지 고민하는 모습이, 좋아 보였다.

해가 강렬하고, 멀리까지 선명히 보이는 맑은 날이었다. 벚꽃과 함께 순식간에 봄이 지나가고 있었다. 벚꽃의 끝을 즐기려는 이들이 국회의사당 안팎을 거닐었다. 사람들의 행렬은 윤중로부터 의사당 잔디밭까지 이어졌다. 자스민과 함께 잔디밭을 가로질러 의사당으로 걸어갔다. 사람들은 자스민을 알아봤고, 신기해했다. 연인들은 서로의 팔을 꾹꾹 찌르며 "저기 자스민 좀 봐봐"라고 말했다.

"이젠 정말 인기인이네요."

"페이머스famous가 아니고 노터리어스notorious(악명 높다는 뜻) 아니에요?"

2011년 관객 530만 명을 돌파한 영화 〈완득이〉에서
주인공 완득이의 엄마 역을 맡은 자스민.

• • •

배우.
필리핀에서 계속 살았다면 반드시 도전하고
싶은 분야였다. 그런 일을 한국에서 할 수 있었고,
그로 인해 사람들이 자스민을 조금씩 알아보기 시작했다.
자신을 드러내 보이고 싶은 어설픈 허영심이라고
수군댄다고 해도, 이주여성이어서 이주여성 역할만
맡게 될 거라고 폄하해도, 자스민은 상관없었다.
그거야말로 자기가 하고 싶은 거니까.

싱긋 웃으며 그녀가 받아쳤다.

"맘고생이 심했죠?"

"에이 뭐, 한두 번인가요."

"학력 논란 있을 때 어땠어요?"

"승근이가 페이스북에 엄마를 변호하는 글을 올렸더라고요. 페이스북에 그런 글 올린 거 처음 봐요."

승근이라면 능히 그럴 녀석이다. 엄마에 대한 공격을 자신의 모든 것에 대한 모욕이라고 생각하는 아이이니까. 벌써 고등학교 1학년이네.

"승연이는요?"

"어느 날 갑자기 오더니, 묻지도 않았는데, 엄마 나 인터넷 안 해, 이러는 거예요. 자긴 그런 거 안 보니까 걱정하지 말라는 거죠."

"자스민씨 자식 복은 확실히 있어요. 응원도 많았죠?"

"네."

"공격은…… 그냥 잊어버리세요."

"그럼요. 호호. ……그런데 잊히지 않는 게 하나 있긴 해요."

총선 며칠 전 자스민에게 전화가 걸려왔다. 낯선 번호였지만 받았다. 나이를 가늠하기 힘든 남자의 목소리.

"자스민씨, 당신 남편이 2년 전 물에 빠져 죽었지? 딸을 구하려다 그랬다는데…… 난 그 사건 다시 수사해야 한다고 봐. 누가 죽였는지……"

쿨하게 이런 이야기를 하고 의사당 안으로 들어가버린 자스민의 뒷모습을 보고 있는 나의 마음은 쿨할 수 없었다. 그녀를 향한 대규모의 제노포비아는 없었을지 모른다. 공격보다 응원이 더 많았을 것이다. 응원이 90이고 공격이 10이었으니, 90이 10을 상쇄하고 남았으리라…… 나 같은 제3자의 그런 생각은 무참한 것이었다.

사람에 대한 공격은 언제나 개별적이다. 그 개별적인 공격이 가진 무시무시한 공포를 90의 응원은 상쇄하지 못할 때가 많다. 왜 언론은, 우리는 거기까지 생각하지 못하는 걸까.

영화 〈완득이〉에선 생략된 부분인데, 소설 『완득이』에 이런 대사가 나온다.

"아무리 들어도 익숙해지지 않는 말이 있다. 병신이란 말."

병신(장애인)을 아버지로 둔 십 대 소년 완득이의 말이다.

우리는 모든 걸 '다수결의 논리'로 사고하는지 모른다. 51퍼센트를 이기면 100퍼센트를 먹는 선거처럼, 그런 숫자의 논리로. 하지만 사람의 마음은 결코 그렇지 않다. 10만 명이 칭찬해도 10명이 저런 식으로 나오면, 상처받지 않을 사람은 없다.

얼마 후 자스민에 대한 허위 학력 논란의 진원지가 반反다문화 카페였음을 알게 됐다.

자스민과 함께 일하는 정치권의 사람들로부터 "내부 평가가 아주 좋다. 이번에 비례대표로 뽑힌 사람 중에 저만 한 인물도 없다"는 말을 전해 들었다.

자스민으로부터 "이주여성 정책도 중요하지만, 대한민국의 대표로서 어떤 일을 할지 고민하고 있다"는 말을 전해 들었다.

이제 자스민의 이야기를 시작한다.

완득이 엄마,
당신
왜 그렇게 살아?

2011년의 시작과 그해 봄, 자스민은 영화 〈완득이〉를 촬영하며 보냈다.

필리핀 출신 이주여성, 실은 그렇게 불리는 게 싫지만 자스민은 그 덕에 완득이 엄마 역에 캐스팅되었다. 원작 소설에서 완득이의 엄마는 베트남 이주여성이다(영화에서는 필리핀 이주여성으로 각색되었다). 열일곱 살에 한국의 난쟁이에게 시집온 동남아 출신 여성. 남편과 아들을 떠나 식당 일을 하며 근근이 살아가는 이주여성. 그것은 아빠의 장애와 함께 주인공 완득이의 결핍을 적나라하게 보여주는 주요 코드다.

소설에서 완득이 엄마는 무겁고 슬픈 캐릭터다. 어린아이를 떼어놓고 떠난 엄마의 죄책감으로 5년 만에 만난 아들에게 꼬박꼬박 존댓말을 쓰는 여자. 아들에게 적극적으로 다가서지 못하고 그애가 사준 새 구두를 가슴에 품고 눈물만 흘리는 여자, 늘 우는 여자. 모성만 강조된 그런 캐릭터.

더 늙게 보여야 하고 더 동남아 출신다워야 하기 때문에, 자스민은 더 검게, 더 늙어 보이게 분장해야 했다. 대본에는 배역의 이름 대신 '완득母'라고만 쓰여 있었다. 분장을 한 자신의 모습이 비친 거울을 바라보다 자스민은 완득이 엄마에게 물었다.

"당신, 왜 이렇게 사는 거야? 그렇게 오래 식당 일을 했으면 모아놓은 돈이 조금은 있어야 하는 거 아냐? 이 신발이랑 옷이랑, 이게 뭐야? 식당에서 일하는 이주여성들 좀 봐, 이렇게 살지 않아. 그렇게 보고 싶었으면서 왜 다시 아들을 찾지 못했어? 그게 싫었으면 새 사람 만나서 새 출발이라도 했어야지. 그 정도까지 됐으면 뭔가 모색했어야지!"

자스민의 이런 물음은 자연스러운 것이었다. 어느 날 주연을 맡은 김윤석도 완득이 엄마의 캐릭터에 반론을 재기했다. 김윤석은 완득이의 담임 선생님인 동주 역을 맡았다.

"아무리 그렇게 살았어도 소녀 같은, 여자 같은 면이 남아 있지 않을까요? 지금 세팅된 캐릭터는 지나치게 무겁고 수동적이어서 비현실적이야. 자스민씨 어떻게 생각해요?"

이후 영화 속 완득모母의 캐릭터는 조금 수정되었다. 아무 말도 못할 것 같은 완득이 엄마가, 하루 세 끼 라면만 먹는 아들을 보고, 완득이 아빠에게 눈을 똑바로 뜨고 화를 낸다.

"이게 뭐야? 애를 왜 이렇게 키우는데? 한창 클 나이에 라면만 먹이면 되냐고! 이럴 줄 알았으면 당신이 애를 키우도록 내버려두지 않았어. 이럴려고 나 보낸 거야!"

목소리를 높이는 완득이 엄마. 자스민은 속이 다 시원했다. 당시 큰 상처를 입은 자스민은 자신의 감정을 그대로 완득이 엄마에게 이입했다. 그러다 자스민의 생각은 완득이 엄마가 한국으로 시집오기 전 '꿈 많은 열일곱 살 시절'에까지 닿았다. 나라가 가난해서 그렇지 배울 만큼 배운 소녀였을 텐데…… 그때 그 소녀는 대체 어떤 꿈을 꾸었을까.

1995년과 16년

2010년 지방선거를 앞두고 당시 한나라당이 귀화 필리핀인 자스민을 서울시 비례대표 의원 후보로 추천할 거란 뉴스가 보도되었다. 동남아 출신 외국인 며느리가 정치를 시작한다는 것은 한국의 순혈주의가 깨지고 있음을 상징적으로 보여주는 사건이어서 많은 이들의 관심을 모았다. 하지만 선거일 직전 '한나라당의 비례대표 최종 명단에서 자스민이 빠졌다'는 뉴스가 보도되었다.

그러면 그렇지……

뉴스는 무책임한 공천 과정과 이로 인해 벌어진 해프닝을 비판적으로 보도하고 있었다. 하지만 인터넷에는 기사와 전혀 다른 맥락의 댓글들이 달리기 시작했다. 정치를 하려는 이주여성에 대한 공격이었다. 제노포비아라는 말로는 다 설명할 수 없는 이민자에 대한 극단적 미움. 차마 말로 다 옮길 수 없는 더러운 기호들이 난무했다.

갑자기 자스민이 궁금해졌다. 도대체 어떤 여자일까. 남편은 뭐 하는 사람일까. 필리핀 며느리로 힘들게 살고 있지만, 고향에서는 공부깨나 한 사람일 테지. 정치판에서 관심을 가질 정도면 보통 여자는 아니겠군.

자스민을 만나기 전 이미 '자스민'이란 이름을 가진 두 캐릭터를 알고 있었다. 디즈니 애니메이션 〈알라딘〉의 자스민, 인도계 미국 작가 바라티 무커르지Bharati Mukherjee의 소설 『자스민*Jasmine*』의 여주인공 자스민.

한국인에게도 친숙한 애니메이션 〈알라딘〉의 자스민은 아랍 공주다. 미국인의 상식으로 그려진 디즈니 애니메이션에서 자스민은 이국적이면서도 발랄하고 섹시하고 건강한 미녀로 그려진다. 반면 소설 속 자스민은 미국에 밀입국한 인도 여성이다. 강간을 당하고, 강간한 남자를 우발적으로 살해하고, 정착과 도망을 반복하며 여러 차례 이름을 바꾼 이주여성 자스민. 평단과 독자의 찬사를 받은 소설 『자스민』은 미국 사회에 파장을 일으켰다.

나는 두 자스민이 제3세계에 대한 서구의 오리엔탈리즘을 보여주고 있다고 생각했다. 아랍 공주와 인도 여성에 대한 시선은 호기심으로 가득했고, 서구 사회의 지적 허기를 채우는 데 적절해 보였다.

나는 기자답게, 단순하게 행동했다. 묵히면 똥 된다(머뭇거리고 쓰지 않으면 남이 쓴다). 난 자스민의 스토리가 궁금했고 그걸 알아내 독자에게 알리고 싶었다. 곧바로 연락처를 수소문해 전화했다.

자스민의 집은 서울 연희동이라고 했다. 연세대학교 근처였다. '사러가 마트'라는 대형 슈퍼마켓 앞에서 만나기로 했다. 마트 앞을 서성이는데, 저 멀리 늘씬한 여성이 걸어오고 있었다. 자연스레 눈길이 갔지만 '아닌가 싶네' 하고 다른 곳을 바라봤다. 그런데 그 여성이 나를 향해 똑바로 걸어왔다.

"혹시 강 기자님이신가요?"

가까이서 보니 한국인의 얼굴이 아니었다. 그런데 동남아 여성이라고 하기엔 키가 컸고, 중학생 아들을 둔 엄마라고 하기엔 젊고 날씬하고 미모도 빼어났다. 1977년생 삼십 대 초반의 여성은 어디 하나 초라한 구석이 없었다.

내 앞에 나타난 여성은 외국인 며느리를 대표할 수 없는 여성이었다. 필리핀의 부유한 가정에서 자랐고, 명문 사립대의 생물학과를 다니며 의사 코스를 밟았었다. 필리핀 지역 미인대회에서 입상한 경력도 있다. 한국 남성의 끈질긴 구애로 결혼에까지 이르렀다. 그녀는 이주여성의 예외적 사례일 뿐이었다. 자스민은 1995년 결혼해 한국에서 16년을 살았다.

1995년과 16년?

이 시간은 의미가 있어 보였다. 자스민이 시집와 산 16년은 동남아 출신 이주여성의 역사와 궤를 같이한다. 농촌에 '베트남 여성과 결혼하세요'라는 현수막이 걸리기 시작하고(90년대 중반), 그 현수막이 '도망간 며느리 찾아드립니다'라는 내용으로 바뀌고(2000년 전후), 혼혈 대신 다문화 가정이란 말이 생기고(2003년), 다문화 2세가 시골 초등학교의 절반 이상을 차지하는(현재진행형) 과정을 자스민은 빠짐없이 목격해왔고 경험해왔다.

자스민이 농촌 총각에게 시집온 전형적인 이주여성이든 아니든, 자스민에 대한 한국인의 시선은 늘 한 방향으로 고정되어 있었다. 자스민의 16년 한국 생활에는 외국인 며느리에 대한 우리 사회의 고정관념이 적나라하게 담겨 있다. 그녀는 2020년이면 열 가구 중 한 가구는 다문화 가정이 될 대한민국의 오늘을 이야기하고 있었다.

'아…… 이 여성의 이야기를 통해 결혼 이주여성의 역사와 현실을 드러낼 수도 있겠구나.'

나 역시 머릿속에 일반적인 이주여성과 그들의 2세를 머릿속에 그려왔었다. 하지만 누굴 찾든, 그들의 삶은 개별적이다. 누구의 삶도 전형적일 순 없다. 어그러져 있는 건 그들을 바라보는 우리의 시선이었고, 나는 그걸 말해야 했다. 에니메이션 〈알라딘〉의 자스민 공주와 소설 속 인도 여성 자스민. 그 작품에 담겨 있던 서구 중심의 가치관을 고깝게 여기면서, 실은 나도 그들과 같은 방식으로 사고한 건 아닌지……

이렇게 자책하고 있을 때 자스민이 꿈을 이야기하기 시작했다. 자스민은 배우와 정치인이 되고 싶다고 했다. 외국인 며느리도 못 할 일이 없다는 걸 보여주고 싶다고 했다. 그래서 결국엔 자기 손으로 '다문화 가정'이란 말을 없애고 싶다고 했다. 자신도, 자신의 아들과 딸도 완전한 한국인으로 살았으면 좋겠다고 했다. 그녀의 말을 들으면서 한 문장을 떠올렸다.

'자스민은 한국인이다.'

이 문장은 한국인이지만 한국인일 수 없었던 그녀의 16년을 표현하기에 적절해 보였다. '자스민'이라는 외국어와 '한국인'이라는 우리말이 부딪치는 문장의 부조화는 우리 사회의 부조리를 보여주는 것 같았다. '엄친딸'이라 불릴 만한 자스민의 개인사, 그건 외국인 며느리의 예외적 모습이지만, 이런 의외성은 독자의 상상력을 자극하기에 충분해 보였다. 결국 글의 종착역은 '한국 사회에서 꿈을 이뤄가는 자스민의 모습'이 될 것이었다. 나는 거기까지 가보고 싶었다.

자스민의 꿈이, 5,000만 한국인이 만들어내는 거대한 꿈의 모자이크, 그 일부분을 차지한다고 해도 전혀 어색하지 않을 거란 기대를 품고 기사를 썼다. 그녀의 꿈이 이뤄진다면 그건 우리 사회의 질적인 변화를 의미할 터였다.

발렝케 퀸

어린 자스민은 사립 초등학교의 노란색 스쿨버스를 타고 시장 입구에 내렸다. 버스 기사는 자스민을 내려주며 "여왕님, 발렝케에 도착했습니다"라고 말하곤 했다('발렝케'는 필리핀어로 시장이다). 스쿨버스에서 내려 우아하게 시장 안으로 걸어오는 소녀를 보며 상인들은 "발렝케에 퀸이 오셨다"고 했다.

자스민에겐 그 호칭이 어색하지 않았다. 마닐라의 사포테 시장에서 자스민의 부모는 이름난 장사꾼이었다. 시장에서 제일 큰 점포 네 개를 가지고 있었는데, 각 점포마다 일하는 사람이 서너 명씩 있었다. 승용차 여섯 대 중 두 대는 독일제였다. 집안일을 돌보는 사람만 네 명이었다.

부모는 늘 바빠서 유모가 자스민을 길렀다. 어린 시절 자스민은 부모의 간섭을 많이 받지 않고 자랄 수 있었다. 마닐라는 큰 도시지만, 우리의 옛 서울이 그렇듯 중간중간 논이 있었다. 자스민의 집 뒤에도 논이 펼쳐져 있었다. 자스민은 돼지우리에서 아이들과 소꿉놀이를 하고, 논에서 개구리를 잡아 같이 구워 먹었다. 또래보다 키가 큰 자스민은 늘 골목대장 노릇을 했다.

동네 어귀에는 우리로 치면 점방(골목 구멍가게)이 있었는데 그곳에서 아줌마들이 삼삼오오 모여 수다를 떨었고, 아저씨들은 술을 마셨다. 아이들은 가게 앞에서 즉석 미인대회를 열기도 했다. 동네 언니, 오빠는 가게에서 빵을 사 상품으로 걸었다. 종이를 구해 와 왕관과 띠를 만들었다. 아이들의 미인대회는 동네의 구경거리였다. 왕관은 늘 자스민의 차지였다.

자스민이 열한 살 되던 해, 부모는 가게를 모두 팔아야 할 정도로 큰 사기를 당했다. 자스민의 가족은 남은 재산을 정리해 민다나오 섬의 다바오로 이사했다. 부모는 도매점에서 물건을 떼다가 전국의 시장을 돌아다니며 팔았다.

더이상 유모도, 일하는 사람도 없었다. 어린 자스민이 밥을 짓고 동생까지 돌봐야 했다. 학교에서는 더 초라해졌다. 마닐라에서는 타갈로그어(필리핀 공용어 중 하나)를 썼는데, 민다나오 지역에서는 비사야어를 썼다(수많은 민족으로 구성된 필리핀은 지방마다 고유의 언어를 가지고 있다). 자스민에게 비사야어는 낯선 외국어였다. 언어가 다른 두 지역의 차이는, 모든 면에서 한국의 지역 차와는 비교도 안 될 만큼 컸다.

자스민이 전학 간 학교는 공립학교였다. 사립학교를 주름잡던 소녀는 다바오의 공립학교가 만만해 보였다. 그러나 언어의 장벽은 높았

(위) 1995년 아테네오 데 다바오 대학 생물학과 재학 시절.
(아래) 1994년 대학 재학중 미스 필리핀 선발대회 지역예선에서 3위에 오른 자스민.

• • •

어린 자스민은 사립초등학교의 노란색 스쿨버스를 타고 시장 입구에 내렸다. 버스 기사는 자스민을 내려주며 "여왕님, 발렝케에 도착했습니다"라고 말하곤 했다.

고, 어린것들의 텃새는 무서웠다. 아무도 자스민과 놀아주지 않았다. 마닐라 출신이라는 사실이 자스민을 더욱 궁지로 몰아넣었다.

"마닐라에서는 애들과 놀았던 기억밖에 없어요. 그때를 생각하면 아득한 옛날 같아요. 그런데 다바오로 이사 온 뒤 기억에는 놀았던 기억이 전혀 없어요. 마닐라에서 다바오까지 배를 타고 2박 3일이 걸리는데요, 그동안 갑자기 어른이 되었던 거 같아요. 아이에서 어른으로 넘어가는 시간의 터널을 통과한 그런 느낌. 조금씩 성장한 게 아니라 아이에서 어른으로 변신한 거 같은 느낌……"

자스민에게 다바오로의 이사는 최초의 이민이었다. 따돌림을 견뎌내는 유일한 방법은 공부라고, 어린 자스민은 결론 내렸다. 모질게 공부했다. 1년 만에 의사소통이 가능할 정도로 비사야어를 깨쳤다. 교과서의 영어와 공용어 타갈로그어는 완벽하게 소화했다. 필리핀의 학교에서는 수업을 영어로 하고, 국어 시간에는 타갈로그어를 가르친다. 자스민은 한국에 와서도 언어만큼은 두렵지 않았는데, 그건 이때의 경험 덕이었다.

필리핀에서는 초등학교 6년을 마치면 고등학교(4년제, 우리의 중고교 통합 과정)로 진학한다. 자스민은 고교에 진학해서도 늘 최상위권이었다. 부모의 사업은 새 활로를 찾았고, 다시 번성하기 시작했다. 부모는 편의점을 사들이고 클럽과 가라오케를 운영하기도 했다.

1992년 만 열다섯 살이 된 자스민은 대학 입학시험을 치렀다. 우리의 대입 수학능력평가에 해당하는 이 시험에서 자스민은 100점 만점에 99점을 획득했다. 모든 영역이 최상위권이었다. 원하는 대학을 골라 갈 수 있는 점수였다. 감격해하던 엄마의 모습은 아직도 생생하다.

"내가 천재를 낳았구나. 변호사 할래? 의사 할래? 의사가 낫겠지? 의사 해라."

자스민은 마닐라에 있는 필리핀국립대 컴퓨터공학과와 아테네오 데 다바오 대학 생물학과에 동시에 합격했다. 필리핀 국립대는 '필리핀의 서울대'라고 보면 된다. 의사가 되길 바라는 부모의 바람대로 자스민은 아테네오 대학을 선택했다. 의대 입학시험을 보기 위해서는 대학(학부)에서 자연과학을 전공해야 한다. 아테네오 대학 생물학과의 의대 진학률은 100퍼센트라고 해도 될 만큼 매우 높았다. "전국 의대 정원이 1,700명이라면, 전국 1등부터 1,700등까지 의대를 채운 뒤 그다음 등수부터 서울대 공대에 들어간다"는 말이 나올 정도로 한국에선 의대 인기가 대단한데, 필리핀도 그 못지않다.

대학에 가자 억눌려 있던 끼를 발산했다. 대학 밴드 동아리에 가입해 단번에 리드 보컬을 꿰찼다. 당시 필리핀 젊은이들에게 메탈리카, 건스앤드로지스, 그린데이 같은 록그룹이 인기였다. 90년대 한국의 트렌드와 거의 일치한다.

1994년 3학년이 된 자스민은 미스 필리핀 선발대회 지역예선에 참가한다. 자스민은 3등의 영예를 안았다. 어린 시절 꼬마들의 장난은 현실이 되었다.

"키 165센티미터, 몸무게 43킬로그램 나가던 시절이었어요(자스민은 사진까지 보여주었다). 처음 시어머니를 만났을 때 '어디서 못 먹고 산 애를 데리고 왔구나' 하며 우셨다니까요."

자스민의 주위에는 온통 잘나가는 애들뿐이었다. 어떤 친구는 크리스마스 때면 필리핀에서 구하기도 힘든 전나무를 공수해 와 트리를 만들었고, 어떤 친구는 리조트를 통째로 빌려 1박 2일 파티를 열기도 했다.

자스민의 집도 여유가 있었지만, 잘나가는 부잣집 의사 지망생들에 비할 바는 못 됐다. 부잣집 아이들과 같이 어울리려면 돈이 필요했다. 자스민은 부모가 주인으로 있는 편의점에서 아르바이트를 하겠다고 자청했다. 충분한 임금을 주겠다는 엄마의 약속이 있었다. 부모의 바람대로 의사 코스를 밟고 있는 자스민에게 그 모든 것은 마땅히 누릴 만한 것들이었다.

사각턱의 항해사

자스민이 편의점에서 일하기 시작한 얼마 뒤, 이동호씨(당시 스물아홉 살)가 2등항해사로 일하던 선박이 다바오에 정박했다. 그는 해양대 출신의 항해사다. 동호씨는 필요한 식료품을 사러 편의점에 들렀다. 그는 카운터에서 일하는 자스민을 처음 본 순간, 사랑에 빠졌다.

배가 정박해 있는 동안 동호씨는 한 시간이 멀다 하고 뻔질나게 편의점을 찾았다. 이것저것 고르는 척하다가 자스민과 눈이 마주치면 헐레벌떡 물건을 집어 와 계산을 했다. 그러길 몇 차례, 카운터 앞을 오락가락하던 동호씨가 무언가 결심한 듯한 표정으로 말을 걸었다.

"여기 가게 주소가 어떻게 되죠?"

'이 아저씨가 왜 이러지……'

"왜 그러시죠?"

“여…… 여기 물건이 좋아서 다음에 또 오려고요. 지…… 집 주소 가르쳐달라는 것도 아니고, 자…… 장사하는 분이 가게 주소는 가르쳐주면 좋은 거 아닌가요.”

그의 얼굴은 잘 익은 고구마처럼 붉어졌고 코끝엔 땀이 송골송골 맺혔다. 자스민은 고개를 한 번 갸우뚱하고는 주소를 적어주었다.

“지…… 직원분 이름도 적어주셔야죠.”

다음 날 동호씨가 타고 온 배가 항구를 떠났다. 그리고 일주일이 지났을까. 작은 우편물이 도착했다. 일반 우표가 붙어 있는 상자였다. 그리고 편지.

“배가 이란에 정박했습니다. 중동에는 금이 많아요. 작은 선물입니다.”

펜던트가 달려 있지 않은 18K 금목걸이. 붉은빛이 감도는 심플한 체인뿐, 어떤 장식도 없는 단순한 금목걸이었다.

그리고 보름쯤 지나 편지가 왔다. 캐나다에 정박해 있다며 캐나다 국기의 상징인 단풍잎이 들어 있는 티셔츠를 보내왔다. 그런 식으로 한 달에 두어 번씩 세계 곳곳에서 선물과 편지가 날아들었다. 공간을 넘나드는 발신자 주소에 자스민은 신기하기만 했다. 하지만 내용은 황당했다.

“사랑하는 자스민에게……”

그런 내용에 당황하면서도 끊임없이 날아드는 편지와 선물에 자스민은 조금씩 익숙해져갔다. 그리고 8월 동호씨가 필리핀으로 다시 왔다. 이번엔 배를 타고 오지 않았다. 그는 한번 항해가 끝나면 다음 계약까지 쉬는 시간이 많다고 설명했다. 2주간은 무비자로 머물 수 있다고도 했다. 자스민은 그동안의 선물을 모르는 척할 수 없어 동호씨를 만나러 나왔다.

와…… 저 멀리 엄청나게 큰 곰인형을 한아름 안고 있는 그가 보였다. 사랑스런 테디베어를 끌어안은 동호씨가 다가왔다. 그리고 그의 사각턱. 자스민은 순간 슈퍼맨(크리스토퍼 리브Christopher Reeve)이 떠올랐다. 동호씨가 슈퍼 히어로의 듬직한 사각턱을 가진 사내라는 걸, 그날 자스민은 처음으로 알아차렸다. 어릴 때부터 미국 슈퍼 히어로가 나오는 만화를 많이 봐왔다. 영웅들은 한결같이 탄탄한 사각턱을 가지고 있었다. 이란-캐나다-브라질-스페인…… 발신자 주소가 보여주는 그의 동선은 슈퍼맨과 어울린다는 생각이 잠시 스쳤다. 사각턱의 사내가 수줍게 말했다.

"막내 동생이 좋아할 거 같아서……"

자스민보다 여섯 살 어린 열한 살짜리 막내 동생을 위한 선물. 동호씨의 마음은 이미 거기까지 가 있었다. 두 주 동안 머물면서 동호씨는 매일 대학으로 찾아왔다. 점심에는 밥을 사주고, 하굣길엔 정문에 서 있었다. 작은 선물이나 하다못해 음료수라도 들고 있었다.

하지만 친구들의 반응은 싸늘하다 못해 경멸적이기까지 했다.

"네가 뭐가 부족해서 저런 동양인과…… 백인이라면 모를까. 영어도 형편없잖아. 계속 오면 경찰에 신고라도 해야 하는 거 아냐?"

완강한 거부의 분위기가 자스민을 감싸고 있었고, 그 속에서 자스민은 점점 동호씨가 부담스러워졌다. 또래가 받아들이지 못하는 남자를 열일곱 살 소녀는 결코 인정할 수 없었다. 두 주가 지나 한국으로 돌아가는 동호씨를 보며 자스민은 속이 다 시원했다.

동호씨가 떠난 이튿날, 대학 정문에 어떤 사내가 서 있었다. 멀리서 보기에 동호씨와 비슷했지만 물리적으로 필리핀으로 다시 돌아오긴 힘든 시간이었다.

'어…… 뭐야. 이게 어떻게 된 거지. 그 남자잖아!'

한국행 비행기에 오른 동호씨의 눈앞에는 온통 자스민의 얼굴뿐이었다. 짐을 찾아 집에 돌아오는 버스 안에서도 자스민 생각뿐이었다. 동호씨의 마음은 지체할 여유가 없었다. 집에 들어서자마자 씻은 뒤 여권과 지갑만 챙겨 다시 김포공항으로 향했다(당시는 인천국제공항이 개항하기 전이었다). 그리고 무작정 필리핀행 비행기 티켓을 끊어 자스민에게로 왔다.

동호씨의 이야기를 들은 뒤 자스민은 갑자기 무서워졌다. 한국에서 온 아저씨의 일방적인 구애를 어린 자스민은 받아들일 수 없었다. 그녀는 그를 피했다.

기말고사가 끝나고 자스민은 친구들과 리조트에서 파티를 열었다. 집과 가게, 학교에서도 자스민을 만날 수 없게 된 동호씨는 자스민의 엄마를 찾아가 물었다. 엄마는 있는 그대로 말해주었다. 동호씨는 리조트로 향했다. 리조트로 찾아온 동호씨를 친구들은 반기지 않았다. 친구들은 그로부터 자스민을 보호하려 들었다.

"그 아저씨 왔다! 자스민, 어서 숨어. 남자들, 이리와서 입구 앞에 서 있어."

친구들은 동호씨에게 일이 있어 자스민이 집에 갔으니 돌아가라고 했다. 동호씨는 차를 몰고 다시 집으로 갔다. 하지만 그곳에 그녀는 없었다. 그는 다시 리조트로 향했다. 친구들은 또 거짓말을 했고, 길이 엇갈렸을 거라고만 생각한 그는 다시 집으로 갔다. 그러길 몇 번 더 반복하다, 리조트 로비에서 자스민과 우연히 마주쳤다. 그가 손을 들어 반가움을 표하려는 순간, 자스민은 소리쳤다.

"당신, 꼴도 보기 싫어. 나한테 왜 이러는 거죠? 당신네 나라로 돌아가요. 다신 날 찾아오지 마!"

멍하니 듣고 있던 동호씨는 사람 좋은 얼굴로 겨우 인사를 한 뒤 두말 않고 차에 올랐다. 운전을 하다 야자수를 두 번이나 들이받았다. 그의 차는 자스민네 집으로 향했다. 앞뒤로 부서진 차 한 대가 집 앞에 서 있는 걸 보고 자스민의 엄마가 나왔다. 동호씨가 앞좌석에서 운전대를 붙잡고 울고 있었다. 몇 번 찾아오고 얘기도 나누면서 두 사람은 친해졌다. 엄마는 그를 집으로 안내하곤 왜 울고 있었는지 묻고 이야기를 끝까지 들어주었다.

엄마는 사각턱 사내를 잘 달래 호텔로 보냈다. 다음 날 아침 자스민이 리조트에서 돌아왔다. 마당에는 앞뒤로 찌그러진 차 한 대가 세워져 있었다. 엄마는 딸을 나무랐다. 못된 것이라고 탓했다. 엄마는 이상하리만치 동호씨의 편에 섰다.

"옛말 틀린 거 없다. 여자가 남자를 울리면 말이다, 나중에 네 아들이 커서 다른 여자 때문에 크게 울게 된다. 한번 만나봐."

엄마는 열일곱 살에 아빠와 야반도주해 자스민을 낳았다. 1959년생 엄마의 딸 자스민이 1977년생인 이유다. 엄마는 자스민을 임신했을 때가 생각났던 모양이다.

자스민이 첫째 승근이를 낳은 뒤에야 들은 얘긴데, 한번은 아빠가 덩치 두 명을 데리고 동호씨가 묵고 있는 호텔로 찾아간 적이 있었다고 한다. 온몸에 문신을 한 덩치들을 앞세우고 아빠는 동호씨에게 이

1995년 자스민 부부는 필리핀과 한국에서 한 번씩, 총 두 번의 결혼식을 올렸다.

• • •

1996년 7월에 첫째 승근이가 태어났다.
자스민의 나이 열아홉 살이었다.
그날 이후 자스민은 학교로 돌아가지 못했다.
혹시 한국에서 편입할 기회가 있을까봐 대입 시험과
내신 성적표를 가지고 왔지만 쓸 일은 없었다.

렇게 물었다.

"우리 딸 어떡하려고 그러는가?"

그 말을 듣고, 날 죽이려고 오신 건 아니구나, 하고 동호씨는 안심했다. 동호씨는 아빠에게 결혼하겠다고 했고, 아빠는 무엇에 쓰려고 했는지 동호씨의 여권을 일주일간 압수했다고 한다. 동호씨는 무릎을 꿇은 남자를 약하게 보실까봐 그렇게 하진 않았다고, 자스민에게 강조하곤 했다.

이런 일련의 일들 속에 딱 한 명의 친구만이 다른 이야기를 하기 시작했다. 벌거벗고 놀던 시절부터 어울렸던 오래된 친구였다.

"한결같은 사람은 많지 않아."

동호씨의 한결같음을 생각했다. 그의 듬직한 사각턱이, 왠지 오랫동안 사람을 지켜줄 근거가 될 것 같았다. 자스민의 조그만 감정 변화 속에서, 동호씨는 비자가 허락되는 두 주간 필리핀에 머물고 한국에 다녀오기를 반복했다. 그렇게 12월이 되었다. 아주 가까워졌다고 할 순 없지만 뭔가 알 수 없는 변화가 생기고 있었다. 그즈음 동호씨는 이민 갈 때나 쓸 법한 대형 가방 두 개를 들고 필리핀에 들어왔다. 사실 그는 삶의 기반을 통째로 들고 온 것이었다. 그때까지 성실하게 모아놨던 돈뿐만이 아니었다. 부모님께도 "나중에 주실 돈 지금 좀 당겨주세요"라고 한 뒤, 그것까지 챙겨서 필리핀으로 왔다. '어떤 변화'를 감지한 동호씨는 승부수를 던지고 싶었다. 한 번도 경험해보지 못한 놀라운 사랑의 감정을, 사각턱 사내는 지나칠 수 없었다.

"내 마음을 받아주기 전에는 돌아가지 않겠습니다. 불법체류자가 되는 한이 있어도 여기서 한번 살아보겠습니다."

1995년 4월, 두 사람은 결혼했다. 필리핀 현지에서 자스민 가족과 친구들을 불러 결혼식을 올렸다. 12월에 들어온 동호씨는 그때까지 출국하지 않았다. 불법체류자 상태에서 결혼한 셈이다. 그리고 5월 한국으로 자스민을 데려와 또 결혼식을 올렸다. 이번에는 동호씨의 가족과 친구만 하객석에 앉아 있었다.

자스민은 공부를 위해 필리핀에 남았다. 아내가 공부를 그만두기를 원치 않은 동호씨는 싱가포르 해운사에 취업했다. 주말부부였지만 행복했다. 그러다 자스민이 덜컥 임신을 했다. 자스민은 시부모가 있는 한국으로 건너가야 했다. 한국에서 출산해야 한다는 시부모의 의지를 아무도 꺾을 수가 없었다. 한국으로 떠나기 전날 밤 엄마는 자스민의 머리를 빗겨주며 말했다.

"필리핀 국립대에 보냈어야 했는데."

미스 다바오 3등 자스민은 전국 결선대회에 나가지 못했다.

1996년 7월에 첫째 승근이가 태어났다. 자스민의 나이 열아홉 살이었다. 그날 이후 자스민은 학교로 돌아가지 못했다. 혹시 한국에서 편입할 기회가 있을까봐 대입 시험과 내신 성적표를 가지고 왔지만 쓸 일은 없었다. 자스민은 지금도 꼬깃꼬깃해진 성적표 사본을 보관하고 있다. 둘째인 딸 승연이는 2000년 5월에 태어났다.

아차, 목걸이. 그 얘기를 끝내야 한다. 자스민은 동호씨를 마음에 둔 이후로 단 한 번도 목걸이를 푼 적이 없었다. 펜던트가 없는, 지극히 심플한 금목걸이는 씻을 때도 거치적거리지 않아, 마치 몸의 일부처럼 자스민에게 붙어 있었다. 웨딩드레스를 입을 때도 첫째 승근이를 낳으러 분만실에 들어갈 때도 목걸이를 풀지 않았다. 그런데 둘째 승연이를 낳을 때는 풀어야 했다. 제왕절개수술을 하느라 몸에 액세서리를 할 수 없었기 때문이다. 목걸이는 남편에게 맡겼다. 그런데 남편의 주머니에 구멍이 나 있었다. 그것을 얼마나 소중히 여기는지 알고 있었기 때문에, 퇴원할 때까지 동호씨는 아무 말도 하지 못했다. 퇴원하는 날 자스민은 목걸이를 잃어버린 사실을 알고 펑펑 울었다.

그리고 사각턱. 필리핀에는 그런 얼굴형이 거의 없어서 참 특이해 보였던 든든한 턱. 그런데 한국에 오니 널려 있었다. 시아버지와 시동생도 모두 슈퍼맨 턱이었다. '뭔가 속은 이 느낌은 뭘까'라고 자스민은 잠시 생각하다 웃어버렸다.

자스민은 그렇게 낯선 땅에서 살기 시작했다.

당신 이름은 자스민바

한국에 시집온 지 3년째인 1998년 자스민은 귀화했다. 남편 동호씨가 아내의 주민등록등본이 필요하다고 해서 미뤄왔던 귀화 신청을 했다. 얼마 후 주민등록증이 나왔다. 이름란에는 '자스민바'라고 적혀 있었다. 자스민의 원래 이름은 '자스민 바쿠어나이'.

"주민등록증에 이름은 네 글자까지만 들어갑니다."

동사무소 직원이 친절히 설명했다.

'바쿠어나이가 성姓인데……' 자스민은 네 글자 이름이 어색했다.

자스민은 12년 뒤인 2010년 '이李자스민'으로 개명했다. 남편의 성을 딴 것이다.

스모키 마운틴 혹은 무니스

두 아이의 엄마 자스민은 평범한 가정주부였다. 한국어를 본격적으로 배우고 싶어 집 근처에 있는 연세대 어학당에 등록하려 했지만 3개월에 2,500달러나 하는 학비를 감당할 순 없었다. 자스민의 한국어 교재는 신문과 드라마였다. 신문으로 문자를 익히고 드라마로 듣기 실력을 쌓고 가족들과 말하기 연습을 했다. 자스민네는 대가족이다. 시부모님과 시동생 부부까지 함께 산다. 가족 자체가 하나의 작은 사회다.

자스민은 배우 이병헌을 좋아한다. 드라마 〈아스팔트 사나이〉(95년작)를 통해 한국어 연습을 하며 팬이 되었다. 자스민은 가족과 함께 드라마를 보며 쉼 없이 질문을 쏟아냈고, 시부모와 시동생과 남편은 그 질문을 즐거워했다. 신문을 볼 때도 마찬가지였다. 자스민이 신문을 바닥에 깔고 보고 있으면 온 가족이 모여들어 훈수를 두곤 했다.

자스민은 방송계에서 꽤나 실력 있는 통번역가로 통한다. 한국어를 영어나 필리핀어로 옮길 수 있는 사람은 많다. 하지만 그 반대로 외국어를 한국어로 통번역할 수 있는 이주여성은 드물다. 한국어로 옮겨 적기 위해선 우리말에 대한 깊은 이해가 필요하기 때문이다. 그런데 자스민은 그 소양을 갖추었다. 그래서 그녀에겐 다큐멘터리 번역일이 끊이지 않는다. 두 언어를 모두 이해하는 그녀는 교육방송 EBS의 '외국인을 위한 한국어' 강의의 강사까지 맡게 되었다.

자스민은 두 아이의 엄마로 동네와 시장만을 다녔기 때문에 늘 아줌마들만 만났다. 자스민은 대학과 정부, 심지어는 청와대까지 가서 다문화 가정에 대해 강의를 할 때마다 한국의 아줌마에 대한 이야기를 많이 했다. 그녀의 '한국 아줌마론論'을 들으면 무릎을 치게 된다.

자스민에게 최초의 한국 아줌마는 시어머니다. 가장 큰 문화적 충격을 안겨준 '공중목욕탕'도 시어머니로 인해 경험하게 되었다. 필리핀에 돌아가 공부를 계속하고 싶다는 말을 시어머니에게 했을 때, 당신은 "너는 되도 승근이는 안 된다"며 완강한 모습을 보였다. 그걸 통해 한국에서의 가족 문화를 피부로 느낄 수 있었다. 다른 아줌마들과의 인연도 시어머니로부터 시작되었다.

자스민은 시어머니의 권유로 처음 화장을 했다.

"여자가 밖에 나갈 땐 꼭 화장을 해야 한다. 화장을 안 하고 사람을 만나면, 니가 예의 없다고 생각할 거다. 자기와 만날 준비가 되어 있지 않다고 불쾌해할 거야. 그래서 너를 홀대할 거다. 그건 여자로서의 도리가 아니다."

한국에 오기 전 자스민은 십 대였다. 1년 내내 덥고 습한 그곳에서

십 대 소녀는 로션 한번 바르지 않았다. 화장이 예의라는 건 시어머니가 알려준 한국 사회의 중요한 룰이었다.

"돌이켜보면, 꼭 그런 이유만 있는 건 아닐 거예요. 당신의 며느리가 밖에서 다른 사람들에게 업신여김을 당할까 걱정한 어머니의 마음이었을지 모른다는 생각이 들어요. 딸을 키워보니까 그 마음을 짐작하겠어요."

한국에 온 지 3~4년쯤 지났을까, 화장을 한 자스민이 장을 보러 가기 위해 버스를 탔다. 두 사람이 앉는 좌석에 오십 대 초반의 아줌마 한 명이 앉아 있었다. 자스민은 얼른 자리를 잡았다. 아줌마는 자스민을 뚫어져라 쳐다봤다. 한국인은 자기들과 조금만 다르다 싶으면 집요하게 쳐다보는 습성이 있다. 그건 자스민이 가장 불편해하는 한국인의 특성이다. 그런데 남편과 함께 외출하면 내놓고 쳐다보진 못한다. 그럴 땐 안 보는 척하면서 슬쩍슬쩍 쳐다본다. 집요한 건 마찬가지다.

계속 쳐다보는 아줌마의 시선을 피해 자스민이 얼굴을 돌리자, 아줌마는 몸을 틀어 따라오며 쳐다보았다. 무안해서 인사를 했다.

"안녕하세요. 혹시 저 아세요?"

"어, 한국말 하네!"

자스민은 고개만 끄덕였다.

"어, 디, 서, 왔, 어, 요?"(못 알아들을까봐 또박또박, 버스 안에 있는 모든 사람이 들을 수 있을 만큼 크게)

"필리핀요."

"필리핀? 나 가봤어. 거기 애들 너무 불쌍하더라. 가난하잖아. 쓰레기만 잔뜩 쌓인 데도 있고. 도둑도 많더라고."

스모키 마운틴Smokey Mountain. 필리핀 마닐라에 위치한 쓰레기 매립지의 이름. 수십 년간 쌓인 쓰레기가 산을 이룬 곳. 쓰레기 더미에서 주운 폐목재로 숯을 굽는 연기가 연일 피어오르기 때문에 붙은 이름. 스모키 마운틴을 중심으로 거대한 슬럼가가 형성되었다. 쓰레기 더미에서 고철을 주워 생계를 이어가는 빈민들이 모여들면서 커다란 주거지역이 만들어졌다.

자스민은 미디어에 비친 조국의 이미지가 '스모키 마운틴'을 벗어나지 못하는 걸 보고 많이 놀랐다. 비단 한국만의 문제는 아니었다. 인도를 그린 할리우드 영화 〈슬럼독 밀리어네어〉의 모습이 바로 스모키 마운틴의 모습 아니던가. 아줌마의 머릿속에도 그런 동남아만 있는 듯했다. 아줌마는 필리핀에 가본 적이 있겠지만, 기껏해야 3박 4일 패키지 여행이었을 것이다. 가이드는 소매치기를 조심하라고 했을 거고 지갑은 뒷주머니에 넣지 말라고 했겠지. 자스민은 길게 반박하고 싶지 않았다.

"거기도 사는 건 여기랑 같아요."

"가이드가 어찌나 가방 조심하라고 그러던지."

상상한 그대로의 말이 꼬리를 물었다. 자스민은 할 말을 찾을 수 없었다. 아줌마는 존대하지 않았다.

"여긴 어떻게 왔어?"

"결혼이요."

"통일교?"

"아니요."

필리핀에서는 '무니스Moonies'(문씨를 따른다고 해서 붙여진 이름)라고 알려진 종교. 1990년대까지 결혼 이주여성들은 통일교 합동결혼으로 한국에 왔냐는 질문을 가장 많이 받았다.

"아니구나…… 어디서 만났어?"

"필리핀요."

"연애? 아…… 내가 말실수했네. 미안, 미안."

"……"

"남편이랑 나이 차이 많이 나지?"(아줌마는 볼륨을 높인 라디오 같았다)

"조금요."

"몇 살? 열 살? 스무 살? ……쯧쯧. 어려 보이는데……"

90년대 중반부터 '이주여성', '국제결혼'이라는 단어를 많이 사용하기 시작했다. 한국에 시집온 동남아 여성을 보는 시선은 슬프고 싸늘했다. 팔려 온 여자에 대한 동정과, 취업하려고 위장 결혼한 여자에 대한 증오가 뒤섞여 있었다.

승근이가 2002년 취학했지만 자스민은 학교에 가지 않았다. 사람들이 그 슬픈 시선을 아들에게 보내는 걸 참을 수 없을 것 같았다. 아들의 외모는 누가 봐도 한국인이다. 피부는 하얗다. 아들의 피부가 까맣지 않다는 것에 자스민은 얼마나 감사했는지 모른다.

나만 학교에 안 가면 아무도 모를 거라고 생각했다. 자스민은 안으로 안으로 숨기만 했다.

아들 승근이

2003년 이후 '다문화 가정 자녀의 왕따 문제'가 종종 신문과 방송을 통해 보도되었다. 다문화 가정이라는 말이 2003년에 생겼으니, 그 전엔 혼혈아로 보도되었을 것이다. 혼혈아든 다문화 가정 자녀든, 그런 식의 규정은 당사자들에게 적절하지 않았다.

두 사람이 만나 사랑하고, 교감과 육체적 결합을 통해 아이가 태어난다. 그런 의미에서 세상의 모든 자식은 혼혈混血이고, 서로 다른 배경 속에서 자란 이들이 만나 가족을 이루었기에 모든 가정은 '다多문화 가정'이라고, 자신만의 논리로 생각해봤지만 그렇게 이해하는 사람을 만나기는 쉽지 않았다.

아들 승근이가 취학하자 한 달에 두 번은 학교에 나가 급식을 도와야 했다. 승근이는 엄마에게 당번표를 주었다. 자스민은 당번표에 시어머니와 시동생과 남편의 이름을 적었다. 승근이 엄마의 급식봉사에는 할머니가 왔고 시동생이 왔고 아빠가 왔다.

2004년 10월, 그러니까 승근이 초등학교 2학년 2학기 때였다. 아들이 작심한 듯 물었다.

"엄마 할 얘기가 있어."

자스민은 그 얘기가 급식과 관련된 것이란 걸 직감했다.

"얘기해."

"엄마 왜 학교 안 와?"

"바빠서."

"뭐가 바빠? 집에만 있으면서. 왜 거짓말해? 나보고 거짓말하지 말라며."

"……"

"이번 급식봉사엔 꼭 와, 응?"

"승근아…… 엄마는 다른 엄마들이랑 좀 다르잖아. 그래도 괜찮아?"

"응! 내가 애들한테 다 얘기했어. 우리 엄마 필리핀 사람이라고. 엄청 예쁘다고. 영어도 진짜 잘한다고. 내가 다 자랑해놨다고. 이번엔 꼭 올 거지?"

"어? ……어, 응, 그…… 그래."

첫 급식봉사. 엄마 자스민은 무채색 옷을 입고 무난한 신발을 신었다.

'내가 백인이었으면 좋았을 텐데.' 자스민은 생각했다. 백인이 아니어서 남편을 반대했던 친구들 생각이 났다. 인종 편견은 전지구적인 것이어서 자스민도 피할 수 없었다.

급식은 강당에서 진행되었다. 자스민을 본 엄마들의 대화가 귀에 들어왔다.

“원어민 선생님인가.”

“아니야, 앞치마 두르잖아. 엄마가 도우미를 대신 보냈나봐.”

자스민은 연희동에 살며 우연히 두 명의 필리핀 여성을 만난 적이 있다. 둘 다 직업이 가사도우미였다. 학부모들은 현실을 얘기했지만, 예외를 생각하지 못했다. 한 엄마가 친절을 베풀었다.

“안녕하세요. 급식봉사……?”

이 엄마는 영어를 해야 하나, 한국말을 알아듣나, 망설이는 듯했다. 자스민이 대답했다.

“네! 제 아들이 이 학교 다녀요. 봉사 왔어요.”

“아…… 한국말 잘하시네요.”

“네…… 조금……”

“여, 기, 서, 밥, 퍼, 주, 면, 돼, 요.”(못 알아들을까봐 또박또박 친절하게, 모두 들을 수 있을 정도로 크게)

점심시간 종이 울리고, 아이들이 물밀듯이 강당으로 들어오기 시작했다.

“와, 외국인이다.”

“와~ 아프리카 사람인가봐.”

꼬마들은 피부색이 검으면 아프리카를 먼저 떠올린다. 흑과 백의 중간 어디쯤을 정해서 또다른 인종으로 구분하는 건 꼬마들에게 벅찬 일인지, 아니면 그 나이에 보는 동화와 애니메이션에 등장하는 검은 인간은 아프리카 사람뿐인지, 잘 모르겠지만.

자스민은 활짝 웃으며 아이들을 맞았다.

“맛있게 먹어요.”

“우와, 한국말 한다.”

저기 멀리 아들의 모습이 보였다. 아들이 두리번거렸다.

‘나를 찾나. 그냥 나가지 않을까. 모르는 척하면 어쩌지.’

숨이 막혔다. 아들을 부를 수 없었다. 부르는 게 맞는 건지 판단이 안 되었다. 아이들의 북적거리는 소리는 들리지 않았다. 모든 게 흑백으로 보였다. 순간, 열일곱 살 시절 필리핀에서 남편에게 했던 말이 떠올랐다. “당신네 나라로 떠나버려!” 이방인이 되어버린 자스민에게 누군가 그 말을 던졌을 때, 그때야 비로소 그 말의 가혹함을 알 수 있었다. 그 소스라치는 추방의 느낌이 밀려와서 자스민은 가위에 눌린 것 같았다. 그때였다.

“엄! 마!”

그건, 지금까지 아들이 엄마를 부른 목소리 중 가장 큰 것이었다. 아들은 엄마를 부르며 뛰어왔다. 강당에 있는 모든 이가 아들을 보았고, 고개를 돌려 아들이 부르는 사람, 엄마 자스민을 보았다. 정적은 깨졌고 강당은 총천연색으로 물들었다.

“얘들아, 우리 엄마야.”

“와, 반장네 엄마 진짜 예쁘다.”

엄마는 가슴 깊은 곳에서 뜨거운 것이 올라오는 걸 느꼈다. 학부모들도 다가와 말을 걸었다.

“안녕하세요. 승근이 친구 엄마예요.”

승근이는 학교에서 반장이었다. 아들은 강당의 분위기를 이끌었다.

아무도 자스민을 무시하지 못했다. 측정하지 못할 만큼 아들이 커 보였다. 그날 이후 자스민은 학교에 자주 갔다. 봉사할 일이 있으면 손을 들고 자처했다. 그러나 모든 것이 완벽하게 좋은 건 아니었다. 그날 이후 아들에겐 '몽키'라는 별명이 생겼다. 의외로 아들은 심각하게 받아들이지 않았다.

"그래, 나 원숭이다."

'별것 아니라는 저 말투…… 저 쿨함은 도대체 어디서 나오는 걸까.'

쿨한 아들은 몇 번 싸운 적이 있다. 원숭이란 놀림이 엄마를 향할 때.

첫 급식 날은 자스민의 한국 생활에서 중요한 터닝포인트가 되었다. 그녀는 더이상 안으로 숨지 않기로 했다. 자스민이 세상으로 나온 건 순전히 그날이 있었기 때문에 가능했다.

2003년에 공식적으로 '다문화 가정'이라는 말이 만들어졌다. 외국인이 가족 구성원으로 있는 가정을 지칭한다고 했다. 자스민은 그 말을 이해할 수 없었다. '지구촌이 다문화라거나, 사회가 다문화라면 알아듣겠는데, 가정이 다문화라는 게 말이 되나. 그러다 말겠지……' 자스민은 그냥 넘겼다. 하지만 곧 그 말은 그냥 넘길 수 없을 만큼 널리 쓰이게 되었다.

'다문화'란 단어가 생활 속으로 파고들기 시작한 건 2005년부터로 기억된다. 승근이가 3학년 때다. 아들이 처음으로 '다문화'란 단어를 쓰기 시작했다.

"엄마, 나 '방과 후 학교' 공짜래. 선생님이 그러는데 내가 전교에서 유일한 다문화 가정 자녀래."

얼마 후 동사무소에서 연락이 왔다. 다문화 가정에 쌀 20킬로그램을 나눠준다고 했다. 우리는 먹고살 만한데…… 자스민은 그게 참 이상했다.

공짜 학습과 쌀 20킬로그램. 일률적 배급 형태로 진행된 이런 것들이 담고 있는 의미는 명확했다. 다문화 가정은 반드시 소외 계층일 거라는 사회적 동의. 피가 섞인 2세들에 대한 걱정. 보편적 편견.

딸 승연이도 초등학교에 들어갔다. 수업시간에 담임 선생님이 다문화 가정에 대해 설명했다는 말을 전해 들었다.

"승연이는 우리 반에서 유일한 다문화 가정 자녀예요. 여러분, 다문화 가정이 뭔지 알아요?"

한참 수업을 하던 선생님이 중간에 말을 끊고 승연이에게 이렇게 물었다.

"승연이는 무슨 말인지 이해하고 있지?"

가족들이 모여 토론 방송을 시청했다. 토론 프로그램은 우리말 공부에 도움이 돼서 종종 보곤 했다. 패널로 초청된 명문대의 한 교수는 "10년 후 다문화 가정의 자녀들이 우리 사회의 시한폭탄이 될 수 있다"고 했다. 자스민은 졸지에 '한국에 와서 두 개의 시한폭탄을 배불러 낳은 여자'가 되었다. 다문화라는 단어는 순식간에 수십만 개의 벽을 만들어내고 있었다.

차스민이 다문화 가정을 주제로 한 공익광고를 찍는 모습.

• • •

승근이가 2002년 취학했지만
자스민은 학교에 가지 않았다.
사람들이 그 슬픈 시선을 아들에게 보내는 걸
참을 수 없을 것 같았다.
아들의 외모는 누가 봐도 한국인이다. 피부는 하얗다.
아들의 피부가 까맣지 않다는 것에 자스민은
얼마나 감사했는지 모른다.

내 파피는 흑인 미군

유난히 검었었던 어릴 적 내 살색
사람들은 손가락질해 내 마미mommy한테
내 파피poppy는 흑인 미군
여기저기 수군대 또 이러쿵저러쿵
내 눈가에는 항상 눈물이 고여
어렸지만 엄마의 슬픔이 보여
모든 게 나 때문인 것 같은 죄책감에
하루에 수십 번도 넘게 난 내 얼굴을 씻어내
하얀 비누를 내 눈물에 녹여내
까만 피부를 난 속으로 원망해

흑인 미군과 한국인 어머니 사이에서 태어난 가수 윤미래가 부른 〈검은 행복〉의 가사 일부다. 혼혈에 대한 우리 사회의 시선이 직설적으로 표현된 노래다. 이 땅은 혼혈을 부끄러워했다. 그런데 2006년 갑자기 혼혈 이슈가 한국 사회를 강타했다. 태평양 건너 '다양한 인종의 나라' 미국에서 '한국계 혼혈인'이 거둔 성공을 이 땅은 우리의 것으로 받아들였다.

미국 최대의 스포츠 이벤트 '2006 NFL 슈퍼볼'에서 하인스 워드가 MVP에 선정되었다. 윤미래와 마찬가지로 어머니는 한국인, 아버지는 흑인이다. 흑인 미군과 한국 여성의 결합을 이 사회는 얼마나 부끄러워했던가. 가수 인순이의 이야기나 오래된 기지촌의 이야기를 굳이 들춰낼 필요는 없을 것이다.

그토록 부끄럽던 조합의 결과인 워드가 미국에서 최고의 명사 대접을 받는 걸 목격한 한국 사회는 술렁였다. 그 충격은 '만약 워드가 한국 사회에서 성장했었다면'이란 질문과 반성으로 이어졌다. 동정의 대상이던 혼혈이 가능성을 품은 존재가 되었다. 대통령까지 나서 워드를 초청했다. 대통령은 그와 그의 어머니를 앞에 두고 "한국에서의 혼혈인 정책을 바꿔놓겠노라"고 다짐했다.

워드를 계기로 한국 사회가 변했다고 하면 그건 거짓말이다. 혼혈인의 사회적 지위가 올라간 흔적은 뚜렷하지 않다. 냄비근성에 냉소를 보내는 사람도 있을 것이다. 하지만 그로 인해 오래된 편견에 균열이 생긴 것만은 분명하다. 자스민도 워드를 통해 용기를 얻어 무언가 시작했으니까.

혼혈인에 대한 여러 차별이 없어지면서 군 면제 문제도 거론되었다. 워드 이후 군 면제 대상이던 혼혈인은 '원하면 군에 입대할 수 있는 지원 가능 대상'으로 바뀌었다(최근에는 의무 병역 대상이 되었다).

당시 초등학생이던 승근이를 가운데 두고 가족들이 둘러앉아 군대 문제를 이야기했다. 남편과 시동생은 당연하다고 목소리를 높였다.

"남자는 군대를 가야 해."

자스민은 그게 왜 좋은 건지 알 수 없었다. 말똥말똥 쳐다보는 아들에게 물었다.

"승근이 군대 가고 싶어?"

"응. 갔다 와야 사람 된대."

자스민은 묘하게 기분이 좋았다. 아들은 자신이 혼혈이라는 인식이 분명한 것 같은데, 그걸 부끄럽게 생각하지 않았다. 이런 걸 확인할 수 있었던 것이 워드 덕분이라면, 그렇게 말할 수도 있겠다 싶었다.

그해 가을 추석 특집 〈주부가요열창〉 외국인 특집이 진행된다는 광고가 텔레비전에 나왔다. 예전에는 나갈 생각도 못 했는데 이번에는 모두 나가라고 난리였다. '까짓것 못 할 것도 없지……' 그래도 떨어지면 창피할까봐 가족 몰래 예심에 참가했다. 결과는 합격. 자스민의 첫 방송 출연은 그렇게 성사되었다. 대학 시절 밴드의 리드보컬을 하며 언젠가 뮤지컬 배우를 하겠노라고 다짐하던 십 대 소녀가 떠올랐다.

본선에서 상은 못 탔다. 그렇게 잘 부른다면서 왜 상을 못 탔냐고 물으면, 자스민은 목감기 때문이라고 항변한다. 하지만 그게 끝은 아니었다. 자스민이 방송을 타자, PD와 작가 들의 섭외가 줄을 이었다. 외국인 대상 퀴즈 프로그램, 외국인노래자랑 등…… 4대가 함께 사는 집안의 외국인 며느리라고 하자, 이번에는 〈러브 인 아시아〉(KBS 이주 여성 대상 교양 프로그램)에서 섭외가 들어왔다. 자스민이 국회의원이 되기 전까지 고정 패널로 출연한 프로그램이다.

하지만 이런 유쾌한 과정에서도 상처는 있었다. 모 방송국이 자스민의 가정을 촬영하고 싶다고 했다. 여자 PD는 딸 승연이와 단둘이 얘기하고 싶다고 했다. 자스민은 둘이서 얘기하는 걸 보고 잠시 자리를 비웠다. PD가 돌아간 뒤 딸의 표정이 어두워졌다.

"왜 그래? 무슨 일 있어?"

"저 언니, 이상한 말 했어."

"응? 무슨 말?"

딸은 입을 꾹 다물어버렸다.

"괜찮아. 엄마한테 말해도 돼. 엄만 무조건 승연이 편이야."

자스민은 승연이를 무릎에 앉히고 꼭 안아주었다. 승연이가 입을 열었다.

"내 얼굴이 까맣다고 했어. 친구들이 놀리지 않냐고."

딸은 그때부터 자기 피부가 까맣다는 걸 자각하기 시작했다. 승연이가 초등학교 1학년 때였다. 문득문득 엄마를 불러 팔을 대보곤 "내가 더 까맣다"며 울었다. 아빠도 불러서 팔을 대보고, 오빠도 불러 얼굴을 대봤다. 자기가 다른 사람보다 까맣다는 걸 어린 딸은 알아버렸고, 그게 좋지 않은 거라고 결론 냈다. 딸의 꿈은 가수다. 엄마를 닮아 좋은 목소리를 가지고 있다. 다문화 가정 자녀들로 구성된 '레인보우 합창단'의 유일한 솔로이스트였다.

"우리 딸, 어떤 가수가 되고 싶어?"

"이효리처럼 될 거야."

"왜? 예쁘니까?"

"까만데 예쁘잖아."

그 말이 가슴 아파서 엄마는 딸의 얼굴을 보고 있을 수 없었다.

"이놈의 설거지는 해도 해도 끝이 없네."

엄마는 자리에서 일어나 싱크대 앞으로 갔다. 수돗물을 틀고 그릇을 닦기 시작했다. 딸에겐 물 흐르는 소리와 그릇 부딪치는 소리가 들렸고, 어깨가 들썩이는 엄마의 뒷모습이 보였다.

자기 자신을 개조하는 데 있어 상처 없이 공감받는 길이란 없다.
—『자스민』 중에서

〈주부가요열창〉 출연 전에도 자스민은 사회에 나갈 기회가 몇 번 있었다. 영어와 한국어 모두 잘하는 그녀에게 영어 강사 제의가 들어왔다. 남편은 적극적으로 찬성했다.

"당신밖에 없어. 당신이 딱이야. TV에서 영어 가르치는 이주여성들 봤는데, 당신만 못해."

남편은 호들갑스럽게 아내가 바깥일 하는 걸 응원하고 나섰다. 그 호들갑이 미안함의 다른 표현 방식이라는 걸 자스민은 알고 있다. 어쨌든 남편은 자스민이 우쭐해할 정도로 칭찬을 하곤 했고, 학원 강사 제의가 들어온 날도 그랬다.

자스민은 오랜 기간 접었던 책을 펴들고 강의 준비를 했다. 하지만 오래가지는 못했다. 스스로에게 맞지 않는 일이라고 생각했다. 학생을 가르치는 일에 흥미를 느낄 수 없었고 집중할 수 없었다. 또다른 일거리가 생겼다. 무역회사에서 해외 업무를 담당하는 자리였다. 그때도 남편은 호들갑스럽게 아내를 응원했다. 하지만 그 일 역시 오래 할 수 없었다.

그즈음 자스민은 꿈 많고 하고 싶은 일 많던 십 대 소녀 시절을 떠올렸다. 그녀는 두 아이를 키우는 주부가 되었을 뿐만 아니라, 이주여성이었다. 그런 조건에 함몰되어 더이상 십 대 소녀가 꿈꾸던 것에 다가갈 수 없어진 자신이 우울했다. 언제나 특별했고 그래서 남들보다 더 큰 꿈을 꾸었던 멋진 소녀가 어느새 핸디캡으로 가득한 외국인 며느리가 되었다.

등 떠밀려 〈주부가요열창〉에 나간 것만은 아니었다. 그녀는 그 이벤트를 통해 자신을 드러낼 기회를 모색했다. 자신의 특별함을 증명해 보이고 싶었다. 때마침 찾아온 '하인스 워드 신드롬'이 이주여성에게 우호적인 환경을 조성해주는 이 짧은 시간을 꼭 붙잡고 싶었다. 신드롬이 지나면 이 사회는 또다시 차갑게 식을 테니까.

〈주부가요열창〉 참가 후 무섭게 찾아오는 기회를 모두 붙잡아 자기 것으로 만들고 싶었다. 그녀는 처음으로 가족과 분리된 자신을 느낄 수 있었다. 존재감 같은 걸 느끼고 싶었다. 그래서 아주 독특한, 자신만의 길을 걸을 수 있을 거라는 일말의 희망을 바라볼 수 있었다.

물방울나눔회

2005년 이주여성을 위한 교양 프로그램 〈러브 인 아시아〉가 처음 시작할 당시엔 20회를 넘기기 힘들 거란 평가가 지배적이었다. 이주여성들이 나와 눈물 흘리고(질질 짜고) 그들의 생활을 다큐멘터리로 방영하는(유쾌하지 않고 눈물샘만 자극하는 신변잡기) 프로그램을 일반 시청자가 얼마나 인내심을 갖고 봐줄까, 하는 비관론을 사람들은 얘기했다. 하지만 〈러브 인 아시아〉는 장수 프로그램으로 자리 잡았다. 패널로 선정된 이주여성들의 수준은 생각보다 높았다. 이미 다인종 사회로 넘어가고 있는 한국은 '다문화'에 대한 이해도를 높여가고 있었다. 무엇보다 어려움을 극복하고 새로운 세계에 적응해나가면서 한국인으로 성장해가는 그들의 삶은 감동적이었다.

〈러브 인 아시아〉가 인연이 되어 자스민은 다양한 활동을 하게 되었

KBS 교양 프로그램 〈러브 인 아시아〉에 2006년부터 고정 패널로 출연한
자스민과 다른 출연자들.

• • •

〈주부가요열창〉 참가 후 무섭게 찾아오는 기회를
모두 붙잡아 자기 것으로 만들고 싶었다.
그녀는 처음으로 가족과 분리된 자신을 느낄 수 있었다.
존재감 같은 걸 느끼고 싶었다.
그래서 아주 독특한, 자신만의 길을 걸을 수 있을 거라는
일말의 희망을 바라볼 수 있었다.

다. 무엇보다 의미 있는 건 패널들이 중심이 돼 만든 봉사단체인 '물방울나눔회'의 창립이었다. 2008년의 일이다.

"물방울나눔회가 만들어지기 전까지 이주여성에 관한 모든 단체는 한국인, 아니 우리도 한국인이니까, 이주여성이 아닌 한국인에 의해 만들어졌어요. 대표도 그들이 맡았죠. 우리 이주여성들은 부수적인 역할만 해야 했죠. 미안한 말이지만, 이주여성을 위한다는 그들의 사업은 스스로를 위한 이벤트에 지나지 않았어요. 이주여성은 늘 객이었고, 주인은 단체를 이끄는 한국 사람들이었죠. 하지만 물방울나눔회는 순수하게 우리 손으로 만든 첫 봉사단체예요."

우리가 언제까지 남의 도움만 받는 존재로 남아선 안 된다, 우리도 어려운 사람들을 찾아 도와야 한다, 이주여성이든 아니든 도울 수 있는 사람을 찾아 돕자, 한국인으로서 한국 사회에 공헌하자. 이런 의견을 모아 봉사단체가 결성했다. 단체의 이름이 결정되는 과정도 흥미롭다.

이름을 정하자고 모인 자리에서, 결혼 이주여성 중 한 명이 이렇게 말했다.

"우리 너무 많이 울었어. 그치? 눈물봉사대라고 할까?"

그 말에 모두 까르르 웃다가 모두 짠해졌다. 여기저기서 고생한 이야기들이 터져나왔다. 웃으며 시작한 회의가 눈물바다가 되려는 참이었다.

"자, 자. 다들 그만하고. 남을 도우려면 힘이 있어야 하니까. ……소나기나 폭포 어때?"

"하하하, 폭풍이나 태풍으로 하지 왜."

"그건 너무 세다. 봉사단체 같지가 않아. 빗물은 어때?"

얌전히 말을 듣고 있던 중국 출신 이주여성이 진지하게 의견을 냈다.

"빗물 하니까 생각난 건데요. 물방울 어때요? 작은 것이 모여서 큰 걸 이루자는 의미도 되고. 물방울이 하나씩 떨어져 결국은 바위마저 뚫어버린다는 의미도 있고요. 물방울나눔회로 하죠."

중국에서 온 그녀의 주장은 오래된 한시漢詩처럼 우아했다. 모두 고개를 끄덕였다.

자스민은 물방울나눔회의 사무국장이 됐다. 공식적인 서류를 작성할 줄 아는 회원이 와타나베 미카 회장과 자스민 둘뿐이었는데, 회장은 컴퓨터를 사용할 줄 몰랐다. 그래서 모든 서무 일을 맡아야 하는 사무국장은 자스민이 하게 되었다.

나눔회의 첫 사업은 곤경에 처한 필리핀 이주여성을 돕는 일이었다. 어린 시절 소아마비를 앓았던 이주여성은 3급 지체장애인이었다. 어린 자녀가 둘이나 있는데 남편이 갑자기 뇌출혈로 쓰러졌다. 수술비는커녕 당장 먹고살 일이 걱정이었다.

물방울나눔회는 1일찻집을 기획했다. 자스민은 사람들에게 어려운 사람을 도울 테니 돈을 보태달라고 말하고 싶지 않았다. 적선을 위한 장소가 아니라 돈을 지불할 가치가 있는 찻집을 만들고 싶었다.

사람들은 특별해야 모이고 살 가치가 있어야 돈을 지불한다. 우리만의 장기를 살리자. 각자 고국의 전통을 보여주자. 전통춤, 전통의상, 전통노래, 전통음식까지.

이런 내용이 1일찻집의 기획안이었다. 입장료는 1인당 5,000원. 방송에도 1일찻집을 열게 된 사연이 소개되었다. 1일찻집에서 벌어들인 돈은 370만 원이었다. 여기에 회원들이 돈을 보태 필리핀 이주여성에게 500만 원을 전해주었다. 이 소식을 들은 한 어린이집에서는 필리핀 이주여성의 자녀 두 명의 회비를 면제해주겠다고 알려왔다. 이주여성이 손수 만든 자선단체는 이렇게 데뷔했다.

2008년 중반쯤이었을까, '한국여성정치연구소'에서 〈러브 인 아시아〉쪽으로 연락이 왔다. '2010년 첫 이주여성 정치인 만들기 프로젝트'를 진행할 계획이니 능력 있는 여성 두 명을 소개해달라는 요청이었다. 이주민의 숫자가 늘어 그들을 대표할 만한 정치인이 나올 때가 되었다는 판단에서였다. 한국에서 생활한 경력과 여러 가지 능력을 고려해 자스민과 이레샤가 추천되었다. 스리랑카에서 온 이레샤는 한국에 온 지 20년 가까이 되는데 나이는 자스민보다 두 살 많은 1975년생이다. 하지만 두 사람은 말을 놓는 사이이다. "술 마시고 나이 깠다"고 했다. 하지만 이름은 부르기 어색해서, '자기야'라고 부른다. 이레샤는 "이 지지배, 언니라고 한 번도 안 부르네" 하며 웃는다.

'이주여성 정치인 만들기 프로젝트'는 〈러브 인 아시아〉보다 훨씬 회의적이었다. 2008년 창조한국당이 국회의원 총선에서 이주여성을 비례대표로 세운 적이 있었다. 하지만 '말도 안 되는 뒤 번호'여서 들러리만 세웠다는 빈축을 샀다. 비례대표는 정당 지지도에 따라 배분되기 때문에 앞 번호를 받아야 당선될 가능성이 높다. 그나마 다른 정당들은 별로 관심도 없었다. 자스민은 이때 많은 상처를 받았다고 했는데, 순번 탓은 아니었다. 지독한 악플 때문이었다. 이주여성과 관련된 기사가 인터넷에 게재되면 그 비난의 정도는 상상을 초월할 때가 많다.

기자인 나도 악플의 내용을 잘 알고 있다. 자스민 기사나 이민자 2세와 관련된 기사를 쓰면 많은 악성 메일을 받는다. 악성 댓글을 볼 때마다 로스앤젤레스 흑인폭동이 떠오르곤 한다. 동양인, 특히 한국인에 대한 극단적 미움. 자신들의 일자리를 빼앗아 부를 축적한 도둑 같은 존재들이라고 생각하는 그들의 불편한 시선. 한국계 미국인이 인신매매범으로 그려지는 할리우드 영화 〈크래시〉도 떠오른다. 영화에서 흑인은 좀 모자라지만 어쨌든 같이 보듬고 살아야 할 형제로, 히스패닉은 문제는 많지만 공존해야 할 이웃으로 그려지는데, 한국계는 파렴치한 이방인으로 그려진다. 같이 살 수 없는 존재. 한국계 미국인의 승합차에 짐승처럼 실린 캄보디아 여성과 아이 들의 모습은 섬뜩하기까지 하다. 평범한 시민처럼 살아가지만 제3세계의 부녀자를 인신매매하며 먹고사는 한국계. 영화 속 이런 설정은 미국 사회 속에 각인되어 있는 한국인에 대한 부정적 이미지의 반영일지 모른다.

한국인들은 이런 그들의 편견에 얼마나 많이 분노하였나. 그럼에도 그런 편견을 우리 사회에 살게 된 이민자들에게 되돌려주는 건 정당한가. 좀더 시간이 지난 뒤 우리 사회로 향할 분노의 크기를 어떻게 감당할 수 있을지, 나는 그게 궁금할 때가 많다.

자스민은 정치인이 될 자신이 없었다. 그래서 처음에는 프로젝트 참가 제의를 거절했다. 자스민보다 더 까만 이레샤도 마찬가지였던 것 같다. 그러나 하인스 워드에 이어 또 한 번의 사건이 발생한다. 버락 오바마의 미국 대통령 당선.

흑인 대통령, 혼혈이라고 해야 더 정확하지만 어쨌거나 오바마의 등장으로 한국여성정치연구소의 프로젝트는 탄력을 받았다. 자스민과 이레샤의 가슴에도 어떤 불꽃 같은 게 일렁였다. 한국 정치의 가나다부터 공부했다. 한국 대통령제의 독특함, 총선과 지방선거의 차이 등…… 국회도 방문하고 여성단체와 세미나도 가졌다.

프로젝트를 진행하며 일반인들과 만나 대화할 시간이 있었다. 자스민이 물었다.

"이 사회의 리더가 이주여성이라도 괜찮을까요?"

"네? 아…… 음…… 전 괜찮아요."

자격지심인지 모르겠지만, 바로 나오지 못하는 대답의 시차에서 자스민은 분명한 벽을 느꼈다. "전 괜찮아요"라는 말에서 모두가 괜찮을 순 없다는 행간을 읽어버렸다.

자스민 아줌마론의 세번째 이야기 '동네 아줌마'도 비슷한 맥락이다. 자스민을 아주 좋아하는 동네 아줌마가 한 명 있다. 자스민처럼 똑똑하고 예쁜 며느리를 둬서 부럽다고, 그 아줌마는 시어머니에게 말하곤 했다. 자스민은 아줌마의 이야기를 듣고 있다가 정말 괜찮은 친구가 생각났다.

"아줌마, 제 친구 중에 굉장히 괜찮은 친구가 있어요. 공부도 무척 잘했고, 아주 예뻐요."

"응? 친구?"

"네, 필리핀 친구요. 아드님이랑 선 한번 볼까요?"

"아니, 아니, 괜찮아. 저기…… 나, 아들 하나잖아."

아줌마의 말에서 단호함이 느껴졌다. 자스민은 짧은 대화에서 자신이 한국인이면서도 한국인일 수 없는 한계를 받아들여야 했다.

"죄송해요."

자스민은 엉겁결에 사과까지 했다. 아줌마는 괜찮다며 자스민의 팔을 쓰다듬었다.

2010년이 되었다. 정치연구소장이 “이제 때가 됐다. 이력서를 준비하자”고 했다. 그 말을 듣고 자스민은 ‘내가 이걸 해서 얼마나 욕을 얻어먹을까’ 생각했다.

준비한 이력서를 주요 정당에 보냈다. 대부분의 정당은 “아직 준비된 사람이 보이지 않는다”며 선을 그었다. 정치적 위기를 극복하기 위해 변화가 절실했던 당시 한나라당은 중앙당 차원에서 검토해보겠다고 했다. 그 이후 과정에 대해서 자스민은 정확히 알지 못한다. 자스민도 모르는 사이에 언론에 “필리핀에서 귀화한 이주여성 자스민이 한나라당의 광역 비례대표로 선발될 것”이란 보도가 나왔다. 기자들은 한나라당 관계자들에게만 전해 들었을 뿐, 자스민에게 확인 취재는 하지 않았다. 그러다 시간이 지나 “비례대표 최종 명단에 자스민은 없다”는 보도가 이어졌다. 그런 과정이 이어지는 동안에도 자스민은 정당으로부터 어떤 설명도 듣지 못했다. 갑자기 기자들의 전화가 빗발쳤다. 자스민은 기자들의 질문에 답할 수 없었다. 이런 해프닝을 겪으면서 역설적으로 정치의 중요성에 눈뜨게 되었다.

우리에게 필요한 것이 무엇인가, 이 사회에 기여할 수 있는 건 무엇인가, 무엇을 변화시킬 것인가, 누가 이 변화를 이끌 것인가, 우리는 이 과정에서 어떤 역할을 할 것인가, 우리가 한국인이기 위한 조건은 무엇인가, 그 조건을 변화시키는 메커니즘은 무엇인가……

만약 정치가 이런 것들에 대한 해답을 찾는 것이라면, 자스민은 반드시 정치를 해야 했다. 자스민이 정치를 할지도 모른다는 기대만으로도 이주여성들의 반응은 뜨거웠다. 정말 그랬다.

“똑똑하고 힘 있는 사람들만 정치하는 줄 알았는데, 우리도 할 수 있나봐……”

“우리 대표를 뽑는 투표 한번 해보자.”

“자스민, 나 투표 한 번도 안 해봤는데, 우리 모아서 투표 특강 좀 해봐.”

당시 지방선거에서 이민자 출신인 이라가 경기도 도의원에 비례대표로 선출되자 자스민은 더 큰 용기를 얻었다. 서른세 살 몽골 출신 여성인 이라가 다문화 정치인 1호가 되었다는 소식은 한국 사회의 정치 지형이 많이 바뀌었음을 뜻했다. 다음 선거에는 많은 정당이 이주여성의 정치 참여를 기획할 가능성도 높아졌다. 이 지점에서 자스민은 한국 사회에서 개척해야 할 자신만의 독특한 길을 엿보았다. 그녀는 바로 그런 것을 찾고 싶었다. 무엇이든 할 수 있을 거라고 생각했던 필리핀 시절의 나. 다른 누구도 아닌 자스민이 할 수 있고, 보여줄 수 있는 무엇. 그것이 정치라는 영역에서 묘하게 수렴되고 있었다.

그즈음에 자스민은 영화 〈의형제〉에 출연하게 된다. 송강호(전직 국정원 직원 역)와 강동원(전직 남파간첩 역)이 주연을 맡아 히트를 친 작품이다. 이 영화에서 그녀는 도망간 베트남 며느리 역을 맡았다. 아주 짧은 분량만 나올 것으로 기대했지만, 생각보다 등장하는 신이 많았다.

배우. 필리핀에서 계속 살았다면 반드시 도전하고 싶은 분야였다. 그런 일을 한국에서 할 수 있었고, 그로 인해 사람들이 자스민을 조금씩 알아보기 시작했다. 자신을 드러내 보이고 싶은 어설픈 허영심이라고 수군댄다고 해도, 이주 여성이어서 이주 여성 역할만 맡게 될 거라고 폄하해도, 자스민은 상관없었다. 그거야말로 자기가 하고 싶은 거니까.

꿈의 구체화

2010년이 지날 무렵 어느새 자스민은 꽤 지명도 있는 이주여성이 되었다. 연말쯤 그녀의 스케줄을 우연히 본 적이 있다.

청와대 직원 특강, 법무부 출입국관리사무소 외국인정책 민간위원 면접, 여성부 국제결혼중개업 토론, 국회 다문화 정책 포럼, 대학 다문화 특강, 다문화 전문가 양성 프로그램 초빙 강사, EBS 〈외국인을 위한 한국어〉 특강, 〈러브 인 아시아〉 녹화, 퀴즈 프로그램 〈1대 100〉 녹화, 국립어린이박물관 '다문화 꾸러미' 프로젝트 자문, 문화관광부 공감코리아 칼럼, KTV 특강, 한국외국어대 필리핀 통번역 과정 채점, 물방울나눔회 모임, 대기업 사회공헌 프로그램 자문, 다큐멘터리 통번역, G20 정상회의 통역 자원봉사…… 영화 〈완득이〉 오디션.

자스민은 "어떤 공통점이 보이지 않느냐"고 묻더니 스스로 답했다.

"정치라는 걸 하기 위해서는 더 많이 알아야 하겠죠. 그리고 더 많이 알려야 하죠. 제가 돈이 있겠어요, 백이 있겠어요, 조직이 있겠어요? 이렇게 발품을 팔아야죠. 언젠가 이런 활동이 모여 정치하는 데 밑거름이 되겠죠."

자스민의 말을 듣고 있자니 궁금한 게 있었다.

"정치인이 다문화를 대표해야 하는 건 아닙니다. 국민 모두를 대표할 수 있어야지요. 자신이 소속된 집단이나 지역을 넘어서는 비전을 가지고 있어야 하는 거 아닌가요?"

"오, 맞아요. 우리는 다문화가 아닌 '모두'를 봐야 합니다. 이민자들은 빠른 속도로 한국의 하층을 형성해가고 있어요. 그들의 업그레이드는 시급한 문제죠. 이민자의 수준이 높아지는 건 한국 사회 전체의 발전을 위해 반드시 필요한 일이에요."

"어퍼머티브 액션Affirmative Action(소수자집단 우대정책)을 말하는 건가요?"

"출발점이 같지 않다면 국가가 도와줘야죠. 미국에서 한국계 정치인이 나오는 게 왜 의미가 있을까요? 오바마의 당선이 왜 의미가 있겠어요."

"우리 사회도 다인종 사회로 접어들었다는 국민 모두의 인식 전환이 필요하겠네요. 아무튼 이주여성들도 국민으로서 의무를 다하기 위한 방법을 찾아야겠고요."

"그래서 물방울나눔회도 만들어진 거죠. 이제 우리 애들도 다 군대에 갈 겁니다. 우리는 한국인으로서 의무를 다할 거예요. 권리와 의무는 따로 갈 수 있는 게 아니니까요."

자스민의 아줌마론 중 마지막은 '목욕탕 아줌마'다.

한국에 온 자스민에게 가장 큰 문화적 충격은 공중목욕탕이었다. 전혀 모르는 사람들 앞에서 아무렇지도 않게 옷을 벗고 어울려 몸을 씻는 문화를 이해할 수 없었다. 시어머니는 며느리를 대동하고 목욕탕 가는 일을 즐겼다. 그때마다 자스민은 두려웠다. 처음 목욕탕에 갔을 땐 온탕에 들어가 밖에 나올 수도 없었다. 하도 오래 들어가 있어서 어지럼증을 느낄 정도였다. 시어머니가 다 씻고 갈 때쯤 얼른 나와 물기를 닦고 옷을 입었다.

겨울이었다. 갑자기 온수가 나오지 않아 혼자 목욕탕에 간 적이 있었다. 자스민은 자기만 옷을 벗은 것 같은 부끄러움을 느끼며 탕 속에 들어가 앉아 있었다. 그때 어떤 아줌마가 자스민의 어깨를 톡톡 두드렸다. 그러고는 등을 가리키며 말했다.

"아가씨, 등 밀어줄게. 나도 좀 밀어주고."

아줌마는 자스민의 등을 열심히 밀었다. 등을 밀어주며, 몸이 말랐다느니, 나이가 몇이냐느니, 여기보다 좋은 목욕탕이 있다느니, 이런 수다를 떨었다. 아줌마는 자스민의 얼굴색에 대해선 말하지 않았다. 자스민도 아줌마의 등을 밀었다. 아줌마의 등이 넓어 손해 보는 것 같다는 엉뚱한 생각까지 들어 웃음이 절로 나왔다. 어느새 자스민은 아무것도 부끄럽지 않았다.

목욕을 다 하고 나온 자스민에게 아줌마는 매실차를 건넸다. 집에서 직접 담근 거라고 했다. 그녀에게 목욕탕은 한국 사회고, 아줌마는 한국 국민(혹은 정부 관계자)이었다. 자스민은 목욕탕(한국 문화)을 받아들인 외국인이었다.

낯선 이들과 어떻게 소통할 것인가, 낯선 이는 어떻게 소통하는 법을 배워갈 것인가, 이런 것들에 대한 깨달음을 주는 시간이었다.

자스민이 정치를 통해 이루고 싶은 목표 중 하나는 '다문화 가정'이란 말을 없애는 것이라고 했다. 그래서 그 부분을 집중적으로 물어보았다.

"다문화란 말이 만들어지지 않았다면, 혼혈이란 말이 계속 쓰였을 텐데요. 그게 더 상처가 되진 않나요?"

"그런 노력 자체가 무의미하다는 건 아니에요. 다만, 의도가 선하다고 결과가 선한 건 아니라는 건 지적하고 싶어요. 다문화란 단어를 인구人口 분류로 쓰는 나라가 있다는 말은 들어본 적이 없어요. 한국계 미국인, 필리핀계 일본인, 이런 말은 들어봤지만요."

"다문화란 말 대신 어떤 단어를 쓰면 좋을지 생각해본 적 있나요?"

"왜 다른 단어를 찾아야 하나요. 내 국적은 한국이죠, 내 아이들의 국적도 한국이에요. 우린 다 같은 한국인일 뿐이죠."

"다문화 가정은 취약 계층인 경우가 많죠. 그들에 대한 정책을 세우기 위해서라도 어떤 분류는 필요한 거 같은데요."

"소득 수준과 부모의 유무 등으로 나눌 수 있을 거예요. 시골에 가면 조손가정(조부모와 손자로만 구성된 가정)이 많지요. 가령 언어 발달의 문제는 비단 다문화 가정만의 것은 아니죠."

'비단……' 문어체 표현인 이 단어를 사용하는 자스민이 조금 낯설었다. 그녀의 얼굴과 그녀의 유려한 한국어가 서로 부조화하게 느껴진 모양이다. 나도 모르게.

"실은 우리 사회가 다문화지요."

"모두가 다문화입니다. 우리는 다문화 사회 속에 살고 있어요. 언젠가 국립국어원에 다문화 가정이란 말이 옳은 표현인지 문의해본 적이 있어요. 그랬더니 '다문화란 단어를 없애면 또다른 말이 나오지 않을까요' 하시더군요. 다문화는 여러 문화가 섞여서 공존하는 모습을 표현한 것뿐이지, 그것 자체가 특정 계층을 지칭하는 단어로 사용되어서는 안 된다고 봐요. 제가 지적하고 싶은 건 다문화라고 이름 붙인 모든 외국인, 그것이 하나의 스테레오타입(전형적 모습)을 만들고 있다는 거예요. 기자님도 처음 저 만났을 때 일반적인 다문화 가정 이주여성과 다르다고 했잖아요."

"아, 죄송합니다."

"호호호. 정색하고 그러실 필요 없어요. 괜찮아요."

"황당했던 경험이 많죠?"

"사회 통합이 주제인 방송 프로그램에 가족 전체가 참여한 적이 있어요. 촬영 장소를 옮기기 위해서 버스를 타야 했죠. 제작진 한 분이 이렇게 외치는 거예요. '다문화 가정은 이쪽 버스를 타시고요, 한국인 가정은 저쪽 버스를 타세요.' 결국 이렇게 되어버리는 거죠. 다문화는 또다른 국적의 표현일 뿐입니다."

"정치인이 되고 싶다고 들었는데, 그것도 다문화 가정이란 단어와 관련 있나요?"

"정치를 하고 배우를 하려는 건, 이주여성도 못 할 게 없다는 걸 보여주고 싶기 때문이에요. 그래서 그런 구분이 무의미하다는 걸 증명하고 싶어요. 그런 세상에서 승근이와 승연이가 사는 모습을 보고 싶어요."

"그래서 배우를 하고 싶은 건가요?"

"그건 내 자아실현과도 맞닿아 있는 부분이에요. 누가 시키는 일을 잘 처리하는 게 아니라, 내가 원하는 것을 선택해서 멋지게 해 보이고 싶은 욕심이 있어요. 그래서 칭찬받고 싶어요. 무대에 서거나 카메라 앞에 서면, 내가 그 일을 잘하든 못하든, 정말 즐거워요. 그래서 더 칭찬받고 싶어요. '이주여성인 내가 못 할 것이 없다는 걸 보여줘야겠구나' 이런 의지도 막 솟아나고요."

"자스민씨는 다른 이주여성보다 조건이 좋죠. 그렇기 때문에 그런 꿈도 꿀 수 있는 거 아닐까요?"

"흠…… 이렇게 생각하면 어때요? 버락 오바마는 혼혈이죠? 하지만 미국에서는 그냥 '블랙Black'일 뿐이에요. 그가 흑인 최초의 미국 대통령이 되었어요. 그는 다른 흑인과 다른 조건을 가지고 있죠. 명석한 두뇌와 리더십, 누구나 부러워하는 학벌. 하지만 그의 성취는 모든 블랙의 성취로 그려지고 있어요. 오바마의 성취가 얼마나 많은 변화를 이끌어냈는지 보세요. 하인스 워드 아시죠? 그의 성공이 한국의 혼혈인들에게 준 희망과 정책적 변화는 큽니다. 저의 성취는 저만의 것이 아닐 겁니다. 이 사회에 뚜렷한 족적을 남길 외국인 며느리가 속속 등장할 거예요."

2010년 6월 서울 연희동 자택에서 가족들과 함께.

• • •

"다문화 가정 자녀가 왕따당하는 이유는 외모 때문이에요.
애들은 그저 외모로 사람을 판단할 뿐이죠.
그런데 우리 엄마가 백인이었다면 훨씬 더 플러스가 되었겠죠."

남편

자스민의 집에서 그녀의 가족 모두를 만난 적이 있었다. 연희동의 오래된 주택으로 4대가 모여 사는 집이었다. 남편 동호씨는 (듣던 대로) 강한 턱에 팔이 묵직했고, 손가락은 짧지만 손은 두툼했다. 남편은 선장이었다. 커피 한 잔을 놓고 그와 대화를 나누었다. 옆에는 자스민이 앉아 있었다. 남편은 내가 하는 질문에 진중하게 대답했고, 자스민은 그게 재미있다는 듯 입을 막고 웃었다.

"부인께서 한국에 적응을 참 잘하셨어요."

"이 좁은 나라에, 낯선 지방에만 가도 텃새가 있잖아요. 생판 모르는 나라에 와서 사는 게 쉬울 순 없죠. 많은 나라를 가봤지만 인종차별이 문제가 되지 않는 곳은 없더라고요."

"그렇죠. 어려운 일이죠."

"결국 자기한테 달려 있어요. 언어를 깨치고 지혜롭게 행동해야죠."

그건 아내 자랑이었다. 남편은 아내를 보며 살짝 웃었다.

"부인이 바빠져서 집에 없을 때도 많은데요."

"말린다고 안 할 사람이 아니에요. 말릴 수 없다면 화끈하게 밀어줘야죠."

"아내에게 미안한가요?"

"제가 워낙 잘해줘서 크게 미안하진 않고요. 하하."

어느새 옆에 와 있던 아들이 어이없다는 듯 "참 나"라고 하며 탄식을 내뱉더니, "말도 안 돼"라고 어기댔다. 남편도 아들에게 발끈했다.

"이 녀석아! 엄마가 너 갖는 바람에 공부 계속 못 한 거 아냐."

"와, 그게 내 탓이야? 아빠 탓이잖아요."

"네 탓이라는 게 아니라, 너를 가져서 쉴 수밖에 없었던 사실을 말하는 거야. 이 녀석아."

옆에 있던 자스민은 너무 웃어서 얼굴이 빨개졌다. 남편은 다시 정색하고 말을 이었다.

"왜 미안하지 않겠어요. 어린 나이에 데려와서…… 의사도 못 되고……"

그때 딸 승연이가 끼어들었다.

"그래도 우리 엄마 진짜 똑똑해."

아들과 딸은 엄마의 든든한 지원자였다.

"물질적으로도 완전히 풍요로운 건 아니니까. 호강 못 시켜줘 미안하죠."

아빠의 말에 아들 승근이는 또 어깃장을 놓았다.

"아깐 잘해줬다며?"

앉아 있는 모두가 웃음을 터뜨렸다. 승연이는 엄마 무릎 위로 폴짝 올라앉아 입을 맞추었다. 행복해 보였다.

당시 중학교 2학년 승근이는 반장이었다. 나는 의례적으로 "인기 많은 걸 보니 여자친구도 있겠다"고 말했다. 승근이는 고개를 끄덕였고, 엄마는 도끼눈을 떴다.

"지금 네가 여자친구 만날 나이야?"

"엄마 닮아서 그래."

"왜? 4년 있다가 결혼하게?"

승근이에게 어려운 점은 없냐고 묻자, 아들은 어깨를 한 번 들썩했다.

"특혜가 많아요. 얼마 전에 롯데월드 갔었는데 다문화 가정이라고 할인해주더라고요. 남산타워도 공짜고요. 방과후 학교도 공짜고."

"그건 좋은 거니?"

"나쁘다고 생각 안 해요. 틀린 게 아니라 다른 거죠. 받는 게 많으면 좋은 거죠."

이 녀석 말하는 솜씨가 보통이 아니다. 아들은 묻지도 않았는데, 내가 뭘 물을지 다 안다는 듯 말을 이었다.

"다문화 가정 자녀가 왕따당하는 이유는 외모 때문이에요. 애들은 그저 외모로 사람을 판단할 뿐이죠. 그런데 우리 엄마가 백인이었다면 훨씬 더 플러스가 되었겠죠."

아들의 말을 들으며 언젠가 자스민이 한 말, "다문화 가정의 문제는 인종간 하이어라키Hierarchy(사회적 계급)를 적나라하게 보여준다"는 지적이 떠올랐다.

아들은 친구가 많다고 했다. 리더십이 있는 아이였다. 아들은 엄마의 피를 이어받아서 그렇다고 했다. 남편은 그렇게 말하는 아들의 뒷머리를 쓰다듬었다.

"엄마에겐 리더십이 있어요. 말하는 능력도 남다르죠. 나도 배우고 싶어요."

"아들, 엄마가 미안해. 밥도 잘 못 차려주고."

"미안해하지 않아도 돼. 근데 밤엔 집에 들어와."

자스민이 해명하듯 나를 쳐다보며 말했다.

"다큐멘터리 막바지 작업 땐 방송국에서 밤을 새우기도 해요."

그런 대화를 나눈 게 2010년 6월이었다. 그리고 8월 8일 일요일. 기자란 직업은 일요일이 없다. 그날도 아침에 나와 취재를 하는 중이었다. 오랜만에 자스민에게서 전화가 왔다.

"바…… 바쁘신데 죄…… 죄송합니다. 자스민이에요."

중간중간 숨이 넘어가는 듯한 소리, 그녀는 울면서 말하고 있었다. 제대로 말을 이어가지 못했다.

"무슨 일 있으세요? 여보세요?"

"남편, 남편이 물에 빠져서…… 여기가 영월 경찰서인데, 시신 인계가 빨리 안 돼서…… 으흐흑……"

"네? 누가 물에 빠져요? 시신이요?"

자스민의 남편이 죽었다.

가족 모두 함께 영월군 김삿갓면 진별리 인근 옥천동으로 피서를 떠났다. 물이 좋고 산이 좋아 가족 모두가 즐겨 찾는 곳이었다. 시어머니와 어린 조카까지 데리고 여섯 명이 차를 타고 떠났다. 남편은 그날따라 참 많이 들떠 있었다. 행복해 보였다.

2010년 8월 8일 아침이었다. 주말을 앞두고 서둘러 오느라 준비하지 못한 게 많았다. 자스민 부부는 할머니에게 애들을 맡기고 낚시 도구를 사러 가게에 갔다. 할머니는 어린 꼬마 손자를 챙기느라 승연이에서 잠시 눈을 뗐다. 승연이는 얕은 물을 건너다 갑자기 급류에 휩쓸렸다. 얕지만 빠른 물이 승연이의 어린 발목을 낚아채 깊은 곳으로 끌고 갔다.

물속으로 사라지는 딸을 멀리서 아빠가 봤다. 망설임 없이, 온 힘을 다해 뛰었고, 딸을 향해 몸을 던졌다. 동호씨는 선장이다. 물이 두렵지 않은 뱃사람이다. 하지만 차가운 민물은 바닷물과 달랐다. 사건을 처리한 경찰관은 "바다에 자신 있는 분들이 민물에서 종종 화를 당하신다"고 했다. 아빠는 심장마비를 일으킨 순간에도 딸의 몸을 밀어냈다고 한다. 딸은 주위에서 던져준 튜브를 잡고 구조되었다. 자스민은 그 모습을 쳐다볼 수밖에 없었다.

자스민은 넋이 나간 채로 병원과 경찰서를 돌아다녔다. 어느 순간 발바닥이 뜨겁게 타오르는 듯한 느낌이었다. 사고 후 자스민은 계속 맨발이었다. 한낮이 되었고, 한여름 뙤약볕에 달아오른 아스팔트를 걸을 때야 자신이 맨발이라는 걸 자각했다. 그러나 자스민은 뛰지도 피하지도 않았다. 익는 듯한 발바닥의 뜨거움은 그리 다급한 일이 아니었다. 몸의 고통이 마음의 충격을 침범하지 못했다. 경찰서 사무실마다 슬리퍼가 널려 있었지만, 그 누구도 자스민에게 슬리퍼를 신으라고 말을 걸지 못했다.

유난히 행복해 보이던 전날 밤 남편의 얼굴이 눈앞에서 떠나지 않았다.

"너무 행복하면 무서워요. 너무 행복하지 말지……"

누구를 향한 것인지 알 수 없는 말을 자스민은 내뱉었다.

서울 신촌 세브란스병원에 남편의 장례식장이 차려졌다. 상복을 입은 자스민은 말을 붙이기 어려울 정도로 울고 있었다.

자스민은 그해 개명을 통해 남편과 같은 성인 이씨를 얻었다. "성을 받으니 진짜 한국인이 된 거 같다"고 했다. 남편과의 인연도 운명처럼 느껴졌다.

남편이 그토록 사랑한 딸 승연이. 인생을 걸고 사랑했던 아내의 눈과 목소리를 닮은 딸. 짙은 쌍꺼풀과 합창단에서 유일한 솔로 파트를 맡을 정도로 노래를 잘 부르는 딸과, 아내와, 아내의 귀와 코를 닮은 아들과, 동호씨는 작별했다. 남편은 떠났지만 그 흔적은 아이들에게 고스란히 남아 있다.

승근이가 상주였다. 눈은 얼굴에 파묻힐 정도로 부어 있었다. 승근이는 "우리 엄마 예쁘다"고 내놓고 말할 정도로 살가운 아들이다. 하지만 그 또래 남자애들이 그렇듯 아빠에겐 까칠했다. 승근이는 그게 가슴이 아프다고 했다. "왜 그랬는지…… 미치겠다"고 했다.

물에 빠졌던 승연이는 엄마의 옷자락을 잡고 고개를 숙이고 있었다. "(몸은) 괜찮니?"라고 물으니 고개를 저었다. 승연이는 '마음이 괜찮니'로 알아들은 모양이었다. 딸은 크게 다친 곳이 없었다.

두 달 전 만났던 남편 동호씨의 모습이 떠올랐다. 우직한 손으로 쑥스러운 듯 얼굴을 가리며 웃던 그의 모습이 떠올랐다. 나는 그곳에서 그 누구의 울음에도 끼어들 수 없었다.

장례식에 온 사람마다 승근이를 잡고 한마디씩 했다.

"이젠 네가 엄마랑 동생 지켜줘야 해. 네가 가장이다. 응?"

승근이는 똑같은 말을 얼마나 많이 들었을까. 하지만 그 말을 듣는 승근이의 표정은, 슬프거나 지쳐 보이지 않고 결연해 보였다. 아들은 말없이 엄마의 곁을 지키고 있었다.

남편이 떠난 뒤 자스민은 방 안으로 들어가버렸다. 모든 스케줄을 취소했다. 물만 먹어도 토했다. 거식증 증세를 보였다. 56킬로그램이던 몸무게는 40킬로그램대 중반까지 줄었다. 밤이 와도 잠을 자지 못했다.

승근이와 승연이는 엄마가 혼자 자면 안 된다고 생각했다. 그래서 승근이는 승연이를 엄마 방으로 들여보냈다. 승연이에게도 엄마가 필요했다. 아직 어리지만 승연이는 아빠가 왜 죽었는지 분명히 알고 있었고, 그래서 이 아이에게도 위로가 필요했다. 엄마와 딸은 서로 위로가 필요했다.

승연이가 엄마와 자는 모습을 보기 위해 승근이는 옆방에 와서 잤다. 원래 옆방은 승연이 방이고 승근이 방은 멀찍이 떨어져 있었다. 그래도 엄마는 쉽게 밥을 먹지 못했다. 그렇게 개학이 다가왔다. 자스민은 억지로 몸을 일으켜 승근이와 승연이를 챙겨 학교에 보냈다. 아이들을 학교에 보내면서 남편 사후 처음으로 허기를 느꼈다. '산 사람은 살아야 하는구나……'

자스민은 학교에서 돌아온 승연이와 동네 마트로 장을 보러 갔다. 남편을 떠나보낸 뒤 첫 외출이었다. 걱정이 되었는지 시동생이 따라나섰다.

견뎌내는 사람

G20 정상회담을 한 달 앞둔 10월, 정부는 명사들의 릴레이 강연을 기획했다. 기획자는 미디어 컨설턴트 태윤정씨였다. 지휘자 금난새, 가수 션, 구호사업가 한비야, '한국의 스티븐 호킹' 이상묵 서울대 교수 등 사회 각 분야에서 의미 있는 일을 하는 이들을 섭외했다. 윤정씨는 강연 주제 중 하나를 '문화 가정'으로 정하고 싶었다. G20을 개최하는, 선진국의 문턱에 들어선 한국이란 나라의 독특한 사회적 현상을 말해 줄 사람이 필요했다. 글로벌하려고 하지만 글로벌해지지 못한 한국의 모습을 반성하는 계기도 마련하고 싶었다. 다문화 가정을 이야기할 수 있는 사람을 찾다가 자스민이야말로 최적임자라고 생각했다. 섭외를 결정한 것은 9월이었다. 그러고서 이런저런 기사를 찾아봤다. 최근 기사는 남편의 충격적인 사고에 관한 것이었다.

‘아…… 안 되겠구나. 다른 안을 찾아야겠다.’

하지만 좀처럼 다른 안이 나오지 않았다. 섭외하려는 사람마다 뭔가 부족해 보였다. 머리를 식히기 위해 동네 대형 마트로 장을 보러갔다. 커피도 한잔 마실 겸.

카트를 끌고 마트를 걸어다니는데, 저기 눈앞에 낯익은 얼굴이 보였다. 가냘프게 늘씬하고 창백하지만 짙은 얼굴색의 여자, 자스민이었다. 그녀는 딸과 함께 생선 코너에 서 있었다.

‘말을 붙여볼까. 아냐, 말 붙여서 뭐 해. 괜히 서로 어색하기만 하지. 남편 죽은 지 얼마나 됐다고.’

망설이면서 자스민의 동선을 눈으로 따라갔다. 그러다가 카트를 돌려 다른 섹션으로 발길을 돌렸다. 그러다 갑자기 인사라도 하고 싶은 마음이 들었다. 이것도 인연인데…… 한 바퀴 돌아 다시 자스민에게 향했다.

“안녕하세요, 자스민씨. 저도 이 동네 살아요. 저는……”

자신을 알아보는 사람이 많아서 자스민은 어색해하지 않았다. 윤정씨는 간단히 자신을 소개했다. 그리고 10월에 있을 행사에 대해서도 설명했다. 미안하지만, 무리겠지만, 예의가 아닌 거 알지만, 꼭 부탁드린다고 했다. 자스민은 그런 그녀를 한동안 바라봤다.

“엄마, 누구야? 아는 사람이야?”

“형수님, 괜찮으세요? 돌아갈까요?”

딸과 시동생은 자스민을 걱정했다. 자스민은 승연이를 안아주며 “괜찮아”라고 했고, 시동생에겐 살짝 웃으며 고개를 끄덕여 보였다.

“하겠습니다. 저도 해야 한다고 생각해요.”

윤정씨가 보기에 자스민은 단단해 보였다. 오히려 울컥한 건 자신이었다. 자기도 모르게 자스민을 끌어안고 눈물을 글썽였다. 그렇게 두 아줌마는 마트 한가운데서 울어버렸다.

10월 19일 자스민은 서울 광화문 해치광장에서 대중 앞에 섰다. 남편이 떠나간 후 첫 공식 활동이었다. 이 자리에서 자스민은 자신의 '한국 아줌마론'에 대해 얘기했다. 사람들은 그의 씩씩함을 칭찬했다. 자스민은 그날을 계기로 통번역을 다시 시작했다. 방송 출연도 재개했다.

태윤정씨는 자스민에게서 '견뎌낸 사람의 힘'을 엿봤다고 했다. 그녀는 방송국에서 15년간 작가 활동을 해왔다. 많은 사람을 만나왔고 수많은 삶을 취재했다. 그에게 자스민은 이런 사람이었다.

"이렇게 견뎌내주는 사람은 참 고마워요. 그렇게 살아주는 사람이 있다는 사실이 고마워요. 이건 정말 개인적인 차원의 경험인데…… 2006년 어느 날일 거예요. 가수 백지영씨가 이금희 선배님이 진행하는 라디오 프로그램에 나왔어요. (비디오 유출 사건 후) 5년간의 참혹한 시절에 대해 담담히 얘기하더군요. 그 사람이 죄를 지은 게 아니잖아요. 대중이 그를 묻어버린 거죠. 하지만 지영씨는 한 번도 무대를 잊지 못했다고 해요. 지방 무대를 전전하며 공연할 때도, 셀 수 없는 비난을 감수해야 할 때도 무대를 잊지 않았대요. 그런 세월을 견뎌냈고, 기어코 〈사랑 안 해〉라는 노래로 재기했어요. 누구도 그의 재기를 막아서지 못했죠. 비디오가 유출되었을 때, 나 역시 그녀의 비디오를 안주거리로 삼아 떠들어댔죠. '말 공장'이라고 할 만큼 말이 많은 조직(방송국)의 성격을 기자님도 잘 아시죠? 저도 그랬어요. 아주 가볍게…… 경박한 여자에 대한 조롱을 섞어가며…… (한동안 윤정씨는 말을 잇지 못했다.) 난 울컥해버렸어요. 내가 그를 웃음거리로 만들 때, 그녀는 저 세월을 견뎌내고 있었구나. 나는 그에게 흉기를 휘두른 장본인이구나…… 그날 이후 난 그런 식의 '뒷담화'를 더이상 하지 않게 되었죠. 그게 얼마나 큰 죄인지 알게 되었어요. ……누구나 꿈을 꾸잖아요. 하지만 꿈에 다가가는 사람은 별로 없죠. 이루는 사람들은 견뎌내는 사람인 거예요. 견딤은 꿈으로 가는 디딤돌 같아요. 잘 견뎌내면 단단해지는 거죠. 자스민씨에게서 지영씨에게 느꼈던 바로 그런 게 느껴졌어요."

이런 이야기들로 자스민이 '어떻게 슬픔을 극복하고 세상에 나왔는가'를 모두 설명할 순 없다. 그 짧은 시간 동안 자스민은 엄청난 회복력을 보였다. 탄력이 좋은 고무공처럼 밑바닥을 치고 무섭게 튀어 올랐다. 대견하다는 말보다 독하다는 말이 어울릴 법한 빠른 회복. 하지만 난 자스민이 독하다고 쉽게 말할 수 없다.

"사각턱의 남자, 기억나세요? 슈퍼맨…… 사각턱 우리 남편…… 끝까지 슈퍼맨이었죠? 와…… 정말 대단해. 승연이는 아빠의 마지막을 어떻게 기억하고 있을까요. 우리 딸이 자신을 가해자라고 생각하지 않았으면…… 아빠의 마지막을 슈퍼맨으로 기억해줬으면 좋겠어요. 나, 그이의 마지막처럼 살고 싶어졌어요. 힘낼 거예요."

2011년 8월 2일, 영화 〈완득이〉 출연진이 한자리에 모여 찍은 기념사진.

• • •

"누구나 꿈을 꾸잖아요.
하지만 꿈에 다가가는 사람은 별로 없죠.
이루는 사람들은 견뎌내는 사람인 거예요.
견딤은 꿈으로 가는 디딤돌 같아요.
잘 견뎌내면 단단해지는 거죠."

다시
영월로

2011년 2월, 자스민에게 〈완득이〉 오디션에 합격했다는 연락이 왔다. 〈의형제〉의 단역과는 비교가 안 될 만큼 비중 있는 역이었다. '이주여성'이라는 틀은 벗어나지 못했지만, 연기의 폭을 놓고 보면 그 전에 출연했던 작품과는 차원이 달랐다.

영화에서 오일장이 배경이 되는 장면이 나온다. 연출을 맡은 감독은 전국의 오일장을 물색하다 영월을 촬영지로 선택했다. 3~4일간 영월 오일장에서 촬영한다고, 며칠 묵을 준비를 하고 오라고, 클라이맥스 부분이니 마음의 준비를 하라고, 제작진으로부터 연락이 왔다. 그 말을 듣고 자스민은 아득해졌다. 영월…… 남편이 죽은 곳.

완득이 엄마는 장이 열리는 날 아들에게 새 구두를 선물받는다. 아들은 엄마의 낡은 신발이 마음에 걸렸다. 그 장면에서 엄마는 웃으며 운다. 얼굴이 눈물로 범벅이 될 정도로 운다. 하지만 얼굴은 웃고 있다.

어려운 연기였다. 촬영 일정은 그렇게 예정되어 있었고 자스민은 그것을 받아들여야 했다. 영월에 도착한 뒤 제작진의 안내를 받아 숙소에 들어갔다. 숙소의 창문을 여니 눈앞에 강물이 흐르고 있었다. 자스민의 그 자리에서 주저앉았다. 남편이 숨을 거둔 영월의 차가운 강물은 여전히 세찼다. 자스민은 갑자기 땅속으로 침잠하는 듯한 고통을 느꼈다.

이 땅에 살게 된 유일한 이유였던 남편, 갑작스레 살게 된 낯선 땅에서 유일한 친구였던 남자, 좋은 술친구였고 노래방에서 세 시간 동안 마이크를 잡고 있어도 마냥 좋아하던 그이. 아무 말이나 막 퍼부어도 되는 유일한 그 사람. 늦은 밤까지 번역을 하고 있으면 "이제 그만 하고 들어와 자자"라고 말해주던 사람. 호들갑스럽게 아내의 모든 것을 응원해주었던 팔불출.

자스민은 숙소에서 이미 지쳐버렸다. 다음 날 촬영에 들어갔을 때, 그녀는 멍해 있었다. 촬영을 제대로 진행할 수 없었다. 자스민은 갑자기 응원의 목소리가 듣고 싶어 아들에게 전화했다. 승근이는 바쁜 모양이었다.

"엄마한테 힘내라고 한마디 해봐."

"어, 엄마 힘내! 나 지금 바빠. 나중에 통화해."

전화는 급하게 끊겼다. 자스민은 어떻게 해야 할지 알 수 없었다. 그 순간 거울 속에 비친 자신, 그러니까 분장한 모습, 완득이 엄마가 눈에 들어왔다. 자스민은 물었다.

"완득이 엄마, 당신 왜 이렇게 살았어? 그럴 만한 이유가 있었다고 말하지 마. 그건 한국행 비행기에 오른 열일곱 살 당신에 대한 배신이잖아. 당신 살던 나라가 가난했지 당신은 배울 만큼 배운 소녀였잖아."

소녀 시절 완득이 엄마의 모습을 상상하다, 자스민은 자신의 열일곱 살 적 얼굴을 떠올렸다. 그리고 조금은 돌아왔지만, 그 소녀라 해도 견딜 수 없을 것 같은 일들을 감당해내고 있는 스스로가 꽤 괜찮다는 마음이 들었다. 눈물 자국이 지워지지 않은 자스민의 얼굴에 미소가 감돌았다. 자스민은 웃으면서 울었다. 주변에서 누군가 이렇게 말하는 게 들렸다.

"바로 그겁니다. 그렇게 하면 되는 겁니다. 다시 들어갑시다!"

혼자여도, 영월이어도, 자스민은 꿈을 꿀 수 있었다.

자스민이 말하는 꿈 _계절

모두가 자스민에게 '잘 견디는 사람'이라고 했다. 하지만 2011년 10월 〈완득이〉의 개봉이 얼마 남지 않은 시점에 만난 자스민은 많이 지쳐 보였다. 요즘 들어 남편 생각이 더 많이 난다고 했다. 남편이 있을 때는 쏟아지는 일들을 맘 편히 즐겼다고 했다. 정신없이 몰두하다 언젠가 지치면 걱정 없이 그만둬도 된다는 여유가 있었다. 성실한 남편이 있으니까 걱정할 게 없다고 생각했다.

지난해까지만 해도 힘들고 지쳐서 "너무 힘들다"고 하면, 남편이 "괜찮아. 하다가 지치면 그만둬도 돼. 그거 그만두고 다른 거 해도 다른 사람보다 더 잘할 거야"라고 팔불출 노릇을 했다. 하지만 남편이 떠나간 뒤 이런 고민을 주변에 털어놓으면 "힘들지? 그래도 안 하면 안 돼. 네 자리까지 가려고 노력하는 사람들이 저리도 많은데. 힘들어도 견뎌내야 한다. 아이들을 봐서라도"라는 대답만 돌아왔다.

"어린애 투정 같다고요? 맞아요. 어린애 투정하는 거 맞아요. 그냥 다 때려치우고 시집이나 가버릴까. 호호호."

"영화 끝나면 좀 쉬시는 건 어때요? 몇 달이라도."

"안 돼요. 7월부터 서울시 공무원으로 임용됐어요. 다문화 정책과 관련된 일을 맡았어요. 7급 별정직이거든요."

"그럼 일단 그것만 하면서 다른 일들을 정리하시죠. 그동안 너무 많은 일을 했으니, 가지치기가 좀 필요한 거 같은데."

"얼마 전 연극 출연 제의가 왔어요. 세종문화회관 같은 대형 무대에 올릴 계획이래요. 이번에는 주연급이래요. 한동네에 사는 이주여성 네 명이 노래자랑에 나가는 에피소드라고 하네요. 연극인데 뮤지컬 요소가 강한 하프half 뮤지컬인가봐요."

"쉴 틈을 주지 않는군요."

"아직 출연이 결정된 것도 아니고. 오디션도 봐야 해요. 보게 될지도 모르겠지만……"

"그러면서도 결국엔 다 하실 거 같은데요."

"지금으로선 모든 게 두렵고…… 조금은 귀찮아요."

"누구나 그런 시기가 있죠."

"누구나 그렇게 위로하죠."

자스민의 말에 나는 할 말을 잃었다. 1년 넘게 불면증에 시달리고 있는 그녀의 견고한 시름 앞에 '관찰자'인 나의 위로는 무력했다. 한동안 커피잔만 매만지다 묻고 싶은 걸 물었다. 자스민이 말하는 꿈을 잘 알아듣고 전달하는 것이 내가 그녀에게 해줄 수 있는 최대치였다.

"자스민씨에게 꿈은 어떤 건가요?"

"계절 같은 거예요. 꿈은 계절처럼 확실하지만 또 늘 바뀌죠."

"난해하네요."

"내 꿈은 여름이 하루 빨리 오는 것이었어요. 여름이 오면 해변에 갈 수 있기 때문이죠. 쨍쨍 구름 한 점 없는 날 해변에 가서 뜨거움을 누리고 싶은 게 제 꿈이었어요. 그런데 여름 내내 구름이 걷히지 않았어요. 장마로 시작한 여름이 장마로 끝나버렸죠. 그럼 내 꿈의 내용도 변화가 불가피한 거죠. 필리핀에서 한국으로 오면서 나에게 새로운 꿈이 생겼어요. 정치를 해야 한다는 바람도 그런 것이었어요."

"배우라는 꿈은 본원적인 것이잖아요."

"계절이 바뀌어 가을이 찾아왔어요. 이번 가을은 청명하네요. 시원한 바람을 맞으며 사랑하는 사람과 낙엽을 밟고 싶은 게 내 꿈이었어요. 이번 가을엔 일교차가 커서 낙엽도 예쁘게 물들었네요. 그래서 원래 꾸었던 꿈의 모습에 보다 가깝게 다가갈 수 있었어요."

"알 듯 말 듯 하네요."

"……"

자스민은 꿈에 대해 더이상 설명하려 하지 않았다. 그래서 내가 말했다.

"결국 자스민씨는 꿈으로부터 도망치지 못할 거예요. 도망쳐서 얻을 수 있는 '평화로운 시간'은 자스민씨에게 어울리지 않아요. 자스민씨를 향한 수많은 기대는, 실은 스스로 만들어낸 것인지 몰라요. 기대를 가능하게 하는 자스민의 역량. 그게 자스민씨를 피곤하게 하는 거죠. 사람들은 본능적으로 알아챈 거예요. 피곤함을 넘어설 수 있는 에너지,

꿈을 이뤄낼 수 있는 자질……"

"알 듯 말 듯 하네요. 칭찬이죠?"

자.스.민.을 포장하지 마세요

김지연 전(前) 〈러브 인 아시아〉 작가

김지연 작가. 자스민을 방송에 데뷔하게 만든 사람. 자스민의 스타성을 처음 눈치챈 방송인. 그녀를 인터뷰한 때는 2012년 2월 초였다. 자스민의 학력 논란이 불거지기 50여 일 전쯤이었다. 당시만 해도 자스민이 국회의원 비례대표가 될 거라고 생각하는 이는 없었다. 그런데 김지연 작가는 미래를 내다보는 것처럼 이런 말을 했다.

"결혼이민자들이 언론을 탈 때 저는 조마조마해요. 언론이 이주여성을 과대 포장하는 가장 큰 근거는 학력이에요. 자기 나라에선 배울 만큼 배웠다는 거죠. 하지만 지나친 포장은 안 돼요. 있는 그대로의 사실을 전달하지 않고 조금만 더 보태도, 그게 나중에는 큰 거짓말이 돼요. 하지만 당사자는 한번 그렇게 보도되기 시작한 걸 되돌리기가 결코 쉽지 않죠. 그러면 당사자는 평생 그 거짓말을 안고 살아야 해요. 거짓의 옷을 입고 살아야 하죠. 우리 사회는 냄비근성이 있잖아요. 처음에는 정신없이 띄워주다가 뭔가 아니다 싶으면 무섭게 비난하죠. 그건 참 무섭고 슬픈 일이에요."

그때 김 작가는 나에게 "자스민을 무조건 의대 중퇴자라고 표현하는 건 안 돼요. 그 과정을 설명하거나, 차라리 생물학과라고 하는 게 낫죠"라고 말했었다. 당장의 흥행을 위해 자스민을 부풀려 포장하지 말라고도 했다. 하지만 난 그런 조언들을 가볍게 여겼다. '사실에 부합하는데 문제될 게 없다'고 생각하고 넘어갔다.

김지연 작가는 자스민과 언니 동생 하는 사이다. 1973년생이니까 자스민보다 네 살 많다. 2006년 자스민이 외국인 〈주부가요열창〉에 나온 모습이 눈에 확 들어와 섭외에 들어갔다. 4대가 함께 산다는 이야기를 듣고 여러 차례 전화를 걸어 방송 출연을 권유했지만 거절당했다. 그래서 무작정 집으로 쳐들어가 설득하고 설득한 끝에 자스민을 카메라 앞에 세울 수 있었다.

2012년 5월 23일 여의도 국회의사당 근처에서 만난 자스민과 김지연 작가.

김 작가는 '언론이 포장한 자스민'보다 '있는 그대로의 자스민'을 봐야 한다고 했다. 언론이 포장한 것보다 자스민은 훨씬 더 가치 있는 여자라고도 했다. 김 작가는 현재 프리랜서로 활동하고 있다. 〈VJ특공대〉〈현장르포 제3지대〉〈세계도시락여행〉 등 주로 교양 프로그램을 작업해왔다.

"그 친구를 섭외하기 위해 직접 집에 찾아갔죠. 그땐 시할머니도 살아계실 때였어요. 그때 기억이 지금도 생생해요. 참 표정이 밝았어요. 이주여성들은 표정이 그렇지 않은데, 시부모님도 정말 예뻐하셨고요. 시할머니를 대하는 자스민의 모습엔 가식이 없었어요. 다복해 보였어요. 나이는 어렸지만 속이 깊어 보였죠. 진정성이 있어 보였어요. 모든 게 자연스러웠죠."

"배경도 좋고 자질도 뛰어난 분이죠."

"그렇죠. 방송에 맞는 캐릭터를 찾은 거죠. 당시 〈러브 인 아시아〉에는 패널이 없었어요. 진행자만 있었죠. 이주여성이 있는 가족을 찾아 소개하는 게 전부였죠. 제작진은 방송을 더 생기 있게 만들기 위해 〈미녀들의 수다〉처럼 패널이 있는 형식으로 포맷을 바꾸기로 결정했어요. 교양 프로그램도 예능처럼 꾸며서 시청자의 관심을 끌려고 한 거죠. 하지만 패널을 찾기 쉽지 않았어요. 그런데 자스민이 딱 하고 나타난 거죠. 무엇보다 언어구사력이 뛰어났어요. 대부분의 이주여성들이 그러질 못하거든요. 단순히 한국어를 잘하는 게 아니라 자신의 생각과 감정을 잘 표현해줬어요. 어떤 주제가 나오면 거기에 맞게 자기 경험을 잘 끌어냈고요. 리액션이 좋았어요. 힘든 사람을 보면 정말 마음에서 우러나오는 눈물을 흘리는 모습에 적지 않게 놀랐어요. 게다가 예쁘잖아요. 자스민은 항상 패널들의 맨 앞줄 가운데 자리를 차지했죠. 노래도 정말 잘해요. 가정의 달 특집을 하면 모국의 전통의상을 입고 출연하거든요. 그때 우리가 테마곡을 만들었는데, 어찌나 잘 부르던지…… 녹화하던 제작진들이 '참 예쁘다'는 말을 연발했을 정도였죠."

"방송 체질이죠?"

"그게 전부는 아니에요. 앞과 뒤가 다르지 않은 친구죠. 카메라가 꺼져 있다고 사람의 표정이 달라지지 않았어요. 마음이 착해서 눈물을 자주 보이는데, 카메라가 돌든 안 돌든 그 모습엔 변화가 없었죠. 아무 때나 자스민을 잡아도 그림이 나왔어요. 드문 사람이죠. 그래서 주변에 사람이 떠나질 않나봐요."

"자스민씨의 경우에는 끼를 숨기기 어려운 측면이 있었죠."

"워낙 어렸을 때 한국에 왔잖아요. 필리핀 시골구석에 있던 친구가 아니구요. 번듯한 학교를 다녔고 늘 중심에 있었죠. 얼마나 하고 싶은 게 많았겠어요. 돌아가신 남편분이 자스민네 가게에 들어간 건 노랫소리 때문이었다고 해요. 정말 아름다운 노랫소리가 들려왔고, 거기에 끌려 가게에 들어갔더니 자스민이 있었다는 거죠. 한국에 오지 않았어도 그 친구는 그곳에서 뭔가 한가락 했을 거예요. 여기 와서 한동안 평범한 주부로 보냈는데요. 그게 오히려 언어와 문화를 익힐 수 있는 준비 기간이 된 거 같아요. 정서까지 모두 익히고 사회에 나왔으니 본인에게 주어진 기회를 잡을 수 있었던 거죠."

"여의도 정가에서도 관심이 큽니다."

"정말요? 아…… 난 싫은데."

"어떤 면이 염려되세요?"

"다른 경우들을 보더라도 정말 자기 의지로 자기 가치를 실현해가기보다는, 홍보 수단으로 전락하는 경우가 많더라고요. 한국의 정치가 굉장히 집단적이잖아요. 거기에 함몰될까 염려스러워요. 다 그렇진 않겠지만 이용만 당할까 걱정돼요."

"본인이 정치에 뜻이 있어요. 의지가 있죠."

"그 친구에겐 사명감 같은 게 있어요. 자스민뿐만 아니라 다른 친구도 그래요. 결혼이민자를 위해서 뭔가 했으면 좋겠다는. 물론 할 수 있죠. 자스민은 똑똑하고 생각이 바르니까 뭔가 할 수 있을 거예요. 제가 반대하는 이유는 하나예요. '만들어지는 정치인'이 될까 두려운 거죠."

"그걸 극복하는 것도 본인의 몫이겠죠."

"본인이 정말 하겠다고 하면 응원해줘야죠."

"언니로서 보시기에, 자스민은 강한가요?"

"강하죠. 강하긴 한데요…… 약하게 보이지 않으려고 노력하는 거죠. 스스로 강해 보이려니 본인은 얼마나 힘들겠어요. 자스민은 이미 공인이 됐어요. 그걸 그 친구도 잘 알아요. 그리고 자존심도 세죠. 그래서 아픈 내색을 안 해요. 그리고 자기로 인해 다른 사람이 힘들어할까봐…… 얼마나 속으로 삭였겠어요. (이 부분에서 김 작가는 잠시 말을 잊지 못했다.) 결코…… 결코, 결코 쉬운 시간은 아니었죠. 사람들은 말하죠. 남편이 그렇게 된 뒤 회복이 빨랐다고요. 빠르면 빠를수록 그만큼 더 응축해서 아픈 거예요. 자기 눈앞에서 그렇게 됐는데. 이주여성이 사별하는 경우를 종종 봐요. 아이가 있는 경우는 한국에 눌러앉죠. 돌아가지 않아요. 아이들 때문이에요. 여기에서 피부색이 다르다고 그렇게 차별받았는데, 자기 나라로 돌아가면 아이들은 또 외국인이잖아요. 그걸 받아들일 수 없는 거죠. 자스민도 처음에 잠깐 필리핀으로 돌아갈까 생각했었어요. 하지만 그러지 못했죠. 남편 사후 금방 일에 복귀하기에 저는 말렸어요. 너무 성급하게 그럴 필요 없다고요. 전화를 하면 '괜찮아요, 괜찮아요' 그러더군요. 텔레비전에서 웃는 걸 보면, 저게 웃는 게 웃는 걸까, 그런 생각이 들죠. 정신없이 일을 찾아 하는 모습이 더 애처로워요. 마음이 아파요."

"자스민씨는 어떤 사람인가를 물으려 했는데, 작가님의 말 속에 다 들어 있네요."

"얼마 전이에요. 제가 자스민과 친구들 몇 명이랑 식당에서 밥을 먹었어요. 대각선 테이블엔 남자 세 명이 밥을 먹고 있었죠. 그런데 남자 한 명이 계속 이쪽을 쳐다보는 거예요. 자스민 또래쯤 될까. 그러더니 벌떡 일어나 우리 테이블로 다가오더니 자스민에게 '사진 좀 찍으면 안 될까요?' 그러는 거예요. 그 친구에겐 종종 그런 일이 있죠. 제가 좀 까칠하거든요. 그날따라 보호 본능이 작용했는지, 그 남자에게 '뭐죠!' 하고 쏘아붙였죠. 그랬더니 그 남자분이 '제 아내도 필리핀에서 왔습니다. 아내에게 자스민씨의 한국 생활은 로망입니다. 자스민씨는 아내의 롤모델이고 꿈입니다' 하는 거예요. 자스민이 흔쾌히 사진을 함께 찍으며 뿌듯해하더군요. 잘난 척하는 게 아니라, 뭐랄까, 행복해 보였달까요. 그래서 더 열심히 살아야 한다고도 말했어요. 그 모습만 간직한다면 그게 정치판이든 영화판이든 방송판이든, 자스민은 오로지 제가 아는 자스민의 모습으로 잘해낼 거예요."

"자스민씨에게 하시고 싶은 말은 없나요?"

"그 친구가 자기에 대해 말해줄 수 없냐고 전화했을 때부터, 제가 해줄 수 있는 말은 딱 한 줄뿐이었어요. 말이 많아지긴 했지만요. 제가 해줄 수 있는 말은 이거예요. '늘 보고 싶고 사랑한다. 무슨 영화의 누구, 어디 정당의 누구, 이런 거 말고 그냥 자스민으로 남아줬으면 좋겠다.'"

에필로그

자존심

누군가 원고를 읽고 이런 이야기를 했다.

"임성모씨가 어떻게 거기까지 갈 수 있었을까요? 뭘 믿고 7년 동안 거길 향해 갈 수 있었을까. 누구도 믿지 않은 그 길을. 그 힘이 뭘까요?"

나는 모범답안을 이야기했다.

"작은 목표를 이뤄가면서 스스로의 가능성에 눈뜬 거죠. 발전하는 모습에 스스로 감동받으며 거기까지 간 거 아닐까요."

그가 고개를 흔들었다.

"아니…… 그런 거 말고. 아마도 그를 버티게 해준 건 어린 시절 공부깨나 했다는 기억 아닐까요. 나도 한때 잘나갔다는 자존심. 쪽팔려서 내놓고 말은 못 하지만 우리 마음속에 그런 거 하나씩은 가지고 있잖아요. 제대로 붙어보질 못해서 그렇지, 나도 하면 할 수 있다……"

진검승부, 성모씨가 입에 달고 사는 단어. 갑자기 그가 했던 말이 생각났다.

“코딱지만한 조령리에서 머리 좋다고 하는 사람이 셋이 있었지. 나보다 두 살 많은 조대현 판사(1951년생. 사법연수원 7기로 헌법재판관 역임, 200건이 넘는 소수의견을 낸 헌법재판관으로 유명함)가 그중 가장 알려진 분이야. 집안이 괜찮았어. 그래서 서울(용산고)로 유학 가서 공부하고 서울대 법대 갔지. 우리 집은 땅 한 평 없었지. 아버지는 딴살림 차렸고, 게다가 연좌제까지. 그리고 또 한 명은 김 아무개인데, 1급인가 2급 공무원까지 올라갔을 거야. 또 한 명이 누구냐고? 코딱지만 한 동네니까…… 나도 공부 좀 한다는 소리 들었어, 아주 어렸을 적에. 하하.”

돌이켜보니, 성모씨는 이겨본 경험이 없었던 게 아니었다. 아득하게 먼 어린 시절 성모씨도 승리를 즐기던 시절이 분명히 있었고, 운명의 여신은 바로 거기에서 출발하고 있는지도 모른다. 운명의 여신은 원래 있는 게 아니라, 스스로 만들고 키워가는 존재였다. 그것이야말로 자신의 투영이니까.

성모씨는 과거를 쉽게 얘기하지 못했다. 대단한 이야기여서가 아니라 자기 입으로 고생을 떠벌리기 뭐한, 어떤 쑥스러움. 우리 아버지 세대가 가진 어떤 감정. 그런 것이었을 게다. 그의 이야기에서 나는 내 아버지를 발견했다. 어떤 세대의 삶을 일반화할 순 없지만, 그의 과거에는 내 아버지의 향수가 있었다.

나의 아버지는 이북 출신이다. 1945년 황해도 송화면에서 태어났다. 해방둥이다. 하지만 호적에는 1946년생으로 돼 있다. 전쟁 통에 호적이 그렇게 바뀌었다. 한국전쟁으로 피란을 내려와 전라북도 군산에 정착했다. 아버지의 아버지는 배운 게 많았지만 가계엔 전혀 도움이 되지 않았다. 황해도에선 과수원을 몇 개나 가지고 있던 부호였지만 피란 내려온 할아버지는 무일푼이었다. 하지만 놀던 버릇을 버리지 못했다. 어머니가 일하는 밭 옆으로 다른 여자와 지나가는 모습을 어린 아버지는 몇 번이나 본 적이 있다고 했다. 어머니의 노동으로 가정은 근근이 꾸려졌다. 부지런한 어머니 덕에 밥은 굶지 않았다. 어느 날 믿고 지내던 정미소 주인이 추수한 쌀을 가지고 야반도주했다. 그때가 아버지 초등학교 6학년 때였다. 그 일로 아버지는 중학교에 들어가지 못했다. 아버지는 시골 초등학교에서 1등을 놓쳐본 적이 없었다. 진학이 좌절된 아버지는 3일 밤낮을 울었다. 시골 성당의 신부는 학교에 가지 못하는 가난한 어린것들을 모아 야학을 차렸다. 어디서 구해 왔는지 교복도 입혀줬다. 당시 사진이 하나 남아 있는데, 아버지의 교복은 긴바지임에도 불구하고 밑단이 복숭아뼈 한참 위에 올라와 있었다. 칠부바지 같았다. 아버지의 다리에는 낫에 베인 듯한 상처가 여럿 있다. 그는 청소년 시절 대부분을 논과 밭에서 보냈다. 열여덟 살에 대입 검정고시까지 마친 아버지는 열아홉 살에 장기 하사관에 지원해 입대했다. 아버지는 (성모씨와 같은) 통신병과였다. 백령도로 발령을 받아 근무했는데, 여기서 백령도 아가씨를 만났다. 나의 어머니다. 어머니도 한국전쟁 당시 피란 내려와 백령도에 정착했다. 아버지는 서른 살에 상사를 달 정도로 뛰어난 업무 능력을 보여줬지만 군인으로 출세할 수 없다고 생각했다. 학력도 안 됐고 백도 없었으며 술도 못 마셔 어울릴 줄도 몰랐다. 전역 후 군무원에 지원해 합격했다. 1회 공인중개사 자격증을 따는 등 여러 시험에 응시해 합격했다. 월세 단칸방에 살던 시절이었다. 새벽 네시에 일어나 부엌과 방 사이에 붙어 있는 손바닥만한 툇마루에 앉아 시험 공부를 하던 아버지를 나는 기억한다. 그런 것들이 아버지에겐 성취였을지 모르지만, 가족에겐 서푼어치도 안 되는 종이 쪼가리였을 뿐이었다. 시험 공부만 한 것은 아니었다. 어디에 쓸 데도 없으면서 영어 단어장을 만들어 다니며 외우고 또 외우곤 했다. 통신병과를 받아 어린 시절부터 영어 서적을 읽은 것을 아버지는 자랑스러워했다. 군무원 말단에서 시작했지만 진급 시험에서 연전연승하며 5급까지 승진했다. 하지만 고급 공직자인 4급부터는 시험이 아닌 추천으로만 올라갈 수 있었다. 아버지는 20년 가까이 5급에 머물렀다. 정년을 2년 남긴 시점에서 이런 제의가 들어왔다.

"5급에서 정년퇴직을 하시든가, 아니면 4급 승진하고 1년 먼저 나가시든가요."

그 제의가 명예퇴직을 이야기하는 것이고 4급 승진은 그에 따른 보상이라는 것을 알고 있었지만, 4급 승진이 오랜 소망이었던 아버지는 후자를 택했다. 아버지는 정년퇴직을 1년 앞둔 2002년 12월 은퇴했다. 아버지의 은퇴식을 하루 앞둔 날, 나는 언론사 시험 합격 통보를 받았다.

나는 성모씨의 이야기에서 아버지를 보았다. 정도의 차이가 있겠지만 보릿고개를 거친 우리 아버지들의 삶은 대충 저런 모습이 아니었을까. 자기 힘으론 어쩔 수 없는 가난이 있었고, 잘해보려는 노력이 있었고, 그렇지만 어쩔 수 없는 좌절이 있었을 것이다. 하지만 나의 아버지에게도 성모씨처럼 미쳐본 순간이 있었을까. 아버지는 어떤 패자부활전을 꿈꿨을까.

이야기를 확장하면, 그의 꿈은 대단하지 않은 대부분의 사람들, 바로 우리의 바람이지 않을까. 지금은 아니지만 언젠가는 역전이 가능하리라는 기대. 지속적인 역전은 아니더라도 한 번은 세상을 깜짝 놀라게 해주고 싶다는 바람. '나도 한번 미치면 무서우니 조심하라'는 자존심이 담긴 외침!

내가 이 글을 마칠 수 있었던 것도, 내 안의 자존심 때문이었는지 모른다. 나도 당신도, 누구나 그런 자존심이 있지 않은가. 우리 모두는 '내 안의 자존심'이 '강력한 자기확신'으로 승화하는 날을 꿈꾸며 살고 있지 않은가. 아직 때를 만나지 못해서 그렇지, 당신은 아마도 놀라운 자기확신으로 변화할 수 있는 힘을 가지고 있을 것이다.

변신. 그것은 인류가 가장 사랑한 메타포metaphor다. 변신을 달리 말하면 꿈을 이뤄가는 과정일 것이다. 사춘기 시절 또래 여자애로부터 그림책을 받은 적이 있다. 『꽃들에게 희망을』. 모두의 꿈인 '탑 오르기'에 목숨을 걸고 도전한 애벌레. 다른 애벌레를 짓밟으며 정상에 올랐으나, 어떤 의미도 발견하지 못한다. 고뇌하던 애벌레는 어느 순간 자신을 완전히 포기하는 것만이 완전히 얻을 수 있는 유일한 길임을 깨닫는다. 애벌레에서 번데기가 되기까지는 인생에서 가장 추하고 고통스런 기간이었지만 그 뒤에 찾아온 것은 기적 같은 변신이었다.

네 명의 꿈과 삶을 만나면서, 나도 애벌레처럼 변신에 이를 수 있을 거란 강하고 묘한 확신이 들었다. 아버지 같았던 성모씨와 나는 이런 대화를 나눈 적이 있었다.

"선생님, 저 작가가 되고 싶어요."

"지금 글 쓰고 있잖아요, 기자님."

"그렇죠. 하지만 그 이상의 꿈에 다가가고 싶어요."

"작가로 이름을 날리고 싶다?"

"음…… 뭐 그러면 좋고요. ……죽기 전에 스스로 만족할 만한 글을 쓸 수 있을까요?"

"젊은 놈이 벌써부터 죽는다는 소리는……"

"네?"

"아닙니다. 하하하."

"그냥 놓으신 김에 쭉 말 놓으시죠. 그게 저도 편하구요."

"작가님에게 내가 그럴 순 없지. 작가가 꿈이면, 그게 뭔지 나는 정확히 모르겠지만서도, 그럼 천천히 쉬지 말고 써보세요. 작은 열매를 귀하게 여기시라고. 작은 것이 큰 성공의 밑천이 된다고 내가 말씀드렸지? 생각보다 그리 오래 걸리지도 않는다고."

꿈보다 열정

초판 인쇄 2012년 10월 12일
초판 발행 2012년 10월 24일

지은이 강인식 | 펴낸이 강병선
기획·책임편집 강명효 | 편집 오경철 강지혜
디자인 김현우 최미영 | 마케팅 우영희 나해진
온라인 마케팅 김희숙 김상만 이원주
제작 안정숙 서동관 임현식 | 제작처 한영문화사

펴낸곳 (주)문학동네
출판등록 1993년 10월 22일 제406-2003-000045호
주소 413-756 경기도 파주시 문발동 파주출판도시 513-8
전자우편 editor@munhak.com
대표전화 031)955-8888
팩스 031)955-8855
문의전화 031)955-2660(마케팅) 031)955-2680(편집)
문학동네카페 http://cafe.naver.com/mhdn
문학동네트위터 http://twitter.com/munhakdongne

ISBN 978-89-546-1901-1 03810

* 이 책의 국립중앙도서관 출판시도서목록(CIP)은 e-CIP 홈페이지(http://www. nl.go.kr/ecip)와 국가자료공동목록 시스템(http://www.nl.go.kr/kolisnet)에서 이용하실 수 있습니다.
(CIP제어번호: CIP2012003993)

www.munhak.com